Werner Bauknecht

TÜBINGER BLUTERDE

Schwabenkrimi

Oertel+Spörer

Endlich einmal die Sau rauslassen. So richtig die Sau rauslassen. Wie die im Fernsehen. Die ganzen Prolls mit der dicken Kohle.

Okay, klar war das gestellt. Bloß für die doofen Zuschauer aufbereitet. Na und? Das spielte doch keine Rolle. Mit der Kohle um sich werfen, sich alles gönnen, was man sich wünscht.

Das wäre ein Leben.

Und nicht mal so weit weg.

Das war ja das Tragische: Man stand dicht davor, aber so ein paar hartleibige, engstirnige und verbohrte Hornochsen konnten einem alles zunichtemachen. Und es gab nichts, was man dagegen machen konnte.

So konnte man es sich denken.

Daran musste man knabbern.

Aber dann wacht man neulich an einem düsteren Morgen auf und wie von einer dunklen Macht aufgesogen waren all die Skrupel weg, die einen bisher zurückgehalten hatten. Davor zurückgehalten, den letzten Schritt zu gehen. War ja auch nicht so einfach, die eigene Erziehung über Bord zu werfen.

Zumindest den Teil davon, in dem es darum geht, anderen Menschen möglichst nicht weh zu tun. Ihnen Schmerzen zuzufügen.

Oder gar – sie zu töten.

Na ja, das mit dem Töten könnte schon noch ein Problem werden. Vorhersagen, ob man das über sich brachte, ließ sich nicht so recht. Das musste man einfach probieren. Entweder es haute hin oder man hatte sich übernommen. Die eigene Wut, möchte man mutmaßen, musste nur groß genug sein, dann könnte das schon klappen. Und Grund genug, wütend zu sein, hatte man ja nun wirklich. Denn was machte man mit denen, die zwischen einem selbst und dem großen Geld standen? Genau, man beseitigte sie.

Restlos.

Hörte sich gut an, so der erste Gedanke. Restlos. Spurlos.

Es lag nur an einem selbst. Am eigenen Mut.

Es war nicht einfach gewesen, Bernd Bauer zu dem Treffen zu bewegen. Es gebe nichts zu dem Thema zu sagen, was nicht schon lange gesagt worden sei. Wozu also ein Treffen? Ich bereute es bereits, um diese Verabredung gebeten zu haben. Sie war unnötig. Und gefährlich. Um Bauer zu erwischen, hätten eine dunkle Nacht ohne Sterne, eine einsame Stelle und ein gutes Timing ausgereicht.

Jetzt ging ich die Gefahr ein, dass dieser jemandem von unserer Verabredung erzählte. Bauer wohnte zwar alleine in der Tübinger Weststadt, das bedeutete aber nicht, dass er keine Tussi hatte, mit der er zusammen war. Na schön, er war zwar bereits jenseits der 70, aber rüstig und gesund. Sagte sein Sohn immer.

Ja, der Sohn war wichtig. Mit ihm konnte man reden. Ihn überzeugen. Der Alte musste weg. So deutlich sagte er es zwar nicht. Aber man sah dem Sohn, Robert, an, dass er nicht viele Tränen vergießen würde, wenn er am offenen Grab des Seniors stünde. Aber man musste sich hüten, Robert darauf anzusprechen. Das würde nicht funktionieren.

Die Tochter war ohnehin gnadenlos. Mit der brauchte man nicht lange reden, die wäre auf jeden Fall für Verkauf. Die dicke Silke war vom Alten immer kurzgehalten worden. Wenn die mal anständig Geld auf der Kralle hatte, würde die alles nachholen, was ihr bisher nicht möglich war. Vermutlich würde sie sich als erstes einen Gigolo zulegen.

Man musste bei dem Gedanken grinsen.

Bernd Bauer willigte schließlich ein. Wir wollten uns beim Sportplatz des SV 03 treffen. Auf der blauen Bahn dort drehte Bauer regelmäßig seine Runden. Ganz alleine lief er wie ein Kreisel das Oval der Tartanbahn ab. Eine Stunde lang.

»Wenn ich dich schon sehen muss«, hatte Bauer gesagt, »dann will ich wegen dir wenigstens keine Zeit verlieren. Versprich dir aber nichts, das sage ich dir gleich.«

Wir trafen uns am Vormittag. Zehn Uhr. Der Schnee war auf der Bahn noch nicht vollständig weggeschmolzen. Aber die innere Spur war schnee- und eisfrei. Darauf drehte Bauer bereits seine Runden, als ich ankam. Das schmale Tor in Höhe der Kabinen stand offen. Ich ging durch, winkte Bauer kurz zu, ohne dass der darauf reagierte.

Du Arsch, dachte ich, dafür bezahlst du nachher gleich mit.

Eine Weile lehnte ich mich gegen die Wand des Helmut-Roth-Stübles und beobachtete Bauer. Der lief Runde um Runde, immer im selben Tempo, präzise wie ein Uhrwerk. Schließlich bog er aus der letzten Kurve heraus in den Durchgang zu den Kabinen ein.

»Da bist du ja«, sagte Bauer, »dir täte es auch gut, mal ein bisschen Sport zu machen. Aber egal, ist ja deine Sache. Also, was gibt es zu bequatschen? Mach schnell, ich muss duschen, ich will mir keine Erkältung holen.«

Ich ging dicht zu Bauer hin, der ein paar Dehnübungen machte.

»Wem hast du erzählt, dass wir uns treffen?«

»Erzählt? Niemand. Das ist doch nicht wichtig. Wem sollte ich erzählen, dass ich dich treffe? Blöde Frage. Ausgerechnet dich zu treffen – da hätten nur alle blöd geguckt. Ausgerechnet wir zwei.«

Ich schaute mich um. Der Rasenplatz war leer. Leichter Nebel lag darauf. Links, rechts, hinter mir – keine Menschenseele war zu sehen.

»Weißt du«, sagte ich langsam zu dem sich noch immer dehnenden Bauer, »ich mochte dich noch nie. Deshalb habe ich mit der Sache hier auch keine Probleme.«

Ich zog meine Hände hinter dem Rücken nach vorne. Erstaunt betrachtete Bauer die Eisenstange. Er schien darüber nachzudenken, wieso jemand eine Eisenstange zu einer Verabredung mitbrachte. Und als ihm klar wurde, was das für ihn bedeutete, war es zu spät.

Mit Wucht schlug die Stange auf Bauers Kopf ein. Sofort brachen seine Beine weg und er fiel zu Boden. Die zwei, drei folgenden Schläge trafen ihn noch mal am Kopf, auf der Brust und auf der Stirn, weil er auf dem Rücken lag. Aber das spürte Bernd Bauer nicht mehr.

Doch er war zäh. Noch im Sterben drehte er sich, robbte Richtung Stüble, verkrallte sich in einer frei gebliebenen Bodenplattenfuge. Im Todeskampf riss er die dunkle Erde aus dem Boden.

Als könnte er sich damit an das Leben klammern.

Dann war es vorbei.

Zitternd stand ich über der Leiche. Ich schwitzte.

Blut rann über den Steinboden und versickerte in den Fugen zwischen den verwitterten Steinen. Es war von dunklerem Rot, als ich angenommen hatte. Das Eisenrohr baumelte neben meinem rechten Bein. Ich hielt es noch in der Hand. Meine Knöchel traten weiß hervor.

Ich bückte mich und schloss die Finger Bauers über der Erde.

Als wollte der Kerl im Tod noch zeigen, worum es geht, dachte ich eher belustigt. Darüber können sich die Polizisten den Kopf zerbrechen.

Ich schleifte die Leiche ein paar Meter weg und legte sie mitten auf den Platz vor den Wasserhähnen, an denen man die Fußballschuhe auswusch. Das war jetzt Verwirrung genug für die Cops, dachte ich.

Ich schaute mich um.

Kein Mensch war zu sehen. Keine Zeugen. Keine Beobachter.

Es war Zeit zu gehen.

Polizeihauptkommissar Christian Löffler war befördert worden. Er war nun Erster Polizeihauptkommissar. Natürlich nannte ihn so niemand. Der Titel war zu lang. Eigentlich, überlegte Löffler, während er an seinem Schreibtisch im Polizeigebäude in der Tübinger Konrad-Adenauer-Straße saß, – also, eigentlich hatte sich gar nichts geändert. Okay, ein paar Euro mehr wegen der höheren Besoldungsgruppe. Üppig war es nicht, was da mehr floss. Aber für ihn war das ohnehin nicht wichtig. Sonst hätte er sich schon lange um eine Beförderung an die Polizeispitze gekümmert. Kein Problem für ihn, bei den Verbindungen.

Seine Bürotüre wurde aufgerissen.

Er wäre fast vom Stuhl gefallen vor Schreck.

Monika Berger, seine Kollegin, blieb wie angewurzelt mitten im Türrahmen stehen. Ihr Gesicht sah mindestens genauso entsetzt aus wie das ihres Vorgesetzten.

»Sorry«, stammelte sie und tippelte auf Löffler zu, »aber diese Nachricht berechtigt mich auch dazu, einen Ersten Hauptkommissar aus seinen Tagträumen zu wecken.«

Die schöne Monika Berger hatte bis vor einiger Zeit noch in der großen Löffler'schen Villa in Lustnau gewohnt, zusammen mit ihrem Kollegen Gerd Stammler, Löfflers Vater und Löfflers Tochter. Ein Notfall hatte sie damals dazu gezwungen. Mittlerweile lebte sie zusammen mit Löfflers Ex-Frau in einer Zweier-WG in der Tübinger Altstadt.

»Ich träume nicht, ich denke. Also – was gibt es so Wichtiges?«

»Mord. Tot. Also tot ganz sicher, Mord wahrscheinlich.«

»Sagt wer?«

»Sagen die Kollegen, die gerade von der blauen Bahn aus bei uns angerufen haben.«

Löffler stand auf. Er war leidenschaftlicher Läufer. Nicht Jogger – Läufer. Das bedeutete, dass er auch an Wettkämpfen teilnahm. Zehn-Kilometer-Läufe. Halbmarathon. Auch mal Marathon oder Bergläufe. Deshalb joggte er auch nicht wie die anderen, sondern er »ging trainieren«, wenn er sich die Laufschuhe anzog und irgendwo auf dem Spitzberg, im Rammert oder auf der blauen Bahn seine Läufe absolvierte.

»Auf der blauen Bahn wird keiner ermordet. Ausgeschlossen.«

Die blaue Bahn umschloss den Fußballplatz des SV 03 Tübingen. Es war eine blau glänzende Tartanbahn, die sofort ins Auge stach. Darauf hatten die Schulen Sportunterricht, außerdem trainierten die Sportler der LAV Stadtwerke Tübingen, des Leichtathletikvereins der Stadt, darauf.

Also auch Löffler.

Tempoläufe, Intervalle, auch mal Sprints.

»Ich kann Sie beruhigen«, meinte Berger, »es gibt keine Blutspritzer auf der Bahn. Sagen die Kollegen. Die Leiche des Mannes lag daneben, bei den Kabinen.«

»Puh, da bin ich aber erleichtert.«

»Dachte ich mir.«

»Wer ist der Mann? Hoffentlich keiner aus meinem LAV-Team.«

»Keine Ahnung. Ich sagte, wir kommen gleich. Stammler weiß schon Bescheid. Er wartet draußen beim Wagen. Kommen Sie?«

Löffler sprang aus seinem Stuhl auf, schnappte sich sein Jackett und hatte es sehr eilig, nach draußen zu kommen.

»Wenn das alles nicht auf der blauen Bahn wäre«, rief ihm Berger hinterher, während sie versuchte, aufzuholen, »würden Sie hier nicht wie ein Kenianer durch die Gänge rasen.«

Es war nicht weit vom Polizeipräsidium ins SV-03-Stadion. Einfach rauf auf die Brücke zur Unterführung durch den Schlossberg, noch vor dem Tunnel rechts runter, danach noch 400 Meter Richtung Hirschau und schließlich rechts rein. Links lag die Paul-Horn-Arena neben dem Gelände der TSG Tübingen, rechts das SV-Stadion mit der Laufbahn. Sie parkten am hinteren Eingang. Dort standen bereits zwei Polizeiwagen, ein Notdienst und ein weiterer Krankenwagen. Der Eingang, der fast versteckt zwischen zwei Hecken lag, war mit dem weiß-roten Tatortband abgesperrt. Löffler und Berger wurden vom Kollegen Manfred Bölstler empfangen.

»Wieso sind Sie so schnell hier?«, fragte der Erste Hauptkommissar. »Sie wollten doch wohl kein Lauftraining machen?«

Bölstler lachte.

»Bestimmt nicht. Fürs Laufen sind Sie zuständig. Ich bin bloß grad meine Streife gefahren, als mich die Kollegen aus der Zentrale erreicht haben. Da bin ich gleich hergerast und hab mir die Sauerei angeschaut.«

»Wer ist der Tote denn? Weiß man das schon?«

Bölstler nickte Richtung Umkleidekabinen.

»Da drin steht Peter Baur, er hat ihn gefunden. Er kennt ihn auch. War wohl regelmäßiger Jogger hier. Wundert mich, dass Sie ihn nicht kennen. Sie joggen doch auch auf der blauen Bahn.«

Löffler schaute entsetzt.

»Joggen? Ich? Ich jogge doch nicht, ich trainiere. Ich bereite mich vor. Auf Rennen und so. Da steckt System dahinter, ein Programm. Und wenn ich mal langsamer laufe, so gehört das zur Trainingseinheit und nennt sich Auslaufen. Oder Regenerationslauf. Also wirklich – joggen.«

Kopfschüttelnd ging Löffler in Richtung Eingang der Umkleidekabinen. Dort, auf einer Bierbank direkt daneben, saß Peter Baur und rauchte eine Zigarette. Er hatte sich gegen die Holzwand in seinem Rücken gelehnt und hielt die Augen geschlossen.

Er genoss Zug um Zug.

Löffler setzte sich neben ihn. Sie kannten sich schon lange. Der Polizist war Mitglied beim Sportverein, hatte früher sogar ein wenig Tennis gespielt. Aber er war kein Naturtalent, und so hatte es ihm bald keinen Spaß mehr gemacht.

Baur war ein Ex-Fußballer. Er war jetzt auch schon über die Sechzig hinaus. Aber in seiner Jugend hatte er Torrekorde aufgestellt, die heute noch Gültigkeit hatten. Mittlerweile war er so etwas wie die gute Seele des Vereins geworden. Er wohnte in einer kleinen Wohnung auf dem Vereinsgelände, gleich neben der Holztribüne. Die war so alt, dass sie unter Denkmalsschutz stand. Baur kümmerte sich um alle Belange des Vereins. Sonntags, bei den Spielen, betrieb er den Kiosk, an dem es Getränke und heiße Rote gab. Unter der Woche achtete er auf den Schulsport oder darauf, dass nicht Hinz und Kunz ins Stadion kamen und dort Unsinn machten.

»Sag mal, Peter«, begann Löffler das Gespräch, »wer ist denn der Tote, den du gefunden hast? Es heißt, du kennst ihn.«

Baur öffnete ein Auge und schaute den Polizisten an. Der Rauch der Zigarette zog an ihm vorbei und drang in seine

Augen ein. Das genügte, um ihn ins Hier und Jetzt zu versetzen. Er setzte sich auf und drückte die Kippe auf dem Boden aus.

»Bauer«, sagte Peter Baur.

Löffler wartete.

»Bauer. So heißt er.«

Löffler tätschelte das Knie seines Nebensitzers.

»Peter, Baur heißt du. Peter Baur. Wie heißt der Tote?«

Baur schaute Löffler verwirrt an. Dann zog er heftig an einer weiteren Zigarette, die er sich gerade angezündet hatte. Er blies den Rauch an dem Kommissar vorbei ins Blaue.

»Christian, ich bin doch nicht blöde. Ich weiß, wie ich heiße. Aber der Tote heißt auch so. Bauer. Bernd Bauer. Mit e. Ich ohne e. Klar? Der kommt seit Jahren her und läuft hier seine Runden wie ein Blöder. Früher war er Fußballer, daher kenne ich ihn. Hat beim SV Wurmlingen gekickt. Und in Rottenburg. Ist aber schon lange her.«

»Und was war das für ein Typ?«

Baur schüttelte den Kopf.

»Über den weiß ich nicht so viel. Privat, meine ich. Muss aber Geld gehabt haben. In den letzten Jahren war er Privatier. Hat er gesagt. ›I muass nix meh schaffe‹, hat er gesagt. Zu mir. War Typ Angeber.«

»Und wie hast du ihn gefunden? Den Toten, meine ich.«

Baur schaute ihn erstaunt an.

»Na, genauso, so wie er jetzt daliegt.«

»Erzähle von vorne. Und lass dir nicht jedes Wort aus der Nase ziehen.«

Baur grinste.

»Ich helfe doch gerne«, sagte er und lachte. »Jedenfalls habe ich heute ruhig ausgeschlafen. Sind ja keine Schulklassen auf der Bahn in der Jahreszeit. Und bei mir hier draußen ist es ziemlich einsam, vor allem jetzt im Winter. Keine Sau schaut mal vorbei. Sogar die Fußballer gehen in die Halle zum Trainieren.«

»Peter.«

»Okay, okay – ich bin also aufgestanden, mache die Fensterläden auf und sehe den Bauer seine Runden drehen. Ich schaue eine Weile zu, rauche ein erstes Zigarettchen und atme die frische Luft ein und seh, dass der Bauer einen Gast begrüßt.«

Baur schaute irgendwie triumphierend zu dem Kommissar neben sich. Aber der schwieg und wartete auf die Fortsetzung.

»Aber ich konnte niemand sehen«, fuhr der Platzwart schließlich fort, »weil die Person da hinten«, er deutete dabei auf die Stelle, an der die Leiche lag, »also da hinten gestanden haben muss. Denn in die Richtung winkte der Bauer.«

»Und du konntest nicht sehen, wer da stand?«

»Nein, und es war mir auch egal. Ich dachte ja, dass ich den oder die sowieso sehe, wenn das Rundendrehen vom Bauer zu Ende ist und er sich hier auf die Bank zum Ausruhen hinsetzt. Manchmal habe ich ihm schon mal einen Kaffee gebracht. Obwohl er ein Arsch war. Aber er war der Einzige, mit dem ich quatschen konnte um die Tageszeit.«

Einen Augenblick saßen die beiden schweigend nebeneinander. Dann sah Löffler zu seinem Nachbarn hin und zeigte ihm, dass Zeit war für die Fortsetzung.

»Ich hab mich dann angezogen. Und als ich wieder rausgeschaut habe, war die Bahn leer. Ich denke also, der Bauer ist fertig und sitzt mit irgendeinem Freund oder Bekannten zusammen. Also bin ich von meinem Häuschen hierher gegangen. Tja, und da lag er. Genauso wie er jetzt daliegt.«

»Und sonst war keiner mehr da?«

Peter Baur schüttelte den Kopf.

»Ich habe mal am Puls gefühlt. Aber da war nichts mehr.

Also habe ich gleich deine Kollegen angerufen und hier auf sie gewartet. Und jetzt sitze ich da und überlege mir, wie ich nachher die Blutspuren auf den Steinplatten wegbekomme. Heute Abend kommen noch die Jugendmannschaften zum Training. Die müssen ja nicht unbedingt durch die ganzen Blutlachen waten.«

»Und du hast keine Ahnung, wer die Person gewesen sein könnte, die ihm zugewinkt hat? Ich meine, ist er denn immer alleine gelaufen? Oder hatte er eine Laufgruppe, mit der er sich hier im Stadion traf? Irgendwelche Sportler, Sportlerinnen, Sohn oder Tochter?«

»Er war immer alleine.«

»Was weißt du denn von ihm? Was hat er dir erzählt, wenn ihr zusammengesessen seid?«

Baur dachte einige Zeit nach. Währenddessen war der Gerichtsmediziner Markus Kürner eingetroffen. Der Professor war ein alter Freund Löfflers, der sogar Pate war von Kürners Sohn. Löffler winkte ihm zu.

»Wir haben uns eigentlich meist über früher unterhalten«, sagte Baur, »über Fußball und so. Privat weiß ich von dem gar nichts. Einen Sohn hat er, glaube ich. Aber das Verhältnis ist nicht das beste. Ich erinnere mich, dass er nicht mal zu dessen Geburtstag ging. ›Der will bloß mei Kohle, der faule Sack‹, hat er gesagt. Na ja, eigentlich war der Bernd Bauer ein ziemlicher Arsch. Viele Freunde hat der nicht gehabt, da wette ich.«

»Und seine Frau?«

»Oh je, hatte der denn eine?«

»Er hatte einen Sohn. Immerhin.«

Baur grinste.

»Ich habe Sohn und Tochter. Sogar Enkel. Und siehst du eine Frau?«

»Doch, ich erinnere mich. Da war mal eine.«

Tatsächlich hatte Baur gemeinsam mit ihr einige Jahre lang sogar das Sportheim gepachtet. Er war der Koch gewesen. Aber das war lange her. Löffler war da noch Schüler und musste auf der alten Aschenbahn trainieren, die zudem kürzer war als die vorgeschriebenen 400 Meter.

Der Kommissar stand auf. Peter Baur zündete sich noch eine Zigarette an. Er ließ sich wieder zurückfallen und lehnte den Rücken gegen die Holzwand.

»Ein Kollege wird deine Aussage noch aufnehmen«, sagte Löffler im Gehen, »aber du kannst gerne ausrauchen.«

Seine beiden Kollegen standen bei der Leiche Bernd Bauers. Der Gerichtsmediziner kniete daneben und tastete dessen Kopf ab. Dann die Brust, die Rippen, das Rückgrat. Die anderen sahen stumm zu. Schließlich stand Kürner auf und klopfte sich den Staub von der Hose.

»Und?«, fragte die Kommissarin Berger.

»Er ist tot.«

Löffler und Stammler verzogen bereits das Gesicht. Die alten Kampfhähne Kürner und Berger. Aus vollkommen unerklärlichen Gründen mochten sich beide vom ersten Zusammentreffen an nicht. Dabei waren die Rollen stets gleich verteilt: Berger stellte eine Frage oder machte eine Bemerkung und der Gerichtsmediziner machte sie lächerlich. Berger ging auf die Palme, Kürner lachte, Berger ging noch mehr auf die Palme. Am Ende schlichtete Löffler und das Drama war beendet bis zum nächsten Zusammentreffen.

»Das weiß ich schon. Aber woran ist er gestorben? Und wann?«

Kürner betrachtete neugierig den toten Bauer. Er legte nachdenklich die Stirn in Falten. Ganz der Schauspieler auf der Bühne.

»Sein Schädel ist eingeschlagen, wie man sieht. Ob er wohl daran gestorben ist? Oder hat man ihn am Ende vergiftet?«

Der Kollege Stammler musste grinsen, wandte sein Gesicht aber schnell ab, damit Berger das nicht sehen konnte.

Die Kommissarin wurde rot im Gesicht. Dieses Phänomen tauchte bei ihr ausschließlich bei Auseinandersetzungen mit Kürner auf. Er brachte sie in Millisekunden aus der Fassung. Darüber ärgerte sie sich, ohne etwas dagegen machen zu können, – und lief rot an.

»Das sehe ich selbst, dass man ihm den Kopf zertrümmert hat, ich bin doch nicht blind. Aber womit? Und wann?«

Hilflos hob Kürner die Arme und ließ sie wieder fallen.

»Was habe ich bloß verbrochen, dass ich mir solche Drehbuchsätze aus einer Vorabendserie anhören muss. Und jetzt fragen Sie mich bitte noch, wo ich zur Tatzeit gewesen bin, ein Gerichtsmediziner als Täter kommt selten vor, das wäre doch was. Ach ja – die Tatzeit war vor etwa einer bis zwei Stunden.«

Mittlerweile waren auch einige Kollegen auf den Schlagabtausch der beiden aufmerksam geworden und schauten amüsiert zu. Löffler beschloss, dem ein Ende zu bereiten.

»Das ist keine Fasnetsveranstaltung hier. Also hört jetzt mal auf und kommt wieder runter. Sie, Frau Berger, teilen die Kollegen ein, die sich in der Nachbarschaft umhören sollen, ob jemand etwas beobachtet hat.«

»In der Nachbarschaft?«, fragte die Kommissarin einigermaßen verwundert. »Aber hier wohnt doch niemand, gegenüber sind bloß das TSG-Sportheim und das Freibad. Sonst weit und breit nix.«

»Doch, das ›Hotel am Bad‹. Neben dem Freibad. Vielleicht hat ein Hotelgast etwas gesehen. Lassen Sie mal nachfragen – oder gehen Sie am besten gleich selbst. «

Damit wandte er sich Kürner zu.

»Sag mal, Markus, was denkst du denn, womit der Täter dem Mann hier den Schädel eingeschlagen hat? Wir haben nichts gefunden, was zu dem Schlag passen könnte. Wonach sollen wir denn suchen?«

Kürner, der fast zwei Meter lange Pathologe, schaute sich um. Dann blickte er wieder auf den toten Mann zu seinen Füßen.

»Ich würde sagen, du suchst nach einem schweren Eisenrohr. Durchmesser um die sechs, acht Zentimeter. Länge nicht bestimmbar. Der Täter oder die Täterin – es kann auch eine Frau gewesen sein – hat nach dem Schlag auf den Kopf noch ein paar Mal auf den Körper eingeprügelt. Der ganze Brustkorb ist verbogen. Ich denke mal, der Schlag auf den Kopf war der Todesschlag. Kann ich dir aber erst nach der Obduktion sagen.«

»Machst du die selbst?«

Kürner schaute ihn aus großen Augen an.

»Christian«, sagte er vorwurfsvoll, »wir haben heute Abend Klassentreffen. Du übrigens auch. Oder hast du das vergessen?«

»Oh nein, gar nicht«, kam es bei dem Polizisten wie aus der Pistole geschossen, »ich wollte dich bloß mal testen, ob du dich noch erinnern kannst.«

Kürner winkte ab.

»Geschwätz. Du hast nicht mehr dran gedacht. Dabei reden wir seit Wochen davon. Was ist eigentlich los mit dir? Ich habe dir schon immer gesagt, dass deine Lauferei dir noch mal ins Gehirn steigt. Und jetzt haben wir es.«

»Ich war bereits im Hotel«, sagte Stammler zu den beiden.

Der Kollege Stammler war seit Wochen wie ausgewechselt. Gepflegt, nach Rasierwasser duftend, manikürte Fingernägel, saubere, modische Kleidung. Seine neue Freundin Gülcin hatte das bewirkt.

»Mit so einem Dreckbären zeige ich mich jetzt nicht mehr auf der Straße«, hatte sie zum verlotterten Stammler gesagt.

»Entweder du wirst wieder zum abendländischen, westeuropäischen, gepflegten, mittelalten Mann, der gut riecht und mich nicht mit Bartstoppeln verletzt – oder wir haben eine Vierwände-Beziehung.«

»Vierwände-Beziehung? Was ist das?«

»Wir gehen nie mehr aus, verlassen die Wohnung nicht mehr gemeinsam und empfangen keinen Besuch. Zu Hause kannst du peinlich sein. Aber nur so lange, wie ich es aushalte. Sonst führst du bald eine Beziehung mit deinen vier Wänden. Und zwar nur mit denen.«

Stammler mochte keine Drohungen. Da stellte er zügig auf stur. Doch nicht bei Gülcin. Nicht nur deshalb, weil er total verschossen in sie war, sondern auch weil er wusste, dass sie recht hatte. Dabei verbrachte er die Nächte häufig gar nicht bei ihr. Sie arbeitete im Krankenhaus. Notaufnahme. Da kamen etliche Nachtschichten zusammen. Also genoss er weiterhin sein Leben in der Löffler-Villa mit Köchin, Pool, großem Zimmer und das alles umsonst. Mietfrei. Schlechtes Gewissen hatte er dabei nicht. Die Löfflers hatten genug Kohle, seine paar Kröten brauchten sie da nicht. Und wenn – er hätte dafür bezahlt. Denn in Tübingen ist eine Wohnung wie ein Sechser im Lotto. Er hatte schon mal ein paar Wochen im Büro des Präsidiums auf einer Liege genächtigt. Dahin wollte er nicht zurück. Sein Vorgesetzter hatte ihn damals bei sich aufgenommen. Und da lebte er noch immer.

»Ich habe mal bei den Hotelgästen nachgefragt«, sagte Stammler zu seinen beiden Kollegen, »eigentlich waren es bloß zwei. Und ihrem Urteil würde ich nicht unbedingt trauen.«

»Wieso? Widersprechen sie sich?«

Stammler lachte trocken.

»Wenn es nur das wäre. Sie leben auf verschiedenen Planeten. Keiner davon heißt Erde.«

»Nun sag schon – was haben sie beobachtet«, wurde Berger ungeduldig.

Stammler machte es spannend. Wartete, bis auch Löffler langsam die Geduld zu verlieren drohte. Selbst Kürner, der noch immer neben der Leiche stand, schien kurz davor zu sein, sich einzumischen. Diese Aussicht schien Stammler zu gefährlich.

»Sie haben nichts gesehen. Und alles.«

»Geht es weniger kryptisch?«

Kürner hatte sich jetzt vor Stammler aufgebaut. Der schaute zu seinem Vorgesetzten, doch der grinste ihn an. Okay, jetzt hieß es, das Theater aufzugeben.

»Also gut, die beiden waren noch immer sturzbetrunken. Sie haben die ganze Nacht durchgesoffen. Irgendwie haben sie das trotz Tübingen und dem verlotterten Nachtleben hier geschafft. Am Schluss sind sie vom Lokal im Hauptbahnhof hergewankt. Kein Taxi wollte sie transportieren. Und auf dem Weg von der Hauptstraße zum Hotel kamen sie am Eingang zum Stadion vorbei. Sie haben auch jemand gesehen. Einer hat sogar sehr viele gesehen. Araber, meint er. Mit Bärten. Der andere sah nur einen – und der war eine Frau. Die hat sich mit einer anderen Frau unterhalten und sie plötzlich erschossen. Und dann hat sie die beiden Hotelgäste gejagt. Mit der Waffe. Davon allerdings wusste der erste nichts mehr. Der habe sich nämlich, fiel ihm ein, an einem Baum übergeben. Und als er wieder aufschaute, sei er im Hotelzimmer gewesen. Er könne sich das nicht erklären. Vielleicht, sagte er, gebe es Teleportation wirklich.«

Löffler winkte ab.

»Gut, Zeugen haben wir also keine. Aber das habe ich mir auch gedacht. Hier ist doch eh der Hund begraben. Ist doch klar, dass ein Killer sich so eine Stelle aussucht.«

Kürner hatte die Leiche noch ein wenig untersucht. Er winkte Löffler und die anderen zu sich.

»Die Leiche wurde bewegt«, erklärte er, »man hat sie an den Platz geschleift. Vom Stübles-Eingang bis hier. Und da ist noch etwas.«

Er deutete auf die Hand des Opfers. Der Gerichtsmediziner hatte sie geöffnet. Darin lag auf der runzligen Handfläche dunkle, feuchte Erde. Es sah aus, als hätte der Mann sie verzweifelt zu umklammern versucht.

»Seht mal«, sagte Kürner, »wie er die Erde hält. Das an sich ist ja nicht so bedeutsam. Ich meine, es ist schon merkwürdig, dass einer die Erde an sich presst. Ich seh im Übrigen hier keine. Frage also: Woher kommt sie? Antwort: Der Täter muss sie mitgebracht haben.«

Die Polizisten standen stumm da und schauten sich gegenseitig an. Die Information Kürners, er sehe hier keine, lag in der Luft, für jeden greifbar. Aber sie konnten mit dieser merkwürdigen Sache erst einmal nichts anfangen.

»Ich wollte euch nicht verwirren«, meinte der Pathologe schließlich fröhlich, »aber wenn ihr zu viel Informationen auf ein Mal nicht verkraftet, rede ich nächstes Mal langsamer.«

»Halt die Klappe, Markus«, sagte Löffler, »das ist nicht witzig.«

»Gar nicht«, wiederholte Berger, die Oberwasser bekam.

»Oho, Frau Kommissarin ist aus ihrem Tiefschlaf erwacht«, nahm Kürner sofort vergnügt den Fehdehandschuh auf, »allerdings hat sie ihr Gehirn dort zurückgelassen. Aber Hauptsache das Geplapper funktioniert.«

Löffler verdrehte die Augen.

»Schluss jetzt. Sofort. Ich habe den Kindergarten satt. Hier liegt ein Toter, genau vor euch, und über den ergießt ihr euer Gelaber, dass man sich schämen muss. Wenn das so weitergeht, fordere ich Therapiestunden für euch an. Für beide.«

Selbst sein alter Freund Markus stand mit offenem Mund vor dem Ersten Kommissar. Er war es nicht gewohnt, dass der seine Witzeleien auf die Goldwaage legte. Und vor allem war er es nicht gewohnt, dass er ihn vor allen anderen derart anfuhr. Also war er jetzt erst mal beleidigt.

Löffler gab ihm ein wenig Zeit.

»Was für Erde ist das denn?«, fragte er den Mediziner.

»Ich bin zwar kein Spezialist«, war Kürner sofort wieder der Profi, »aber das sieht mir ganz wie stinknormale Erde von einem Acker aus. Darauf wächst Mais oder Gerste oder so was. Es scheint so, als hätte irgendwer, vermutlich der Täter, den Dreck mitgebracht und ihn in die Hand des Opfers gelegt. Merkwürdig. Das habe ich noch nie erlebt.«

»Okay, geben wir das Zeug ins Labor zur Untersuchung. Was ist mit der KTU? Ist die fertig?«

Berger nickte.

»Schön, kümmern wir uns um die Familie des Toten. Haben wir alle Daten von ihm?«

Ganz klassisch zog Stammler seinen Schreibblock aus der Tasche und blätterte ihn auf.

»Alles hier. Bernd Bauer. Er ist 64 Jahre alt, wohnt in der Sindelfinger Straße und ist Rentner. Er wohnt alleine in der Wohnung, zumindest ohne Familie. Die wohnt nämlich in Wurmlingen und da stammt er auch her. Sohn und Tochter wohnen immer noch dort. Er ist Witwer, seine Frau ist verstorben vor zwei Jahren. In ihrem Haus in der Lindenstraße. Da wohnen auch die Geschwister, er unten, sie im oberen Stockwerk.«

»Woher weißt du das alles?«

»Kollegin Heim auf dem Präsidium hat sich gleich ans Werk gemacht und mir die Sachen aufs Smartphone geschickt.«

»Und warum liest du das alles vom Schreibblock ab?«

»Kommt irgendwie besser, finde ich. Seriöser.«

Löffler schüttelte den Kopf, Berger mochte es drastischer: Sie zeigte dem Kollegen den Vogel. Und Kürner, der aus dem Hintergrund mitgehört hatte, kicherte.

»Na schön«, entschied Löffler, »teilen wir uns auf. Ich fahre zur Bauer-Wohnung in die Sindelfinger, Sie nach Wurmlingen. Falls die tagsüber überhaupt zu Hause sind. Rufen Sie mal an. Sonst gehen Sie zu den jeweiligen Arbeitsplätzen.«

Löffler verabschiedete sich noch von Peter Baur.

»Vielleicht ist das mit dem Toten gar nicht so schlecht«, sinnierte der bereits über einem weiteren Zigarettchen, »da kommen am Sonntag zum Heimspiel vielleicht ein paar Zuschauer mehr. Tatorttouristen. Vielleicht sollten wir ein bisschen Blut sichtbar auf dem Boden lassen. Und absperren. Damit die Leute was zu sehen kriegen. Da müsste vorher halt noch ein großer Bericht ins ›Tagblatt‹. Und am allerbesten – ihr kriegt den Täter noch vor dem Spiel.«

»Ja, das wäre wirklich eine gute Idee. Und vor dem Stadion ein paar Hinweisschilder. Und Topspielzuschlag.«

Zur Sindelfinger Straße war es nicht weit vom Stadion aus. Löffler fuhr durch den Schlossbergtunnel, danach links ab, am »Coyote« vorbei und bog in die Sindelfinger Straße ein. Ziemlich am Ende standen die Wohnblocks. In einem von ihnen war Bernd Bauers Wohnung. In dessen Sportjacke hatten die Kollegen von der Polizei einen Schlüsselbund entdeckt. Den hatte Löffler mitgenommen. Ziemlich sicher war der Wohnungsschlüssel dabei.

Er brauchte nicht lange zu probieren, dann hatte er den Schlüssel zur Haustüre gefunden. Bauers Wohnung lag im ersten Stock, nach Süden hin. Als der Kommissar vor der Wohnungstüre stand, hörte er Musik, die nach draußen drang.

Er presste das Ohr auf die Holztüre.

Ja, das war eindeutig, die Töne kamen aus Bauers Wohnung.

Löffler drückte die Wohnungsklingel. Gleichzeitig legte er die Hand an seine Waffe. Man konnte nie wissen. Irgendwie, sinnierte er noch, als er Schritte auf die Türe zukommen hörte, bin ich von den vielen Krimis im Fernsehen auch schon versaut. In der Tübinger Sindelfinger Straße mit der Waffe herumzufuchteln, kam ihm vor wie ein Kalauer auf einer Comedy-Bühne.

Dennoch zuckte er zusammen, als sich die Wohnungstüre öffnete.

Vor ihm stand eine Frau. Mitte 30, schätzungsweise. Sie hatte ein Bügeleisen in der Hand. Über ihrer Schulter lag ein Stück Stoff, möglicherweise eine Hose.

»Was ist?«, fragte sie.

»Wer sind Sie?«

»Und wer sind Sie?«

Beide standen sich gegenüber und starrten sich an. Die Frau bewegte sich keinen Millimeter zur Seite. Da dämmerte es auch Löffler, dass es für sie auch gar keinen Grund gab, den Weg für ihn freizumachen. Also griff er in seine Innentasche und holte seinen Ausweis heraus. Den hielt er der Frau hin.

»Kripo Tübingen. Kommissar Löffler. Guten Tag.«

»Na also«, sagte die Frau und lachte plötzlich übers ganze Gesicht. »Muss man sagen, wer man ist, oder?«

»Nun aber Sie auch.«

Die Frau lachte.

»Ich Mira Kosov. Ich wohne hier. Was will die Polizei? Ich habe nichts getan.«

Löffler sah sich um. Im zweiten Stock schlug eine Tür zu.

»Können wir nicht in die Wohnung gehen? Da ist es gemütlicher.«

»Kommen Sie herein. Ich mache Kaffee. Trinken wir einen, kein Problem.«

Mira Kosov ging voran, Löffler folgte ihr in die Küche. Der Tisch stand direkt am Fenster. Sah man ein wenig um die Ecke, konnte man den Gutshof Schwärzloch zwischen den Bäumen erkennen. Löffler erinnerte sich an viele Schulausflüge dahin und an die Mostbowle-Orgien zur Schulzeit.

»Nehmen Sie Platz, Kaffee kommt. Ist fertig. Und Sie können sagen, warum Sie sind hier.«

»Eigentlich wollte ich hier Bernd Bauer besuchen«, sagte der Kommissar und setzte sich an den Tisch. Die Frau stellte eine Tasse vor ihn hin.

»Bernd ist laufen. Schon lange. Weiß nicht, warum er ist noch nicht hier. Kommt gleich. Warum?«

»Sind Sie die Haushälterin? Eine Freundin? Geliebte? Nachbarin? Oder was genau?«

Die Frau lachte laut.

»Genau. Alles außer Nachbarin.«

Auch Löffler musste grinsen.

»Sie wohnen hier?«

Die Frau nickte. Sie goss den Kaffee in die Tassen, schob Milch und Zucker zu Löffler und setzte sich dem Polizisten gegenüber.

»Was ist mit Bernd?«, fragte sie.

Sie war ganz ruhig. Geradeso als bereite sie sich innerlich auf eine schlechte Nachricht vor.

Löffler musterte die Frau. Es tat ihm leid, was als Nächstes kam. Seine Erfahrung sagte ihm, es war am besten für alle, wenn er auf zu langes Herumeiern verzichtete.

»Bernd Bauer ist tot. Erschlagen. Im SV-03-Stadion.«

Die Frau nickte, als hätte sie so etwas erwartet. Als hätte sie bloß auf die Bestätigung ihrer Ahnungen gewartet. Sie trank aus ihrer Tasse und schaute eine Weile aus dem Fenster.

»Wer ist es gewesen?«

»Das wissen wir nicht. Wir haben keine Ahnung, wieso man Bauer überhaupt so etwas angetan hat. Können Sie mir da weiterhelfen?«

»Wie ist es passiert?«

Als Löffler schwieg, drehte sie sich zu ihm hin und suchte seinen Blick.

»Wie?«

»Man hat ihn erschlagen. Vermutlich. Nach seinem Training, direkt neben der Laufbahn.«

»Ich habe immer gesagt, der Sport bringt ihn in Grab. Bumm, ist passiert.«

»Eigentlich war es aber weniger der Sport als eine Eisenstange.«

»Ich weiß«, sagte sie leise, »wollte witzig sein. Klappt nicht.«

Löffler ließ ihr ein wenig Zeit.

»Wie stehen Sie eigentlich zu Bernd Bauer?«, fragte er schließlich.

»Stehen?«

»Was haben Sie mit ihm zu tun? Wer sind Sie? Was machen Sie hier? Deutlich genug?«

Die Frau hob abwehrend ihre Hände.

»Schon gut. Ich weiß jetzt. Ich bin Freundin. Fast Frau. Ich wohne hier. Seit einem Jahr. Oder mehr. Bernd war mein Mann, irgendwie.«

»Seine Frau ist gestorben, soweit ich weiß.«

Mira Kosov nickte.

»Vor zwei Jahren. War Bernd egal. Nicht mehr Liebe. Kein Sex. Mit mir schon.«

»Woher kennen Sie sich?«

»Urlaub. Bulgarien Goldstrand. Bernd im Urlaub mit Fußballfreunden. Wir haben uns in einer Bar gesehen. Hat gleich geklappt. Mit uns.«

»Waren Sie in der Bar angestellt?«

Sie nickte.

»Ja. War erst vor der Bar, dann hinter. Weil ich älter wurde. Erst Gäste mit Körper bedient, danach mit Schnaps. Bernd war Ausnahme. Hat mich immer angestarrt. Dann Treffen mit ihm am Strand. Morgens, nach der Arbeit. Sonnenaufgang. Ich bin mit ihm nach Deutschland und gleich in die Wohnung. Hätten vielleicht bald geheiratet, aber jetzt?«

Sie zuckte mit den Schultern.

»Jetzt ist alles anders.«

»Was ist mit der Restfamilie? Mit dem Sohn und der Tochter?«

Sie machte eine wegwerfende Handbewegung.

»Haben mich gehasst. Batschacken-Braut. Bulgarische Schlampe. War mir egal – und Bernd auch. Wollten das Haus haben. In Wurmlingen. Hat er aber nicht gemacht, hat Miete verlangt.«

Sie kicherte.

»Haben blöd geguckt.«

Eine Weile schwiegen beide. Die Frau starrte in ihre Kaffeetasse, während Löffler sie beobachtete.

»Wer hatte denn etwas gegen Bernd Bauer?«, fragte er. »Wer hätte ihm so etwas antun können? Seine Kinder?«

Sie schüttelte den Kopf.

»Nein, die nicht. Sind Ärsche, aber keine Mörder. Zu

feige. Gibt niemand, der Feind. Ich weiß nicht. Hat immer bloß Sport gemacht. Laufen. Immer Lauftreff Hirschau. Sonst immer mit mir zusammen. Weiß nicht, was früher war, vor mir.«

»Gab es in letzter Zeit etwas Besonderes? Außergewöhnliches? Etwas, das ihn belastete?«

»Nein, fällt mir nichts ein.«

»Er hatte Erde in der Faust. Der Mörder muss ihm das in die Hand gedrückt haben. Sagt Ihnen das etwas?«

»Erde? Dreck in Faust? Nein, sagt nichts. Ist komisch, was soll das bedeuten?«

»Das wissen wir nicht.«

Sie hob die Hände. Sich entschuldigend dafür, dass sie nicht helfen konnte.

»Was wird jetzt aus Ihnen?«, fragte der Polizist. »Können Sie hier bleiben? Wem gehört die Wohnung?«

Sie zuckte mit den Schultern.

»Weiß ich nicht genau. Wollte Anwalt gehen, dass Wohnung mir gehört. Nicht den Kindern. War vielleicht schon bei Anwalt, weiß ich nicht genau. Wenn nicht – dann Bulgarien. Goldstrand. Immer Sonne und Meer.«

Das klang bitter.

Sie weinte still.

Löffler wusste nicht so recht, was er machen sollte. Also blieb er ruhig sitzen und wartete. Nach einiger Zeit hatte die Frau sich beruhigt. Sie strich sich mit der Hand über die Augen und wischte die Tränen weg.

»Ist schade um Bernd, war guter Mann. Hat nicht verdient, dass er so stirbt. Hätte im Bett sterben sollen, bei mir. Glücklicher Tod. Suchen Sie Mörder. Bitte.«

Löffler schob ihr seine Karte über den Tisch.

»Falls Ihnen noch etwas einfällt, rufen Sie mich bitte an. Und nicht weggehen, ehe wir es Ihnen erlauben, okay?«

Sie nickte, nahm die Karte und steckte sie in ihre Tasche.

Der Kommissar stand auf und ging zur Tür. Er sah sich noch einmal um, ehe er die Wohnung verließ. Die Frau schaute ihm nach.

»Fangen Sie Mörder«, sagte sie leise.

Löffler nickte.

Es war nicht weit zu fahren vom Stadion nach Wurmlingen. Der Ort war ein Stadtteil von Rottenburg. Aber das war den Wurmlingern egal. Sie waren Wurmlinger, basta. Gemeindereform? Wen interessierte das denn? Sie hatten ja ihre Kapelle – und so etwas gab es weit und breit nirgends mehr. Die jedenfalls konnte Rottenburg sich nicht unter den Nagel reißen.

Ja, die Wurmlinger Kapelle thronte oben auf dem Berg weithin sichtbar. So eine Art Wahrzeichen der Gegend. Und das mit eigenem Lied von Ludwig Uhland. »Droben stehet die Kapelle«, heißt es und es ist tieftraurig.

»Die schwäbische Seele ist eben auf Du und Du mit dem nahen Tod, deshalb die Melancholie beim Brezelessen«, hatte Christian Löffler mal zu Berger gesagt, als die sich über die Mordrate im Ländle ausgelassen hatte.

Stammler am Steuer fuhr mit der Kollegin die Bricciusstraße hoch und bog an der Kirche links in die Lindenstraße ein. Leicht steigend durchschnitt sie den halben Ort.

Als sie vor dem Haus der Bauers ankamen, stellten sie den Wagen in die Hofeinfahrt. Sobald sie beide aus dem Wagen stiegen, öffnete sich die Haustüre und eine Frau kam heraus. Groß war sie und beleibt. Also eigentlich eher dick und sie trug trotz der Kälte draußen nur ein kurzärmeliges T-Shirt. Dadurch sah man die Muskelwülste auf ihren Oberarmen.

»Spinnt ihr? Ihr könnet doch et in meiner Einfahrt euer Scheißauto abstelle. Jetzt hört mir doch älles uff. Machet bloß, dass ihr wegkommet.«

»Ich dachte, du hättest uns angekündigt«, sagte Berger leise zum Kollegen.

»Hab ich auch. Aber bei ihm, dem Bruder, nicht bei ihr. Wer konnte auch so etwas ahnen wie das da vor uns.«

»Höret ihr schlecht? Ab mit euch.«

Berger ging einen Schritt auf die Frau zu.

»Wir sind von der Polizei. Kripo. Hier mein Ausweis.«

Die Frau beachtete den Ausweis gar nicht.

»Na ond? Au die Polizei ko et überall parke, wo sie will. Also, ab mit euch.«

Stammler meldete sich von hinten.

»Wir wollen Ihren Bruder sprechen. Robert heißt er doch, oder?«

Sie schien überrascht. Einen Moment verschlug es ihr tatsächlich die Sprache.

»Was wollet Sie denn von dem?«

»Das sagen wir ihm selbst. Ist er da?«

»Erst Wagen wegfahre, dann könnet se zu ihm.«

Berger hatte genug von dem Theater. Sie ging auf die Frau zu und stellte sich ihr gegenüber. Zwar war Berger größer als ihr Gegenüber, diese aber dafür doppelt so breit. Dennoch trat die Frau einen Schritt zurück. Offensichtlich war sie es nicht gewohnt, dass sich jemand so ganz direkt mit ihr anlegte.

»Wir machen das jetzt mal ganz kurz«, so Berger mit eiskalter Stimme, »Sie kooperieren jetzt oder wir buchten Sie ein wegen Widerstand gegen die Staatsgewalt. Ist das klar?«

»Das können Sie net mache«, kam es unsicher aus dem Mund des Trumms.

»Ach ja? Das wollen wir doch mal sehen.«

Die Kommissarin griff an ihren Gürtel und schnappte sich ein paar Handschellen. Die hielt sie der Frau vor die Nase.

»So, und die ziehen wir jetzt an und ruckzuck ab in die Zelle.«

Die Frau machte einen Satz nach hinten. Sie wäre fast gestürzt dabei, doch der Türrahmen der Haustüre hielt sie gerade noch aufrecht.

»Nun höret sie aber auf, dann parket se halt in meim Garten. Oder glei in meinem Wohnzimmer. Was wollet sie überhaupt bei ons?«

»Das« – Berger fasste die Frau am Oberarm und zog sie mit sich ins Haus – »sage ich Ihnen drinnen. Muss ja nicht gleich jeder mithören. Und Ihren Bruder holen Sie bitte auch dazu, mit dem haben wir bereits telefoniert.«

Bruder und Schwester saßen auf dem altbackenen Sofa unter dem Fenster zur Straße. Beide guckten halbwegs ungläubig zu den Polizisten hin.

»Erschlagen?«, fragte Robert Bauer, der Sohn, mehr sich selbst als die Kommissare.

»Ja, genau«, antwortete die Schwester Silke Bauer.

Beide schwiegen eine Weile.

»Und wer war es?«, wollte der Sohn wissen.

»Keine Ahnung«, antwortete die Schwester.

»Ich hab eigentlich die Polizisten gefragt, nicht dich«, meinte der Bruder.

»Die wissen des au net, sonst wäret se net hier.«

Der Bruder nickte, die Logik leuchtete ihm ein.

»Wann haben Sie denn Ihren Vater das letzte Mal gesehen?«, fragte Stammler den Sohn.

Der zuckte mit den Schultern.

»Was weiß ich, vor ein paar Monat vielleicht. Mir waret net die beste Freund.«

»Mir au net«, mischte sich Silke Bauer ein, »i han mit dem gar nimmer gredet. Seit der sich die gierige Schnepf aus Bulgarien gholt hot, war der für mi gstorbe.«

»Was denn für eine Schnepf?«, fragte Berger.

»Ha, irgendso eine Nutte. Die hot der vom Goldstrand in Bulgarie mitbrocht. Die wohnt doch bei dem in Tübinge. Ond ons zwoi lässt der hier verhongere. Aber dui Nutte stopft er voll mit Gschenkle. Pfui Teufel.«

»Ha, jong isch se halt«, so der etwas bedächtigere Bruder, »do ganget so einem alte Mann schon mol die Pferde durch. Der hätt sich scho wieder kriagt. Aber saget se amol: Wia isch er denn genau umbracht worde?«

»Erschlagen. Mit einem harten Gegenstand. Direkt neben der Laufbahn.«

»Ein schöner Tod«, sagte der Sohn seufzend, als hätte sein Vater seinen Tod genossen, »das hat er sich bestimmt gewünscht: Tod beim Laufen.«

»Scheißdreck«, fauchte da die Schwester, »der wollte auf der Nutte sterbe, was denn sonscht. Laufbahn – i glaub du spinnscht.«

Stammler schaute Berger an. Die verdrehte die Augen.

»Kommen wir mal zur Sache«, begann die Kommissarin schließlich. »Wer könnte Ihrem Vater das denn angetan haben? Haben Sie beide denn einen Verdacht?«

»Die bulgarische Nutte war es, wer denn sonscht?«

»Und warum sollte sie das getan haben?«

»Dui braucht koin Grund.«

Berger seufzte.

»Noch mal von vorne: Wer könnte einen Grund haben, Ihren Vater umzubringen? Bitte nur Sachbeiträge.«

»Ich«, sagte Robert Bauer.

»Oh«, entfuhr es Berger.

»Aber ich bin es nicht gewesen.«

»Was haben Sie denn gegen Ihren Vater?«, fragte Stammler.

»Höret sie doch net auf das, was der Ihne verzählt«, mischte sich da die Schwester ein. »Manchmal lebt mei Bruder in einer andere Welt.«

»Dennoch habe ich meinen Vater nicht leiden können.«

»Warum nicht?«

»Weil er mich nicht leiden konnte. Seinen eigenen Sohn.«

»Du warscht halt au immer etwas seltsam, Robbie. Des hot dem Vadder net gfalle. Du warscht der einzige, der in seinem Jahrgang bei de Pfingstreiter nicht mitgmacht hot. Und des geht in Wurmlinge eigentlich nicht.«

Die Veranstaltung der Pfingstreiter findet in Wurmlingen alle zwei Jahre statt. Zwei Jahrgänge werden zusammengefasst und machen dann bei dem mittelalterlichen Spektakel mit Pferden, Maibaum und historischen Kostümen mit. Tausende schauen zu. Danach geht es zum großen Zelt und es wird gefeiert – draußen und drinnen. Drei Tage dauert das Spektakel.

Die beiden Kommissare schauten sich an. Eine komplizierte Vernehmung, schienen die Blicke zu sagen.

»Sagen Sie mal, Herr Bauer«, fuhr Berger schließlich fort, »was arbeiten Sie eigentlich? Ich meine, welchen Beruf haben Sie?«

Ein Schatten tiefen Schmerzes schien über das Gesicht des Bruders zu kriechen.

»Ich habe eher eine Berufung«, sagte er leise, flüsterte fast. »Ich bin ein Welterklärer. Also ein Philosoph. Das habe ich studiert – Philosophie. Da können Sie sich denken, dass ich es nicht so mit einem bürgerlichen Beruf habe.«

»Er isch halt an fauler Sack«, intervenierte da Silke Bauer, »der den ganzen Tag bloß denkt. Sagt er. Sitz uff seim Arsch ond denkt. Manchmal schreibt er was uff. Ond ich koch, gang schaffe und kümmere mi oms Haus.«

»Ich schreibe an einem Buch, an einem Werk«, verteidigte sich der Bruder nun, »das ist harte Arbeit. Das Buch ist immer in meinem Kopf, ich denke an nichts anderes und ich trage schwer damit.«

»Worum geht es denn in dem Buch?«, fragte Stammler.

»Es geht um eine analoge Kritik im digitalen Zeitalter unter Berücksichtigung ontologischer Unsicherheiten angesichts neuer Rezeptionstechniken. Bahnbrechend wird das. Und es beschreibt unser aller Zukunft.«

Silke Bauer schlug sich mit der Hand gegen die Stirn.

»Und so ein Scheiß muaß i mir jeden Tag anhöre. I werd verrückt dabei.«

Berger ignorierte sie.

»Und arbeiten Sie auch… nun ja… normal? Also in einem Unternehmen? In der Uni? Oder bei einer Zeitung? Die nehmen ja jeden.«

Traurig schüttelte der Philosoph den Kopf.

»Leider – nein. Mein Leben gehört meinem Buch und der Zukunft der Menschheit.«

»Und wovon leben Sie? Um es mal ganz profan auszudrücken.«

»Ha, vom Vadder natürlich«, rief da die Schwester, »der gibt dem emmer no Geld. Obwohl er ihn für an Schwachkopf hält. Also, der Vadder mein Bruder.«

»Und Sie?«, fragte Stammler die Schwester, »wie verdienen Sie Ihr Geld?«

»Ha, anständig natürlich. I schaff bei der Stadt, bei der Verwaltung. Verkehrswesen. I verdien mei Geld jedenfalls selber, net so wia der do.«

»Ach, Silke«, sagte Robert Bauer mit müder Stimme, »ich habe dir schon oft gesagt, dass meine Last die größere ist. Du musst nicht die Menschen verstehen und die Welt erklären wie ich. Du musst nur Strafzettel verwalten.«

»Depp.«

Eine Weile hatten die Kommissare den beiden schweigend und auch einigermaßen fassungslos zugehört. Dann aber verständigten sie sich erneut mit Blicken: So führte das zu keinem Ende. Und außerdem wollten sie wieder etwas Sinn in die Befragung bringen.

»Wie war denn das Verhältnis zu Ihrem Vater. Von Ihnen beiden?«

»Also meines war nicht gut«, meinte der Philosoph, ohne groß zu überlegen, »er hat mich nicht verstanden. Mich nicht und nicht mein Denken. Aber ich war nicht böse deshalb. Keiner versteht mich, warum sollte es meinem Vater anders gehen. Ich dachte mir, ich warte halt, bis er stirbt. Na ja, jetzt ist es soweit, früher als erwartet. Jedenfalls wurde er kein Pflegefall mehr für uns.«

»So seh i des auch«, ergänzte die Schwester, »seitdem er auszoge isch mit der Nutte, hend mir ons kaum mehr gesehen. War mir au egal, er hot sich jo au früher net arg um uns kümmert, oder Robbie?«

Der Bruder nickte zustimmend.

»Wer von Ihnen beiden ist denn verheiratet?«, fragte Berger.

»Ha, koiner. I han koin gfunde ond der Robbie wollt koine. Damit war die Sach schnell gschwätzt.«

»Wissen Sie beide denn jemand, der Ihrem Vater Böses wollte – außer der Bulgarin, natürlich«, sagte Berger in Richtung Schwester.

Beide schüttelten in spontaner Choreographie den Kopf.

»Jetzt denken Sie doch erst mal nach«, beharrte Berger.

Robert Bauer schüttelte abermals den Kopf.

»Muss ich nicht. Er hatte keine Leichen im Keller. Für ein paar Sprüche im Suff bringt ihn keiner um. Und mit dem Saufen hat er schon ewig aufgehört, nachdem er das

Laufen entdeckt hat. Mir war er lieber, als er noch gesoffen hat.«

In diesem Augenblick war ein ohrenbetäubendes Kreischen zu hören. Wie eine ungeölte Motorsäge. Dazu schien die Luft zu beben. Monika Berger schnellte aus ihrem Stuhl hoch, schlug wahllos mit den Fäusten aus und schrie selbst wie am Spieß. Es gab einen lauten Platsch, etwas Glänzendes flog durch den Raum, prallte gegen die Wand und fiel zu Boden. Gefällt von einem mächtigen Fausthieb der Kommissarin.

Einen Augenblick verharrten alle wie versteinert in ihrer Position.

Berger stand da wie ein Racheengel, mit ausgestreckter Faust und im Ausfallschritt.

Eine Karate-Kriegerin.

Die Bauers hatten den Mund offen, als könnten sie unmöglich glauben, was sie gerade eben gesehen hatten. Und Stammler hatte einfach bloß weit aufgerissene Augen, die in einen Abgrund zu blicken schienen.

»Was war das denn?«, fragte er vorsichtig.

Silke Bauer wuchtete ihren Körper aus dem Stuhl nach oben. Noch ehe sie aufrecht stand, stieß sie bereits wilde Flüche aus. Vielleicht waren es auch bloß Wortfetzen ohne Sinn, so genau war das nicht zu verstehen. Zu verstehen war allerdings, dass sie eine Stinkwut hatte. Sie bewegte ihre Körpermassen zu der Wand hin, auf die das komische Etwas geprallt war, während ihr Bruder sich langsam erhob und eher verwundert auf den Boden an der Wand starrte.

»Augustin«, sagte er plötzlich.

»Augustin?«

»Unser Ara. Unser Papagei. Also eher ihrer«, sagte er und nickte in Richtung seiner Schwester, »ihr geliebtes Tier. Ich mag Tiere nicht, sie denken mir zu wenig. Immer nur an ihr nächstes Fresschen, nichts Metaphysisches, ganz ohne Visionen. Das ist nichts für mich.«

»Tot. Er isch tot.«

Jammernd stand Silke Bauer da, den toten Vogel auf dem Arm und das tränennasse Gesicht darüber gebeugt. Langsam erwachte Berger aus ihrer Erstarrung und entspannte sich wieder. Sie ging Richtung toter Vogel, aber ein stahlharter Blick Silke Bauers ließ sie verharren.

»Mörderin«, stieß diese hervor. »Hinterhältige, miese Mörderin. Ond so was isch bei der Polizei.«

»Nun aber mal vorsichtig«, wehrte die Polizistin sich, »ich kann doch nicht wissen, dass mich ein Vogel angreift. Ich habe einfach bloß reagiert und das Vieh unglücklich getroffen. Das ist ganz klar Notwehr.«

»Gegen mein Papagei? Notwehr? I glaub, Sie send nicht ganz dicht.«

»Wie bitte? Jetzt reicht es mir aber. Das ist Beamtenbeleidigung, dafür krieg ich Sie dran. Und für das Vieh hier hätten Sie einen Waffenschein gebraucht.«

Die beiden Frauen standen sich mit blitzenden Augen gegenüber. Pulverfass pur. Das erkannte auch Robert Bauer. Denn der stand auf, ging zu seiner Schwester hin und strich dem toten Vogel über das Gefieder.

»Kann man nichts mehr machen. Wir lassen ihn ausstopfen – und er wird ewig bei dir bleiben. Was meinst du?«

Die Schwester nickte heftig. Eine Träne tropfte auf ihr kurzärmeliges T-Shirt.

»Können wir mal wieder zur Sache kommen?«, übernahm nun Stammler die vollkommen wirre Situation. »Wir müssen einen Mord aufklären, der Tote ist Ihr Vater. Und worüber quatschen hier alle? Über einen toten Papagei. Wir müssen über den Toten sprechen, den Mann, der Ihr Vater war, wir müssen alles über ihn wissen. Nur so können wir auch den Täter kriegen. Also – alle hinsetzen! Und Sie, Frau Bauer, entsorgen jetzt mal den Vogel.«

Die Schwester verließ schniefend mit Augustin auf dem Arm das Zimmer. Die anderen setzten sich wieder an den Tisch.

»Sagen Sie mal«, begann Stammler die Befragung Robert Bauers erneut, »können Sie sich das erklären: Ihr Vater hatte Erde in der Hand, vermutlich vom Täter extra da reingedrückt. Sagt Ihnen das etwas?«

»Klar, ist ja einfach.«

»Wirklich? Was bedeutet das denn?«

»Christliche Symbolik. Eine Handvoll Erde ist Sinnbild des Menschen, denn aus Erde ist er gemacht und er muss wieder zu Erde werden. Das ist, glaube ich, aus der Genesis.«

»Sie meinen«, mischte sich Berger ein, »das könnte ein religiöser Fanatiker gewesen sein? Hatte Ihr Vater denn etwas mit Religion am Hut? Er kommt immerhin aus Wurmlingen, also tiefkatholisch und bibelfest. Gibt es denn Glaubenskriege in dem Ort?«

Bauer tippte sich gegen die Stirn.

»Auch wenn es Beamtenbeleidigung ist: Ticken Sie noch ganz richtig? Sind Sie irgendwo im Mittelalter hängen geblieben? Hier bei uns ist alles tadellos in Ordnung. Das mit der Erde muss eine übertragene Bedeutung haben.«

Von draußen von der Küche drang heftiges Türenklappern ins Wohnzimmer. Die anderen lauschten eine Weile. Jeder war in seine eigenen Gedanken versunken. Dann erschien die Schwester wieder. Ohne Papagei in der Hand.

»Wo haben Sie das Tier denn?«, fragte Stammler.

»Tiefgefroren. Eipackt und tiefgfroren. I will nicht, dass es stinkt und der Augustin verwest. Jetzt liegt er erscht mol a Weile im Gfrierfach.«

»Wie sieht es denn mit dem Erben aus?«, blieb der Kommissar am Thema. »Sind Sie beide denn die Haupterben, also die einzigen Erben? Und vor allem: Was gibt es denn zu erben?«

Die Geschwister schauten sich an.

»Nun«, sagte der Bruder vorsichtig, »so genau kann ich gar nicht sagen, was es an Vermögen gibt. Auf jeden Fall das Haus hier. Außerdem die Wohnung in Tübingen. Ich weiß nicht, ob die abbezahlt ist. Und noch ein paar Baumwiesen hier in Wurmlingen. Bank weiß ich nicht, ich kenne keine Konten von meinem Vater.«

»Was für Baumwiesen?«

»Ach, die liegen am Ortsrand. Könnten mal Baugebiet werden. Hoffentlich. Zurzeit wird da versucht zu erschließen. Aber ein paar verkaufen nicht. Mich hat man auch schon angesprochen, ob ich da nicht mit meinem Vater reden will. Der weigert sich nämlich.«

»Und was ist mit Ihnen?«, wandte der Polizist sich an die Schwester.

»Hauptsache, die Schlampe aus Bulgarien kriagt nix. Könnten Sie des mol rausfinde? Die Polizei muss sich doch um so ebbas kümmere.«

»Gibt es ein Testament? Wissen Sie beide etwas darüber?«

»Nein«, schüttelte Robert Bauer den Kopf, »so einer war Vater nicht. Schwaben machen keine Testamente, die vererben strikt nach Tradition. Alles an die Familie.«

»Ha no, wo kämet wir denn da hin, wenn Außenstehende jetzt au scho was kriaget.«

»Ich sehe schon«, sagte Berger seufzend und stand auf, »das führt nirgends hin. Da können wir jetzt bloß noch die Alibis prüfen. Aber ich ahne bereits, worauf das hinausläuft. Sagen Sie uns also: Wo waren Sie heute früh, als man Ihren Vater getötet hat?«

Die Schwester stand mit offenem Mund vor der Kommissarin. So, als könnte sie die Frage nicht verstehen. Als würde sie persönlich angegriffen.

»Da hört doch alles auf«, rief sie plötzlich wutentbrannt, »erscht killt se mein Papagei ond dann macht sie ons zu Mörder am Vadder. So ein Wahnsinn.«

Berger war unbeeindruckt.

»Also – wo waren sie beide?«

Die Geschwister schauten sich an.

»Na, hier war ich, die ganze Zeit«, sagte Robert Bauer. »Ich kann bezeugen, dass meine Schwester ebenfalls hier war.«

»Ond ich sag Ihnen, dass mei Bruder au do war. Hier em Haus. Punkt. War's des jetzt?«

»Warum wusste ich bloß im Voraus, dass Sie beide genau das sagen würden?«

»Weil Sie wissen, dass wir die Wahrheit sagen.«

»Sein Vadder bringt man nett um, au wenn er ein Arsch war.«

Stammler fiel etwas ein.

»Wieso waren Sie zu Hause? Ich denke, Sie arbeiten bei der Stadt.«

»Jo, aber et emmer. Zom Beispiel net, wenn ich Urlaub hab. Ond des hab ich zurzeit. So, jetzt gucket se aber blöd.«

Berger gab Stammler ein Zeichen zum Aufbruch.

»Und was machen Sie beide jetzt, ohne Vater? Bleiben Sie hier wohnen? Ziehen Sie weg? Sie haben ja jetzt Geld, wenn Sie alles verkaufen.«

Robert Berger schüttelte traurig den Kopf.

»Ein Wurmlinger zieht hier doch nicht weg, bloß weil er es könnte. Ein Wurmlinger hält sich. Das kann passieren, mal eine Weile woanders sein wegen Job oder Studium. Aber seiner Berufung als Wurmlinger kann sich keiner entziehen.«

»Besser hätt ich des auch net sage könne.«

Robert Bauer zögerte einen Augenblick.

»Einer allerdings ist weg. Auch wenn ich es nicht gerne zugebe.«

Die Schwester schlug ihm mit der Hand in die Seite.

»Muscht du jetzt mit dem Scheiß anfangen. Des war jetzt net nötig. So einen Familienmist wellet dia Polizischte doch sowieso net höre.«

»Wir hören alles gerne«, unterbrach Berger das geschwisterliche Intermezzo.

Bauer schob seine Schwester zur Seite.

»Wir haben noch einen Bruder. Aber der ist seit Jahren weg. Verschwunden. Das lastet gewissermaßen auf uns als Familie. Auch die Wurmlinger gucken uns da ganz schräg an. Die denken immer, er sei im Knast und wir wollten das nicht zugeben.«

»Der isch aber gar net im Knascht«, übernahm nun wieder die resolute Schwester, »der war bloß eine Weile in Zwiefalte. Sie wisset scho, droben auf der Alb. Klapse. Nervenzusammenbruch. Der hot halt nix hinkriegt im Leben. Also et des, was er wollt. Ond des hot ihn echt niedergebügelt.«

»Selbstmordversuch. Hat aber auch nicht geklappt. Das gab ihm den Rest. Zur Bestrafung wollte er weiterleben. Sozusagen Weiterleben als Selbstkasteiung.«

Die Geschwister schwiegen.

»Und wo ist er jetzt?«

Beide Bauers hoben ratlos die Schultern.

»Manchmal kommt er, manchmal geht er. Jetzt war er eine ganze Weile nicht mehr da.«

»Ha, er kommt emmer, wenn er Geld braucht. So einfach isch des.«

»Und Ihr Vater? Wie standen die beiden zueinander?«

»Ha, gar net. Der oine hot den andern net mit dem Arsch oguckt. Gschwätzt hend dia seit Jahren nix miteinander.«

»Und Sie wissen nicht, wo der Bruder steckt? Wie heißt der überhaupt?«

»Ha, Holger hoißt der. Aber manchmal wechselt er auch den Namen. Ich denk manchmal, der woiß selber nemmer, wer er überhaupt isch.«

Die Kommissare warteten, aber es kam nichts mehr.

Also machten sie sich auf den Weg zu ihrem Wagen.

Kurz bevor sie beim Auto ankamen, ein lauter Schrei der Schwester. Die beiden gingen noch einmal zurück.

»Wegen dem Augustin – da schick ich Ihne d' Rechnung fürs Ausstopfen. Do kommet Se noch billig davon. I hätte Sie jo au anzeige könne. Wegen Totschlag.«

Monika Berger winkte nur ab.

Die zwei Polizisten waren heilfroh, wieder im Wagen zu sitzen und über die Landstraße Richtung Hirschau davonrasen zu können.

Als die beiden Kommissare im Präsidium in der Konrad-Adenauer-Straße eintrafen, wartete ihr Chef Christian Löffler bereits auf sie. Er hatte sich von ihrer Sekretärin Annemarie Heim alles aus dem Computer heraussuchen lassen, was sie finden konnte zu Bernd Bauer.

Heim lebte in einem Dschungelambiente. Es hatte mit ein paar kleinen Pflanzen begonnen, damals, vor ein paar Jahren. »Ich hätte es gerne etwas grün im Raum«, hatte sie gesagt. Die Palmen wurden größer, es wurden weitere Dschungelpflanzen von ihr angeschafft, Sträucher, Blumen, die einen Meter hoch waren, und Bäume, die bald an die Decke stießen und die Heim schließlich absäbelte. Sie hatte sich sogar eine Zimmermachete angeschafft.

Kam man in den Büroraum, war Heim nie zu sehen, nur manchmal zu hören, falls sie telefonierte oder auf dem Keyboard des Rechners klapperte. Ansonsten lebte sie in ihrem Urwald. Den Kollegen fiel das bereits nicht mehr auf, sie hatten sich daran gewöhnt. Nur unbekannte Besucher schüttelten fassungslos den Kopf.

»Hallo Heimchen«, rief Berger fröhlich, als sie ins Büro kam. »Heute habe ich versehentlich einen potenziellen Mitbewohner von dir gekillt. Du wirst es mir nicht glaube, aber ich habe gegen einen angriffslustigen Papagei gekämpft. Ich lebe, er ist im Kühlfach.«

Die Blätter des Dschungels teilten sich wie das Rote Meer und Heim kam mit einem Stapel Blätter heraus. Sie legte das Papier auf den Schreibtisch und sah Berger erstaunt an.

»Wo trifft man denn hierzulande Papageien?«

»Privat. Wurde wahrscheinlich zum Killerpapagei erzogen. Aber ich habe überlebt.«

Heim dachte eine Weile nach. Sie strich sich dabei übers Kinn.

»Gar keine schlechte Idee, das mit dem Papagei. Ich rede mal mit dem Chef, vielleicht ist er ja einverstanden. Ich verspreche auch, dass ich mich ganz alleine um das Tier kümmere. Ihr anderen habt damit nichts zu tun.«

»Ja, tu das. Nicht weitererzählen, dass ich Augustin, den Ara, gekillt habe. In Tübingen ist das Mord. Denk nur an die SoKo Tierschutz, die hier die Straßen und Labore im Max-Planck-Institut kontrollieren. Am Ende sagen die noch, ich hätte den Augustin, also den Papagei, aus wissenschaftlichen Gründen abgemurkst. Als Experiment am Tier. Für mein Make-up. Die belagern meine Wohnung, wenn sie das herauskriegen.«

Sie schaute auf den Schreibtisch.

»Was sind das denn für Unterlagen? Sind die für mich?«

»Für euch alle. Bernd Bauer. Die Leiche heute Morgen auf der blauen Bahn.«

»Hat der Chef sie schon gelesen?«

Heim nickte. Dann ging sie durch ihre Pflanzen, die sich wie ein Vorhang schlossen, nachdem sie hinter ihnen verschwunden war.

Monika Berger ging zu Kollege Stammler, der ebenfalls die Unterlagen über Bauer auf dem Tisch liegen hatte. Löffler stand neben ihm und deutete gerade auf etwas auf einem Blatt Papier.

»Ganz schön viel Geld«, sagte er, »da dürfen sich die Erben freuen. Woher kommt das überhaupt, diese Ersparnisse?«

»Das weiß ich noch nicht«, antwortete Stammler, »ich versuche gerade, es herauszufinden. Ich meine, er war Zimmermann, hatte eine eigene kleine Zimmerei in Rangendingen. Aber die hat er vor ein paar Jahren verkauft. Und seitdem macht er eigentlich nichts mehr.«

»Außer Laufen«, sagte Löffler.

Stammler überlegte kurz, ehe er fortfuhr.

»Na ja, und er hat eine neue Frau. Die kostet Zeit und Kraft.«

»Es gab ja sonst nichts zu tun für ihn« überlegte Berger, »da kann er sich ja gut den ganzen Tag um die Liebe kümmern. Und Kraft? Na ja, mit seinem sportlichen Engagement hat er sich ja reichlich fit gehalten für die Dame.«

»Nur kein falscher Neid«, meinte da Löffler, »er wird sich so ein Leben schon irgendwie verdient haben. Jetzt ist es jedenfalls zu Ende und wir haben keine Ahnung, wie das passieren konnte. Richtig?«

Stammler und Berger schauten sich an. Dann nickten sie stumm.

Schließlich brachten Stammler und Berger ihren Chef auf den Stand der Gespräche mit den Geschwistern.

Die Sache mit dem Papagei ließen sie allerdings aus.

»Die Sache mit dem Papagei lassen wir weg«, meinte Löffler am Ende.

Berger schaute ihren Kollegen Stammler an. Der zuckte nur verlegen mit den Schultern. Und musste mit ansehen, wie die Kollegin stumm das Wort »Petze« formulierte.

»Das dachten wir uns auch«, sagte Berger, »das muss ja nicht ins Protokoll.«

Sie setzten sich um den Schreibtisch Stammlers herum.

Allgemeines Schweigen.

Die beiden Kommissare schauten auf ihren Vorgesetzten, der noch immer grübelte. Dabei zog er sich am Ohrläppchen und beobachtete seine Schuhe. Schließlich schien er die bisherigen Informationen sortiert zu haben.

»Also, bei so einem Mord kann kein Zufall im Spiel sein, das war eine persönliche Sache. Der Mörder muss Bauer gekannt haben. Es geht doch keiner ins Stadion, sieht einen Läufer und erschlägt ihn. Entweder geht es hier um Gefühle wie Rache oder Liebe oder es geht stinkprofan um Geld und Eigentum. Das, werter Kollege, werte Kollegin, müsste doch zu lösen sein.«

Plötzlich eine Stimme aus dem Wald.

»Das habe ich gehört«, rief Heim, »und ich muss sagen: Ich stimme zu. Jetzt könnt ihr alle mal zeigen, was ihr draufhabt. Sie natürlich auch, Chef.«

»Sie kämpft um einen Papagei«, flüsterte Berger.

»Na, das freut uns aber«, rief Stammler zurück, »dass du das auch so siehst. Da möchte ich aber mal sehen, was du sagst, wenn wir dich mit Überstunden zuknallen, meine Liebe.«

»Mir egal, ich habe meinen Kerl gestern aus der Wohnung geworfen, ich habe Zeit ohne Ende.«

»Oh je, die nächste Single«, stöhnte die Kommissarin, »da kann ja unser guter Stammler mit seiner Gülcin mal richtig brillieren.«

Der Kollege grinste.

»Du wirst eines Tages auch den Richtigen finden. Geh doch mal auf ein Konzert mit Dieter Thomas Kuhn, der ist im Auftrag der Liebe unterwegs. Vielleicht hat er einen Tipp für dich.«

»Nur nicht so gönnerhaft, mein Lieber«, sagte die Kollegin grinsend, »wenn ich an deine Nach-Ehe-Phase denke, sehe ich einen abgewirtschafteten, abgetakelten, unrasierten Typen vor mir, der sein Hemd eine Woche nicht wechselte. Berichtige mich, wenn ich falsch liege.«

Stammler lachte laut und tätschelte Bergers Unterarm.

»Du hast ja recht, so waren die Zeiten.«

»Schön, dass wir die Vergangenheit jetzt aufgearbeitet haben«, unterbrach Christian Löffler die beiden, »kommen wir zur Gegenwart zurück. Bernd Bauer. Wir müssen sein näheres Umfeld ausleuchten, nicht nur Familie und Partnerin. Was glaubt ihr, was sich in so einer Gemeinde über Jahrzehnte an versteckten, unausgelebten, unterdrückten Aggressionen aufstauen. Da hilft bloß eines: nachfragen.«

Berger stöhnte.

»Das hört sich nach Arbeit, nach sehr viel Arbeit an. Und nach Geschichten, die ich lieber nicht hören will.«

»Vor allem musst du noch mal an den Tatort zurück. An den Ort, an dem du den Vogel gekillt hast. Du brauchst eine Liste der Freunde, Feinde und aller Neutralen, die einen Bezug zu Bauer hatten. Das kannst du dir bloß von den Kindern abholen. Ich geh da aber nicht mit.«

Löffler hüstelte im Hintergrund.

»Stimmt«, sagte er, »denn Sie klappern seine Lauffreunde ab. Vielleicht kommt aus der Ecke eine Information, die uns weiterhilft. Gehen Sie zum Lauftreff Hirschau, mit denen hat er sich über den Spitzberg und alle anderen umliegenden Berge gequält. Auf solchen langen Läufen erzählt man sich so manches. Vielleicht ist ja was für uns dabei.«

Stammler schwieg einen Moment. Auf einmal schien sich ein Gedanke in ihm zu regen. Denn er begann plötzlich unruhig zu werden. Und schließlich war er auf die Spur einer Ungeheuerlichkeit gekommen.

»Sie wollen aber nicht«, fragte er mit einer jämmerlich klingenden Stimme, »dass ich bei denen mitlaufe, oder? Ich meine – Spitzberg, Pfaffenberg, Weinberge Unterjesingen und Entringen, das packe ich nie, da können die mich von der Piste kratzen.«

Löffler grinste nur.

»Joggen kann man immer, das geht immer. Man muss ja nicht rennen und Wettkampf machen. Nur einen Fuß vor den anderen setzen, dann geht das schon. Nehmen Sie doch Ihre Freundin mit, die sieht richtig sportlich aus.«

»Wollen Sie mich über Umwege zum Läufer machen? Damit ich demnächst mit Ihnen diesen verrückten Nikolauslauf mache, bei dem die Menschen wie Leichen ausschauen, wenn sie nach dem Bettelweg beim Heuberger Tor ankommen?«

Der Lauf ist ein Halbmarathon, den Löffler fast jedes Jahr mit rannte, und zwar durchaus erfolgreich. Einmal reichte es bei ihm sogar zu einem siebten Platz, und das bei 3000 Teilnehmern. Aber, das hatte Stammler richtig erkannt: Der Lauf war ein »Saulauf«, wie Löfflers Freund Matthias Koch immer sagte. Und der musste es wissen, war er doch immerhin schon ein paar Mal Deutscher Meister im Marathon in seiner Altersklasse 45 plus und 50 plus geworden. Jedenfalls quälte man sich ganz schön Berge hoch und Abhänge hinab, ehe man am Ende ganz zerschlagen über die

Ziellinie bei der Geschwister-Scholl-Schule auf Waldhäuser-Ost laufen konnte.

»Mir ist es egal, wie Sie es machen. Aber heute Abend ist Lauftreff bei Winnie Laube in Hirschau. Gehen Sie dahin, reden Sie mit den Leuten über Bernd Bauer. Morgen wissen wir mehr.«

Christian Löffler hatte sich von seinem Vater fahren lassen. Ein Klassentreffen war feucht, das hatten die zurückliegenden zwei Veranstaltungen, an denen er bereits teilgenommen hatte, gezeigt. Allerdings war das letzte auch schon wieder fünf Jahre her. Damals hatte er noch in Hamburg gelebt und gearbeitet. Er war extra hergeflogen. Hatte alte Mitschüler getroffen. Mitschülerinnen. Lehrer. Alle vom Keplergymnasium. Über Partys am Anlagensee gelacht, damals, als sie während der Schulzeit um Mitternacht alle nackt in den See gestiegen waren und plötzlich umringt waren von Schwänen. Lange Hälse, harte Schnäbel, die nach ihnen schnappten. Keiner wusste, wo die Viecher plötzlich herkamen, sie mussten über Nacht doch eingesperrt sein. Der lange Leo, furchtlos, gedankenlos und betrunken – der lange Leo schnappte sich ein Tier, hatte die Schnabelhiebe ausgehalten, schwang sich auf den Rücken und ließ sich von dem verängstigten Schwan ziehen.

Sie alle johlten und schrien und klatschten. Das war vor der allgegenwärtigen Smartphone-Zeit. Also keine Fotos für das Netz.

Keine Zurschaustellung eines übereifrigen Scherzes, der den Darsteller zum Affen macht für den Rest seines Lebens.

Also konnten nur die darüber berichten, die auch wirklich dabei gewesen waren. Und nicht die virtuellen Idioten, die dachten, das Leben seien kleine Filmchen oder Bilder auf einem Display. Und der, der sie anschaut, sei Teil des Geschehens.

Sie waren damals knapp einer harten Strafe entgangen, nachdem der Schwan plötzlich nicht mehr schwamm. Und nicht mehr atmete. Einfach nur auf dem flachen See trieb.

Tierquälerei wäre noch das geringste Vergehen gewesen. Aber einem der Väter der Beteiligten war es gelungen, seinen Einfluss geltend zu machen und die Sache aus den Medien herauszuhalten. Und eine hohe Spende an eine Tierschutzorganisation beruhigte auch die Staatsanwaltschaft.

»Es wäre keinem damit gedient, wenn man die Schüler jetzt hart bestraft«, hatte man denen gesagt, »und das Tier wird eh nicht mehr lebendig, da könnt ihr verurteilen, so viel ihr wollt.«

Das leuchtete ein. Damals kam man mit so etwas noch durch.

Dieses Jahr feierten sie im Weilheimer »Kneiple«.

Da gibt es einen wunderbaren Partysaal mit Bühne. Engagiert hatten sie »No Age Limit«, eine Coverband. Auch ein DJ stand zur Diskussion. Aber da hatte Markus Kürner massiv protestiert.

»Ich brauche lebendige Musik«, beschwerte er sich, »keine tote von der Konserve. Tote habe ich jeden Tag auf dem Tisch vor mir. Da brauche ich das nicht auch noch beim Feiern.«

»Aber der DJ ist doch ein menschliches Wesen«, hieß es da.

»Das ist ein Digitalfrickler. Oder ein bpm-Klon. Wo soll da Leben sein? Bloß weil er sich bewegt, heißt das nicht, dass er ein menschliches Wesen ist.«

Löfflers Vater Klaus hielt den Wagen vor dem »Kneiple« an.

»Bei mir gibt es keine Klassenfeten mehr«, sagte er, »und kein Klassentreffen. Da sind schon zu viele weggestorben, das lohnt sich nicht. Das reicht grad noch zu einem Skat.«

»Nicht so zynisch, Papa, das passt nicht zu dir. Hast du nicht neuerdings eine junge Freundin, die dir das Leben versüßt?«

Seit ein paar Wochen war Klaus Löffler nämlich mit einer ehemaligen Schulkameradin seines Sohnes, Maria Steinke, zusammen. Und es schien mehr als ein Verhältnis zu sein, das kam und ging. Maria Steinke war Journalistin und begann, nach einer beruflichen Krise gerade wieder Fuß zu fassen. Sie hatte ein paar feste Kunden, meist Monatszeitschriften, für die sie Kolumnen oder eigen-recherchierte Artikel zu Themen schrieb, die sie sich selbst suchte.

Sie nahm ebenfalls an dem Klassentreffen teil, war aber schon früher ins »Kneiple« gefahren, um bei den Vorbereitungen zu helfen.

»Kommst du später noch?«, fragte Löffler seinen Vater, ehe er ausstieg. »Du könntest ja Maria abholen – und mich vielleicht gleich mit.«

»Nein, nein«, wehrte der Senior ab, »da bin ich fehl am Platz, das ist eine Klassenfete, da dürfen ja nicht mal die Ehepartner mit, soweit ich weiß.«

»Na, dann mach ich mich mal auf den Weg. Hinein ins Vergnügen. Zurück in die Vergangenheit. Mal sehen, wie viele der Angeber vom letzten Treffen heute um Almosen betteln.«

»Denk dran«, rief Klaus Löffler ihm noch nach, »die Niederlagen erkennt man in den Augen.«

Gerd Stammler war kein Sportler. Gar keiner. Nicht mal passiv als Fernsehzuschauer bei Olympischen Spielen oder Fußball-Weltmeisterschaften. Er versuchte nicht mal, was heutzutage selbst der hirnloseste Anti-Sportler zur Kultur erhoben hat, zu jedem Fußballspiel seinen Senf beizusteuern und sich als Fachmann oder Fachfrau aufzuspielen. Er hielt lieber den Mund, wenn andere sich nach einem Länderspiel oder nach dem Bundesligaspieltag besonders schlau zu den Spielen äußerten.

Und jetzt sollte er laufen.

Im Namen der Aufklärung und der Gerechtigkeit. Tätersuche auf dem Spitzberg, im Schweiße seines Angesichts.

Er verstand gar nicht, warum Löffler ihn da hinschickte, denn sein Chef war doch der Überläufer. Reine Schikane, dachte er.

Aber nicht zu ändern.

Also tauchte er pünktlich um halb vier in der Lenaustraße in Hirschau hinter dem Schulhaus auf. Seine Laufschuhe waren uralt, hatten wenig Profil. Nicht vom Rennen, sondern deshalb, weil er sie als seine Straßenschuhe verwendete, wenn er nicht gerade Dienst hatte. Dazu eine schwabblige, graue Gymnastikhose, darüber ein kurz- und ein langarmiges Baumwollshirt. Und gegen die Kälte schließlich einen Anorak, der Wasser abstoßend und daunengefüttert war.

Lauftreffleiter Winnie Laube war bekannt wie ein bunter Hund in der Laufszene. Der über 70-Jährige war Cheforganisator des Spitzberglaufes und hatte eine jährliche Serie ins Leben gerufen, bei der sich interessierte Läufer gemeinsam über Monate hinweg auf einen Marathon vorbereiten konnten.

»Hören Sie«, sagte Stammler zu ihm, wobei er ihn ein wenig zur Seite nahm, »Christian Löffler schickt mich, ich soll hier recherchieren.«

»Der Christian? Der soll gefälligst selber kommen, da lernt er in den Bergen hier mal wieder, was gesunde Läuferhärte ist. Richte ihm das aus.«

»Ja, sag ich ihm. Also, worum es geht: Kennen Sie Bernd Bauer?«

Winnies Gesicht wurde traurig.

»Armer Kerl«, sagte er, »wie kann man so seinen Abgang machen? Als Läufer stirbt man auf der Piste.«

»Ist er doch auch«, warf der Kommissar ein, »direkt neben der blauen Bahn. Nach dem Training. Nach der Ziellinie in den Tod, sozusagen. Das ist schon eine Leistung.«

»Junger Mann«, sagte Winnie und nahm ihn am Unterarm, »ich sehe, wir verstehen uns. Und jetzt sagst du mir mal, unter uns, was du hier bei den Läufern recherchieren willst.«

»Wir denken, dass sich die Sportler bei ihren langen Läufen oftmals viel Privates erzählen. Außerdem kann der Täter von überall herkommen – auch Läufer morden, sagt ein altes Sprichwort.«

Winnie lachte.

»Ich würde sagen, dass der Lauf mordet. Und das Sprichwort hast du gerade erst erfunden. Du siehst genau so aus, als könntest du unseren Lauf heute nicht überstehen. Wann bist du denn zum letzten Mal 15 Kilometer gerannt? Bergauf?«

Stammler grinste verlegen.

»Noch nie. Aber so eine Mordaufklärung verlangt manchmal Unmenschliches von uns Polizisten. Da muss ich halt über mich hinauswachsen.«

»Du kannst mit mir laufen, ich bin nicht schnell. Und ich kannte den Bauer.«

Nach dem Start am Sportgelände ging es über die Hauptstraße hinauf auf den Berg Richtung Wurmlingen. Die ersten Kilometer waren tatsächlich nur steil. Im Bereich der Weinberge, die sie durchliefen, war die Strecke für kurze Zeit flach, ehe es eine regelrechte Rampe im Bereich des Kapellenanstiegs zu bezwingen gab. Am Grillplatz des sogenannten Wurmlinger Sattels führte die Strecke direkt in den Wald.

Die Gruppe um Winnie legte ein gemächliches Tempo vor. Stammler fiel zwar selbst das nicht leicht, aber er biss die Zähne zusammen.

»Was ist denn nun mit dem Bernd Bauer genau passiert?«, wollte einer der Mitläufer wissen.

Winnie hatte ihm verraten, dass er wegen Bauer recherchierte.

Läufer waren Schwätzer.

Stammler erzählte knapp von dem Mord, ohne allzu sehr ins Detail zu gehen.

»Ja, ja, der Bauer«, sagte der Mann, er hieß Paolo, »der war natürlich ein ideales Ziel für die Mafia aus dem Osten.«

Stammler glaubte kurz, sich verhört zu haben.

»Mafia?«, fragte er überrascht. »Osten? Bauer ein Ziel? Wie kommen Sie denn auf so eine Idee?«

»Na, der Bauer hatte doch Geld wie die Sau. Nachdem er seine Baugrundstücke in Tübingen verkauft hat, sowieso. Aber schon vorher hat er ja jede Menge verdient, und am Ende noch das Geld für seine Firma, die er verkauft hat – da kommt einiges zusammen.«

Mist, fiel Stammler ein, wir haben doch seine Konten überprüft. Leider habe ich nicht richtig zugehört und habe jetzt keine Ahnung. Und jetzt muss ich mich auf so ein Geschwätz einlassen, ohne jegliche Grundlagen zu kennen.

»Aber warum sollte denn die Mafia da ins Spiel kommen?«

»Er meint, das sei wegen der Frau von Bauer«, mischte sich ein weiterer Mann ein, der gemächlich neben Stammler trabte.

»Genau«, sagte Paolo wieder, »er hat sich dauernd beklagt, dass Verwandte der Frau aus Bulgarien oder Rumänien oder so kämen und Geld von ihm wollten. Und gab er nichts, wurden sie zügig handgreiflich. Meist gab es was aufs Maul.«

»Das hat er Ihnen selbst erzählt?«, fragte Stammler.

»Brauchte er nicht, das sah man ihm an. Ich kann Gesichter lesen und in Bauers Gesicht stand Furcht. Mafia-Furcht. Die entstellt die Gesichtszüge ganz besonders grausam.«

Stammler war baff. Und das verbarg er auch nicht.

»Das ist jetzt aber nicht Ihr Ernst, oder?«

»Und ob«, sagte der Mann mit vollster Überzeugung. »Wahrscheinlich arbeitete die Mafia sogar im Auftrag der Frau. Denn ist er erst mal tot, erbt sie auch noch alles vom armen Bauer.«

»Genau«, stimmte der Kommissar ihm ironisch zu, »und das alles, obwohl sie nicht verheiratet waren.«

Paolo schwieg.

Das war ein harter Schlag für seine Argumentation. Doch offenbar wollte er nicht aufgeben, denn nach ein paar Metern öffnete er den Mund, wohl, um eine neue Theorie zu unterbreiten. Aber mit einem deutlichen Wink seines Arms machte Stammler ihm klar, dass sein Bedarf an solchen Beiträgen gedeckt war. Daraufhin ließ Paolo sich zurückfallen und lief der Gruppe hinterher.

»Sag mal, Winnie«, fragte Stammler den Lauftreffleiter, »was war der Bauer denn für einer?«

Laube überlegte nur kurz.

»Das war halt ein spätberufener Läufer, wie viele hier. Eigentlich ganz harmlos. Nachdem seine Frau gestorben war, hat er sich nach und nach aus dem Geschäft zurückgezogen. Mit seinen Kindern wollte er nichts zu tun haben, keine Ahnung warum.«

Winnie stockte. Dann deutete er mit dem Finger auf den Waldweg vor sich.

»Jetzt kommt eine lange Steigung, ein Kilometer vielleicht. Bei dem Anstieg kann ich nicht reden. Fortsetzung, wenn wir oben sind und ich wieder gut bei Atmung.«

Tatsächlich ging es einen gewundenen Waldweg ziemlich steil nach oben. Dazwischen fiel Stammler in den Gehschritt, machte kleine Tippelschritte, dann ging er wieder und schließlich kam er keuchend oben an. Dort wartete Winnie auf ihn.

»Der Rest der Strecke ist entweder flach oder führt bergab«, stellte er einen gemütlichen Heimweg in Aussicht.

Gemeinsam mit noch drei, vier anderen Läufern und Läuferinnen trabten sie locker Richtung Wurmlinger Kapelle, selbst Stammler konnte da mithalten. Aber er spürte, wie seine Muskeln allmählich dichtmachten.

»Bauer hat immer gesagt«, erzählte der Mann neben Stammler, ein sicher bereits 70-Jähriger, der aber locker neben dem Kommissar her hüpfte, »er hätte jetzt ausgesorgt und wolle das Leben genießen. 40 Jahre und mehr habe er geschafft und gewerkelt, jetzt sei Schluss. Mit Sport und Frau sei sein Leben jetzt komplett, mehr brauche er nicht. Neulich habe man versucht, ihm ein paar Wiesen für ein Baugebiet in Wurmlingen abzukaufen. Die Stadt Rottenburg habe ihm ein Angebot gemacht. Aber da habe er locker lächelnd Nein sagen können. Er brauche kein Geld mehr, habe er denen mitgeteilt.«

»Und Feinde? Hatte der denn keine Feinde? In dem Alter hat man doch genügend Zeit gehabt, sich um ein paar Feinde zu kümmern.«

Der Mann lachte.

»Nein, nicht dass ich wüsste. Außer vielleicht Robert da vorne« – er deutete er auf einen Mann, der vor ihnen lief –

»den hat er in seiner Altersklasse immer abgezockt bei den Rennen. Das hat den fuchsteufelswild gemacht, weil er bis zu Bauers Auftauchen immer gewonnen hat. Aber die beiden haben das sportlich ausgetragen.«

»Das wäre ja noch mal schöner«, mischte sich Winnie ein, »wegen einer Platzierung in einem Lauf bringt man keinen um. Da trainiert man härter, um beim nächsten Mal zu gewinnen. Punkt.«

Eine Weile trabten sie vor sich hin.

»War Bauer eigentlich beliebt?«, fragte der Kommissar.

Die anderen Läufer schauten sich stumm an. Der Mann neben Stammler zuckte mit den Schultern.

»Beliebt kann man nicht gerade sagen«, meinte er, »er hat sich immer aus allem herausgehalten. Nach dem Lauf ist er gleich verschwunden. Auf das Soziale hat er nicht viel Wert gelegt.«

»Und was ist mit seiner Freundin? Der Bulgarin?«

»Die hat ihn manchmal abgeholt. Aber geredet hat mit ihr eigentlich niemand so richtig. Das wollte die auch nicht, glaube ich.«

»Sie meinen also, dass aus dem Läuferumfeld nichts bekannt ist, das zu der Tat geführt haben könnte? Und es gibt auch sonst nichts, das mit dem Mord zu tun haben könnte?«

»So würde ich es ausdrücken«, meinte Winnie.

Und das klang wie das Ende des Gesprächs.

Es war einfacher als gedacht.

Vielleicht steckte schon immer eine mordende Bestie in mir.

Schmeichelhaft war das nicht. Immerhin habe ich mich bislang für ein ordentliches Mitglied der menschlichen Gesellschaft gehalten. Nicht mal, als ich noch klein war, habe ich irgendwelchen Tieren die Beine ausgerissen oder sie aufgespießt wie so mancher meiner Spielkameraden. Operationen, hatten die dazu gesagt.

Keine Anzeichen also für das, was ich heute begonnen habe und womit ich weitermachen muss, wenn das Ganze Sinn ergeben soll.

Das war im Grunde ein notwendiger Antrieb für mich. Wer A sagt, muss auch B sagen. Sonst bringt das ganze A nichts. Eine teuflische Dynamik, klar. Aber so komme ich nicht auf dumme Gedanken. Denn was mir noch bevorsteht, ist keine leichte Kost.

Mich wundert, dass sich mein Gewissen nicht nachhaltiger regt. So viele Jahre in der Kirche, ein gottesgläubiges Leben. Auch eines, das mit Polizei und Gerichten nie zu tun hatte.

Was war passiert?

Ist es wirklich bloß die Gier nach einem prunkvollen Leben, einem, das den Namen auch verdient? Eines, das meine Existenz auch rechtfertigt?

Alles hat damit begonnen, als ich von der Chance gehört hatte, endlich zu einem stattlichen Betrag zu kommen. Es fiel mir wie Schuppen von den Augen, als ich die Möglichkeiten vor mir sah, die das Geld mir bietet. Und ich dachte auch an die Tristesse des »Einfach-so-Weiterlebens«, das mir ansonsten für den Rest meines Daseins bevorstand. Düstere Aussichten. Erlebnislos. Und ich würde der Niemand bleiben, für den mich ohnehin die meisten halten.

Na gut, vielleicht nicht gerade für einen Niemand, sondern für einen der Ihren.

Was auf dasselbe hinausläuft.

Nein, nein, so ging das nicht. Umstandslos zurück in die Grube – dafür bin ich nicht geboren. Grube ja, wie alle anderen auch irgendwann – aber das nach einem Leben. Einem richtigen Leben. Und dafür brauche ich Geld. Und wenn ich meinen Plan durchziehe – skrupellos, gewissenlos, gnadenlos –, hätte ich dieses Problem perfekt gelöst. Dennoch – ein wenig fürchtete ich mich schon davor, dass der Weg dahin mich verändert. Dass dieses Abgründige in mir, sozusagen die böse Tat, fortan mein Leben bestimmt. Albträume, Schweißausbrüche, Ängste, ein ständig rasendes Gewissen.

Ach was, wischte ich diese Gedanken zur Seite, den Preis bezahle ich gerne.

Aber eigentlich, das weiß ich genau, bezahlen andere dafür.

Christian Löffler wunderte sich über das Stehvermögen einiger seiner ehemaligen Mitschüler. Fast Mitternacht war es bereits und die meisten hatten gebechert, als gebe es kein Morgen. Wehe, wenn sie losgelassen, dachte Löffler und lächelte in sich hinein.

Wenn man all die Berufe, Titel und Erfolgsgeschichten glaubte, so war das ein regelrechter Erfolgsjahrgang gewesen. Zwei, drei Abstürze wurden von denen kolportiert, die es wissen mussten. Gescheitert waren augenscheinlich nur die, die nicht gekommen waren. Der Saal strotzte vor Erfolgsmenschen.

Einer der Gescheiterten, der Karli – eigentlich Carlo Brendle –, war wohl dem Börsencrash zum Opfer gefallen. Im wahrsten Sinne des Wortes – er hatte sich aus dem 23. Stock seiner Bank in Frankfurt gestürzt, nachdem er etliche Zig-Millionen verzockt hatte. War zwar bereits ein paar Jährchen her, aber den Crash hatten damals die wenigsten im Raum finanziell unbeschadet überstanden.

»Beim Fliegen hat er den Leuten, die unten standen, noch zugewunken«, erzählte Bert Kaiser, ein Kollege Karlis bei derselben Bank.

»Hast du das gesehen?«

»Nein, das nicht gerade«, gab er zu, »aber man hat es so berichtet.«

»Wer denn?«

»Mensch, Löffler«, erregte Kaiser sich schließlich, »wir sind hier nicht beim Verhör. Wenn du mir nicht glaubst – okay. Wenn du mir glaubst – auch okay. Alles ist irgendwie okay.«

»Man wird ja noch fragen dürfen.«

»Du bist mir zu sehr Polizist geworden.«

»Dafür bist du der alte Schwätzer geblieben.«

Kaiser wurde rot im Gesicht. Er schien kurz vor dem Überkochen zu stehen. Aber dann drehte er sich abrupt um und verschwand in Richtung Bar im Gastraum. Löffler lächelte in sich hinein. Noch immer die beleidigte Leberwurst. Und so was bewegt Millionenbeträge für Anleger. Wenn die wüssten, was für Schwachmaten sich unter den Investmentbankern tummeln, sie würden das Geld lieber im Casino beim Black Jack verzocken. Oder es sonst auf irgendeine völlig sinnentleerte Art verprassen.

Die Band »No Age Limit« hatte mittlerweile ihren Beatles-Block beendet. Sie spielten ein brachiales »Born to be Wild« und danach »Smoke on the Water«, bei dem Löffler sich plötzlich headbangend auf der Tanzfläche fand. Die unverwüstlichen Klassiker erfüllten bei nahezu jeder Generation ihren Zweck, nämlich die Leute zum Tanzen und Kopfschütteln zu bringen.

Ein ehemaliger Nebensitzer, Frank Maler, wirbelte gerade elegant durch die Luft, ganz entgegen der Schwerkraft, und musste ihr doch Tribut zollen: Bäuchlings lag er auf dem Boden und kroch herum wie eine Schildkröte.

Der übrigen Festgesellschaft war das irgendwie egal. Sie tanzte um ihn herum. Die Band meinte es gnädig und Gitarrist Benne stimmte mit »Still got the Blues« einen langsamen Heuler an, und während Sänger Hans-Martin barmte und klagte, schwoften die anderen um den gestürzten Klassenkameraden herum.

Zumindest trat ihm so keiner auf Arme oder Beine.

»Ekelhaft«, hörte Christian Löffler auf seinem rechten Ohr.

Er drehte sich zur Seite.

Maria Steinke stand neben ihm, gesund, rotbäckig, nüchtern. Auch eine ehemalige Schulkameradin. Mittlerweile allerdings die Lebensgefährtin seines Vaters Klaus. Zumindest so eine Art Lebensgefährtin. So recht konnte er sich nicht daran gewöhnen, dass ein Mädchen, mit dem er vor Jahren noch Hausarbeiten zusammen gemacht hatte, das Bett mit seinem Vater teilte. So halb wohnte sie bereits im Löffler'schen Haushalt. Wenn Christian Löffler morgens mit den anderen am Frühstückstisch saß und Maria im Bademantel dazustieß, kam es ihm manchmal so vor, als sei seine verschwundene Schwester aufgetaucht. Dabei war er ein Einzelkind. Oder als befinde er sich im Schullandheim, wo morgens Mädchen und Jungs gemeinsam frühstückten.

»Du kommst später als alle anderen und spielst dich auch noch gleich zur Richterin auf.«

»Na, entschuldige mal, ist das vielleicht normal, dass ein Regierungsrat auf dem Boden herumkriecht wie eine Schabe? Außerdem war ich schon lange vor dir hier und habe beim Aufbau geholfen. Stell dir nur mal vor, ich würde hier eine geheime Kamera benutzen – die müssten mich mit Schweigegeld zuscheißen.«

Tatsächlich war die Stimmung auf dem Höhepunkt. Viele der Tanzenden hatten längst die Sakkos abgeworfen, die Hemden aufgeknöpft und zeigten ihre schweißnassen Oberkörper. Die Frauen waren größtenteils barfuß und hatten die Haare geöffnet. Den Fluch der zerlaufenden Schminke ignorierten sie, Äußerlichkeiten waren morgen wieder angesagt.

Wie so häufig tanzten die Frauen miteinander, während die Männer sich üblicherweise vom Rand her aufdrängten.

Nichts hat sich verändert in den vergangenen 20 Jahren, dachte der Kommissar belustigt.

»Was Neues mit deiner Tartanbahn-Leiche?«, fragte Maria von der Seite.

»Bauer lag nicht auf der Bahn, er wurde neben dem Helmut-Roth-Stüble gefunden.«

»Ist doch egal. Tot ist tot. Dabei war Bauer ziemlich vermögend. Und es gibt nur zwei Erben. Und die wiederum kommen mir als ziemlich verkrachte Existenzen vor.«

Löffler schaute Maria Steinke erstaunt an.

»Recherchierst du etwa in dem Fall?«, fragte er vorsichtig.

Da es bei ihr nicht so gut lief derzeit, durfte es auch mal ein Mordfall sein. Dabei wusste sie aber, dass sie von Löfflers Seite aus keinerlei Unterstützung erwarten durfte. Im Gegenteil, er hasste es, wenn Fremde, also die Presse, in seinem Fall herumwühlten.

»Nun«, murmelte sie etwas undeutlich, »recherchieren kann man nicht gerade sagen. Ich habe nur ein paar alte Kontakte befragt. Ein paar Wurmlinger.«

»Na schön«, seufzte der Kommissar, »was muss ich wissen?«

»Und was bekomme ich dafür? – Schon gut, war ein Witz«, sprach sie hastig weiter, als sie Löfflers Gesicht ansah.

Die Band spielte eine Santana-Runde. Die Tänzer und Tänzerinnen versuchten es jetzt mit lateinamerikanischen Hüftbewegungen und bei manchen sah es aus, als hätten sie einen unsichtbaren Hula-Hoop-Reifen um den Bauch. Bei Bennes schwirrendem Gitarrensolo kam die Luftgitarre zum Einsatz. Der Meister hier war Markus Kürner, der Gerichtsmediziner. Der Professor. Ein Baum von einem Mann. Der jetzt allerdings in die Knie ging und die tief hängende imaginäre Gitarre knapp über dem Boden spielte.

»Nun mach es nicht so spannend.«

»Ich habe gehört, dass Bauer ein Angebot der Stadt hatte, seine Obstwiesen vor Wurmlingen zu verkaufen. Baugebiet. Ihm gehört ein Riesenareal dort. Beziehungsweise gehörte. Jetzt sind ja die Kinder am Zug.«

»Er hat nicht verkauft, meinst du?«

Sie schüttelte den Kopf.

»Wozu auch? Er hatte doch Geld. Und um andere zu ärgern, war er noch nie um eine Schandtat verlegen. Sagte man mir im Dorf.«

»Um wen zu ärgern? Ist doch seine Sache, wenn er auf das Geld verzichtet.«

»Ja, schon. Aber wenn nicht alle Grundstücke verkauft werden, wird da nicht gebaut. Überhaupt nicht. Damit ist das Baugebiet gestorben. Auch die anderen Grundstückbesitzer können so nicht verkaufen, weil die Stadt als Folge daraus verzichtet. Nix mehr mit Erschließung. Das war es dann mit dem großen Reibach.«

Löffler dachte kurz nach.

»Und die anderen haben alle verkauft?«, fragte er nun nach.

»Nein, ein paar Quertreiber gibt es außer Bauer auch noch.«

»Ehe die nicht auch tot sind, sehe ich da keine Verbindung«, meinte Löffler schließlich.

Er sah auf Marias entsetztes Gesicht.

»War ein Witz«, beruhigte er sie. »Wann kommt denn mein Vater? Holt er dich ab?«

»Nein, das nicht. Ich komm alleine nach Hause. Ich fahre heute zu mir, in meine Stadtwohnung auf dem Österberg.«

»Hört sich gut an – Stadtwohnung. Bei 35 Quadratmetern.«

»Es ist ja nicht jeder mit einem goldenen Löffel im Mund aufgewachsen wie du.«

»Dafür darfst du ja jetzt viel Zeit in unserem Haus bei meinem Vater verbringen. Das ist doch ein gerechter Ausgleich, oder?«

Sie schwieg eine Weile.

»Du verkraftest das nicht richtig, das mit mir und deinem Vater. Aber du solltest dich daran gewöhnen, die Sache könnte länger dauern, als du glaubst.«

»Soll das eine Drohung sein?«

Sie sah ihn erstaunt an. Er lächelte.

»War doch nur ein Witz«, fuhr Löffler fort. »Ich habe damit ein paar kleine Probleme, klar. Aber das gibt sich. Je öfter ich dich sehe, desto eher gewöhne ich mich an dein Gesicht.«

Ein mächtiger Schatten wirbelte auf die beiden zu. Markus Kürner schnappte Maria am Arm und zog sie zu sich her. Sie konnte gerade noch ihr Glas an Löffler weiterreichen.

»Los jetzt«, tobte Kürner mit seiner Brachialstimme, »jetzt wird gefeiert. Oder veranstaltet ihr eine Paarsitzung mit Lachverbot? Los, Christian, hol dir eine der Frauen und bewege deinen Läuferkörper mal wieder wie wir Urmenschen. Uaaaaah.«

Kürner machte kurz den Affen, dann hatte er Maria auf die Tanzfläche gezerrt und die beiden bewegten sich wild zu »Rockin' all over the World« von Status Quo.

Also gut, dachte der Kommissar, wenn es denn sein muss. Er stellte die Getränke ab und zog das Jackett aus. Er spürte jetzt, wie er Lust darauf bekam, sich einfach gehen zu lassen. Ballast abzuwerfen. Zu vergessen.

Er spürte förmlich, unter welch großer Anspannung er stand. Seit Wochen. Und irgendwie konnte er nicht loslassen. Also, dachte er, los jetzt, Beine ausschütteln, den Kopf schütteln, den Rhythmus suchen und den Körper treiben lassen.

Alles vergessen.

Augen schließen und Party machen.

Monika Berger saß alleine am Tisch vor ihrer Saltimbocca. Sie hatte sich für das Sportheim in Lustnau beim TSV entschieden. »Ristorante Riva« hieß es und von einem klassischen Sportheim war so gut wie nichts mehr übrig geblieben. Nicht einmal die Sportschau konnte man sich an Bundesligaspieltagen noch anschauen. Sportheime pur lohnten sich schon lange nicht mehr. Gerade mal an Spieltagen der 1. Mannschaft kamen ein paar Zuschauer, die sich ins Heim setzten und nach dem Spiel noch auf ein paar Bier blieben. Die meisten der wenigen, die überhaupt den Weg in die Stadien und Sportplätze fanden, waren mit ihrer Roten Wurst zufrieden. Nach dem Spiel ging es nach Hause, basta.

Die Spieler selbst waren von der früheren Tradition, nach dem Match noch zusammenzusitzen auf einen kleinen Umtrunk, längst abgekommen. Also öffneten die Vereine ihre Sportheime nur noch an den Spieltagen. Während der Woche gab es Einteilungen innerhalb des Vereins, welche Abteilung die Bewirtung an bestimmten Trainingstagen übernahm. Zu essen gab es längst nichts mehr. Bloß noch in Situationen, wenn eine Hochzeits- oder Geburtstagsgesellschaft die Heime buchte, wurde dort auch mal wieder die Küche warm.

Die Saltimbocca schmeckte vorzüglich.

Dennoch stocherte die Kommissarin lustlos darin herum. An den anderen Tischen saßen vorwiegend Familien, direkt neben ihr die Badmintonabteilung des Vereins, wie sie den Gesprächen entnehmen konnte.

Das Problem war: Sie war alleine.

Ein einsamer Single vor einer langsam kalt werdenden Saltimbocca.

Keine Ahnung, wie es hatte so weit kommen können, überlegte Berger. Klar, nach außen hin gab es für heute gute Gründe. Ihre Mitbewohnerin, Löfflers Ex-Frau, war mit ihrer Tochter Jessica bei einer Schulaufführung im Kepler-Gymnasium. Löffler hatte Klassentreffen, Kollege Stammler war auf den Spitzberg gejoggt und vermutlich völlig erschöpft in den Armen seiner Freundin Gülcin eingeschlafen.

Aber warum war da sonst niemand?

Was war mit all den Freunden geschehen, die sie im früheren Leben hatte? Es gab da doch Beziehungen, Schulfreundschaften. Mädchencliquen, Freundinnen vom Sportverein, als sie noch Volleyball gespielt hatte. Sie alle waren aus ihrem Leben verschwunden und Berger hätte nicht sagen können, was genau passiert war. Eines Tages saß sie an einem Tisch im Sportheim in Lustnau, alleine, ohne Partner, ohne Gegenüber, ohne Ansprache.

Sie litt eine Weile vor sich hin und bedauerte sich selbst. Dann konzentrierte sie sich auf ihr Essen, ehe es vollkommen kalt wurde.

Sie dachte an Christian Löffler.

An das Unausgesprochene zwischen ihnen beiden. Sie dachte an die Nacht, die sie beide gemeinsam verbracht hatten und an die er sich am nächsten Morgen nicht erinnerte – er hatte zu sehr gebechert. Erst nach Tagen der Ungewissheit sagte Berger ihm, dass nichts passiert war. Sie wusste noch immer nicht genau, wie sie seine Reaktion deuten konnte: als Erleichterung oder als Bedauern.

Wie sie darüber dachte, war ihr klar.

Aber dann kam Löfflers OP. Es war zunächst ungewiss, ob seine Wucherung im Hirn gut- oder bösartig war. Am Ende hatte Löffler Glück, alles war wieder okay.

Und jetzt dieser mysteriöse neue Fall.

Sie hasste das, wenn es schon von Beginn an keinerlei Verdächtige gab. Nichts, an das man sich halten konnte, auch wenn es sich später als Irrtum herausstellen sollte. Zumindest gab es sonst etwas, mit dem man in den Fall hineinfinden konnte. Aber hier? Keinerlei Spuren, Hinweise, Indizien. Die Erfahrung sagte ihr, dass Taten wie diese fast immer aus dem näheren Umfeld des Opfers heraus passierten. Täter und Opfer kannten sich. Aber wie fand man ein Motiv? Und wo sollten sie beginnen zu suchen?

Vielleicht ein Familiendrama? Oder eine Geschichte, die möglicherweise weit in die Dorfhistorie Wurmlingens zurückführte. Ein Urgroßvater hatte einem anderen vor 100 Jahren ein Stück Land abgeluchst und jetzt rächten sich die Enkel – irgendwas in der Art vielleicht.

Berger stöhnte.

Dieses Graben in alten Dorfgeschichten war ermüdend und es führte kaum je zu einem Ergebnis. Und am Ende stand die böse Vergangenheit wieder mitten auf dem Dorfanger und alles begann von Neuem. An solche vergrabenen Historien sollte man sich besser nicht heranwagen.

Und was war mit Bauers neuer Freundin? Dieser Bulgarin?

»Ist hier ein Platz frei an Ihrem Tisch?«

Berger fragte sich einen Augenblick, wo die Stimme herkam. So tief war sie in ihre Überlegungen eingedrungen.

Vor ihr stand ein Mann und schaute lächelnd auf sie herunter.

»Oder störe ich gerade dabei, wie sie die Welt für uns neu deuten?«

Berger wurde rot. Das passierte ihr öfter in letzter Zeit. Vielleicht lag es daran, dass sie sich in privaten Gesprächen mangels Übung nicht mehr zurechtfand.

Zum Glück war spontane Schlagfertigkeit ihre Stärke.

»Wollen Sie nur wissen, ob der Platz frei ist? Oder lautet Ihre Frage eigentlich, ob Sie sich dazusetzen können?«

»Nun«, sagte der Mann und tat, als müsse er erst mal nachdenken, »wenn das Erstere zutrifft, würde ich von dem Zweiten Gebrauch machen.«

»Setzen Sie sich hin«, sagte Berger, »ehe es noch komplizierter wird.«

Zwei Stunden später nannten sich Monika Berger und der Mann beim Vornamen. Er hieß Klaus Niemeyer und war Tübinger. Er handelte mit Immobilien und seine Lebensgefährtin hatte ihn gerade erst verlassen. Er sah gut aus. Zumindest gefiel er Monika Berger. Vielleicht nicht ganz so attraktiv wie Löffler, dachte sie, aber immerhin.

Sie ärgerte sich darüber, dass sie den Mann mit ihrem Chef verglich. Mit einem Chef, von dem sie nicht wusste, was er wollte, und der es offensichtlich selbst auch nicht wusste.

Lange hatte sie überlegt, ob sie Niemeyer sagen sollte, dass sie bei der Polizei war. Immer wieder war die Arbeit ein Thema und sie musste sich jedes Mal herauswinden. Es war ihr unangenehm. Auch dem Mann war aufgefallen, dass sie sich seltsam vage verhielt, wenn es um den Job ging.

»Ich will ja nicht aufdringlich sein«, sagt er, »aber du weichst ständig aus, wenn es um die Arbeit geht. Das klingt irgendwie so, als wolltest du mir klar machen ›wenn ich dich einweihe, muss ich dich danach erschießen‹. So eine Art Geheimagentin im Undercover-Einsatz.«

Monika Berger seufzte.

»Ich bin Kommissarin bei der Kripo«, gestand sie ihm. »Gar nichts Besonderes, einfach bloß Polizistin.«

»Zumindest ist das interessanter, als Wohnungen zu verkaufen«, meinte Niemeyer.

»Nicht immer. Wir sind hier in Tübingen nicht gerade das Epizentrum des Schwerverbrechens. Wenn gerade nichts passiert ist, kein Mord, keine Entführung, kein Überfall, dann schreiben wir von der Mordkommission Parksünder auf.«

Berger lachte laut, als sie das Gesicht ihres Gegenübers anschaute.

»Das war ein Witz. Du darfst gerne mitlachen.«

Er prostete ihr zu. Sie hatten beide schon einiges gebechert. Weißwein. Vernaccia. Den hatte Berger bei einer Urlaubsreise nach San Gimignano kennengelernt. Er war spritzig und er machte einen nicht gleich betrunken. Allerdings spürte sie so langsam, dass sie sich mehr konzentrieren musste, um ihre Gedanken auf den Punkt zu bekommen. Ein schönes Gefühl, dachte sie und kam sich dabei merkwürdig abgebrüht und verrucht vor.

Irgendwie kamen sie auf den Fall Bauer zu sprechen.

»Den Bauer kannte ich«, sagte Niemeyer gerade.

Monika Berger musste sich eingestehen, dass sie sich schwer tat, dem Gespräch zu folgen. Irgendetwas war mit ihrem Kopf passiert. Er fühlte sich schwummerig an.

Blöd, dachte sie, dass ich mich nicht gebremst habe mit dem Trinken. Aber jetzt ist schon alles egal. Sie stieß mit dem Mann ihr gegenüber an.

»Auf Bauer«, sagte sie und hatte dabei irgendwie das Gefühl, gerade etwas höchst Unpassendes von sich gegeben zu haben.

»Ich denke ja«, meinte Niemeyer, »dass seine Bulgarin mit drin hängt. So eine hübsche junge Frau und der alte Zausel. Das kann doch nichts Seriöses sein.«

»Mein Chef sagt, dass die Frau nicht zu den harten Verdächtigen gehört. Sie erbt ja nicht mal was. Warum sollte sie den Mann killen, der sie versorgt. Die wäre ja blöd.«

»Kam sie nicht aus einem … nun ja … einem Puff? Da treiben sich ja öfter zwielichtige Gestalten herum.«

»Das sagt man den Immobilienmaklern auch nach.«

Niemeyer lachte und prostete ihr zu.

»Ja«, sagte er etwas zögernd, »neulich erst habe ich gehört, wie ein Kollege in der Nähe von Hechingen ein Haus an sieben Kunden gleichzeitig verkauft hat. Mit dem Geld der Anzahlungen ist er auf und davon. Weit kommen wird er wahrscheinlich nicht.«

Berger war müde. Sie spürte jetzt den Alkohol. Bald müsste sie entscheiden, wie der Abend verlief. Was nach dem Ristorante kam.

»Stimmt das denn?«, fragte Niemeyer plötzlich, »dass man dem Bauer so eine Art Markierung, ein Kennzeichen in die Hand gedrückt hat? Irgendwelchen Dreck. Das wäre doch eine ganz heiße Spur.«

Berger winkte ab.

»Von einer Markierung wissen wir nichts. Er hatte bloß Erde in der Hand. Die hat man ihm wohl nach seinem Tod da hineingelegt. Wir haben aber keine Ahnung, was das bedeuten soll. So ein Ritual ist nicht bekannt.«

»Vielleicht was Religiöses?«

»Oder Erde von einer Baustelle, auf der du gerade ein Haus bauen lässt?«

»Das wäre Bauschutt. Aber ernsthaft: Damit könnt ihr bestimmt was anfangen. Das müsste doch ein erster Fingerzeig sein, wohin eure Ermittlungen gehen.«

»Ach ja? Wohin denn? Sollen wir vielleicht Bodenproben von jedem Krautacker entnehmen? Vielleicht ist es aber auch ein Fruchtbarkeitssymbol einer Inka-Kultur. Wohin führt uns diese Spur? Nach Mexiko?«

»Da gab es keine Inkas. Die waren in Peru. Oder Ecuador.«

»Besserwisser.«

»Richtigsteller. Besserwisser hat einen schlechten Beigeschmack. Jedenfalls würde ich an eurer Stelle in diese Richtung, also in Richtung Ritual, ermitteln.«

Ein paar Momente lang schaute Berger ihr Gegenüber stumm an.

»Wovon reden wir hier eigentlich? Sprechen wir über meinen Mordfall? Mit dir? Mit einem Immobilien-Heini? Was läuft hier eigentlich ab?«

Die Kommissarin hatte Mühe, klar zu formulieren. Ihre Zunge lag schwer im Gaumen. Sie ahnte mehr als sie wusste, dass hier ein Gespräch aus dem Ruder gelaufen war. Sie schaute Niemeyer an. Aber dessen unschuldiger Blick beruhigte sie einigermaßen. Na gut, ein bisschen Small Talk über den Job konnte man verkraften. Der Mann grinste sie aber auch zu spitzbübisch an. Nicht so knallig breit wie Löffler, der .... Oh nein, nicht schon wieder Löffler. Husch, husch, weg mit dem Kerl. Sie saß hier mit einem hochattraktiven Mann, der ganz zweifellos mit ihr flirtete. So etwas nannte man einen erfolgreichen, genussvollen Abend.

Niemeyer hatte ihr nachgeschenkt und stieß mit ihr an.

Ich sollte aufhören zu trinken, überlegte sie. Sie war gerade dabei, eine Grenze zu überschreiten. Aber andererseits – warum auch nicht. Wer wollte ihr etwas verbieten?

Sie war alleine. Es gab niemanden, der ihr etwas verbieten konnte. Genießen, das Leben genießen – das bedeutete doch hauptsächlich, seine Grenzen zu überschreiten. Dort, im unbekannten Gebiet, lagen in Wirklichkeit die wahren Genüsse.

Sie erinnerte sich noch, dass sie auf dem Rücksitz eines Autos saß. Sie lehnte ihre Wange gegen das kalte Fenster. Draußen auf der Straße fielen weiße Fetzen zu Boden. Ein Arm griff unter ihrer Schulter auf ihre Hüfte. Stützte sie.

Sie kannte das Haus, die Tür, die ins Innere führte. Klar, hier wohnte sie doch. Eine weitere Türe öffnete sich vor ihr. Ein helles Licht. Auch den Flur kannte sie. Es war der in ihrer Wohnung. Noch immer spürte sie einen Arm um ihre Hüfte. Danke, wollte sie sagen, dass du mich stützt. Aber dann schwieg sie lieber.

Erst als sie auf eine weiche Unterlage sank, verschwand die Hand. Bleib doch hier, wollte sie noch sagen.

Vielleicht sagte sie es auch tatsächlich.

Aber das war nicht wichtig. Sie schloss die Augen und alles um sie herum wurde mit einem Mal still und friedlich.

Der Blick, den Klaus Löffler seinem Sohn zuwarf, war vernichtend. Der Junior wiederum empfand ihn vermutlich noch weitaus schmerzlicher, weil er nicht darauf vorbereitet war. Hätte er allerdings sein müssen, wenn er auch nur für einen Augenblick nachgedacht hätte. Aber dazu war er zu dieser Uhrzeit noch nicht in der Lage.

Nicht nach diesem Klassentreffen.

Am Frühstückstisch saß sein Vater geschniegelt und gebügelt, als wolle er zu einer Vorstandssitzung der Kreissparkasse abmarschieren. Und er, der Sohn, hatte die Klamotten vom Vortag an. Zerknittertes Seidensakko, ausgeleierte Knie an den Hosen und ein Hemd, das ungeordnet aus der Hose hing.

Absturz-Outfit.

Und das am geschniegelten Ersten Hauptkommissar.

Aber das war es nicht, was den Senior verärgerte. Das war ihm – vermutlich – sogar vollkommen egal. Selbst wenn sein Sohn Christian in Unterwäsche vom Fest gekommen wäre, hätte Vater Klaus bloß gegrinst.

Nein, diese Blicke, die wie Giftpfeile wirkten, galten der Tatsache, dass Christian bei Maria Steinke, seiner ehemaligen Schulkameradin, übernachtet hatte. Also bei der Lebensgefährtin des Vaters.

Der Senior war mit Maria zum Frühstück verabredet gewesen. Anschließend wollten sie in den Hochschwarzwald fahren. Sie hatten sich vergangene Woche Langlaufskier zugelegt. Die Loipennachrichten klangen gut, man konnte mit genügend Schnee und offenen Bahnen rechnen. Als Maria nachts nicht in die Villa in Lustnau kam, rief Klaus Löffler sie am Morgen an. So erfuhr er, dass sein Sohn bei Maria genächtigt hatte.

»Auf der Couch«, betonte Maria zügig, »er war ziemlich durch den Wind. Irgendwie war er plötzlich in meiner Wohnung. Er wollte nicht nach Hause. ›Da wartet sowieso keiner auf mich‹, hat er gesagt. Da habe ich das Taxi halt weggeschickt. Kaum saß er auf der Couch, war er auch schon hinüber.«

»Und wo ist er jetzt?«

»Auf dem Weg nach Hause. Er wird gleich bei dir eintreffen.«

Klaus Löffler hatte das Gespräch einfach weggedrückt.

Und jetzt saß dieser Sohn vor ihm und schenkte sich Kaffee ein. Erst langsam nahm er die Stimmung am Tisch auf. Aber ehe er sich intensiv damit beschäftigen konnte, schlurfte Gerd Stammler dazu. Eigentlich war es eher ein vorsichtiges Schieben, ein Schweben, wie der Kollege sich bewegte. Dem wohligen Schweben widersprach der gequälte Gesichtsausdruck. Stammler ließ sich auf einen Stuhl fallen und streckte die Beine lang unter dem Tisch aus.

Schlagartig stöhnte er laut und leidvoll.

Vater und Sohn, einig in ihrer Unwissenheit, sahen sich an und hoben die Schultern: Was ist denn mit dem passiert?

»Krank?«, fragte Christian Löffler vorsichtig.

Stammler schüttelte vorsichtig den Kopf.

»Kater?«

Leichtes Kopfschütteln.

Vater und Sohn warteten ab.

»Nachwehen von dem Lauf gestern«, sagte Stammler schließlich leise. »Ich bin mit den Hirschauern auf den Spitzberg gelaufen. Jetzt bin ich tot, meine Muskeln sind abgestorben und ich eigentlich auch. Ich lasse mich krankschreiben. Wochenlang. Wenn ich überhaupt jemals wieder gehen kann wie ein Mensch.«

»Das ist der Fluch der Sportlosen«, sagte sein Chef. »Würden Sie regelmäßig etwas tun für Ihren Körper, würde er jetzt jauchzen und sich freuen. Aber so fühlt er sich betrogen und hintergangen. Das zahlt er mit Schmerzen zurück.«

»Philosophischer Scheiß«, antwortete Stammler.

Löffler senior grinste.

»Wieso philosophisch«, fuhr der Junior fort, »ich finde es ziemlich handfest, wie der Körper sich bei Ihnen meldet. Bei Ihrem Gesichtsausdruck hat die Philosophie keinen Platz. Das sind handfeste Schmerzen.«

Stammler winkte stumm ab. Er beugte sich nach vorne, ganz langsam, und schenkte sich eine Tasse Kaffee ein.

»Nun aber mal zum Job«, sagte Christian Löffler. »Wenn Sie schon mit den Hirschauern laufen waren und leiden mussten, ist doch bestimmt etwas für unseren Fall dabei herausgekommen. Erzählen Sie mal. Reden können Sie doch, oder? Oder sind Sie bergab auf der Zunge gesurft?«

Der Senior schüttelte sich vor Lachen.

Für den Augenblick schien das Thema Maria ausgeblendet.

Stammler verzog das Gesicht.

Auch das noch, schien das zu bedeuten, jetzt machen die auch noch Witze auf meine Kosten. Und das, obwohl es mir so schlecht geht.

»Ich habe mich umsonst gequält«, gestand Stammler ein und diese Erkenntnis schmeckte ihm wahrlich bitter, »der Bauer war völlig unauffällig. Hat keinem was getan, war mit niemandem besonders gut befreundet und hat eigentlich die ganze Zeit bloß gesagt, dass er jetzt das Leben genießen will.«

»Das alleine ist ja kein Mordmotiv.«

»Eben. Aber sonst war da nichts. Geld hatte er genug, haben die anderen gesagt. Sogar ein Angebot der Stadt Rottenburg zum Grundstückverkauf hat er abgelehnt.«

Löffler überlegte kurz. Währenddessen richtete sich Stammler langsam in seinem Stuhl auf und suchte nach der perfekten Stellung. Er wand und wälzte sich, bis er eine einigermaßen schmerzfreie Position gefunden hatte.

Das allerdings sah für neutrale Beobachter ziemlich schräg und vor allem sehr merkwürdig aus. Löffler senior beobachtete ihn höchst interessiert. Ungefähr so wie ein Insekt unter einer Lupe. Als Stammler das bemerkte, fühlte er sich noch unwohler. Angeglotzt. Begutachtet. Und das als Dank dafür, dass er sich für seinen Job, für die Allgemeinheit, für das Recht, ach was – für die Gerechtigkeit auf der Welt – geopfert hatte.

»Das hält ein paar Tage«, sagte Christian Löffler. »Ich kenne das. Morgen tut es erst richtig weh, danach wird es täglich besser.«

Stammler winkte ab. Er wollte nichts mehr hören. Am liebsten wäre er zurück ins Bett gekrochen und hätte sich dort eine Nische gesucht, in der er die kommenden Tage schmerzfrei verbringen konnte. Aber er fürchtete sich vor dem Weg zurück in sein Zimmer. Die Schmerzen.

Aber einfach abzutauchen ging nicht. Wäre auch peinlich gewesen vor den Kollegen.

»Stammler ist krankgeschrieben.«

»Ach ja? Was hat er denn?«

»Muskelkater.«

Die hätten sich krankgelacht über Stammler, das Weichei.

Jessica, Löfflers Tochter, kam herein. Sie hatte ihre Schultasche dabei, die sie achtlos auf den Boden pfefferte. Inzwischen war sie in der Phase, in der frühstücken out war. Zumindest dann, wenn sich ausschließlich Erwachsene am Tisch befanden.

»Ich nehme nur eine Brezel«, sagte sie, »die esse ich unterwegs im Bus.«

Sie beugte sich über Stammlers Oberkörper und griff nach der Brezel im Brotkorb. Dabei berührte sie den Polizisten leicht. Der stieß einen lauten Schmerzensschrei aus. Alle zuckten vor Schreck zusammen.

Jessica ließ die Brezel fallen und die fiel in den Marmeladentopf.

»Was ist mit dir denn los?«, fragte sie, nachdem sie sich etwas erholt hatte.

»Muskelkater. Ich war gestern laufen. Im Auftrag deines Vaters. Auf dem Spitzberg.«

Das Mädchen trat einen Schritt zurück und schaute Stammler von Kopf bis Fuß an.

»Na und«, meinte sie schließlich, »ist das alles? Muskelkater? Von dem bisschen Laufen? Ich habe dich an der Schulter berührt und du schreist wie sonst was. Bist du im Handstand gelaufen?«

Alle grinsten. Außer Stammler.

»So ein Laufschmerz ist überall«, sagte er stöhnend, »ich glaube sogar, dass meine Fingerkuppen wehtun.«

»Wenn ich noch eine Weile zuhören muss, wie du leidest, tut mir auch was weh. Da geh ich doch lieber in die Schule. Das wird ein Tag, wenn man bereits frühmorgens von den Sportdepressionen eines Joggers belästigt wird. Jogger – ich meine, das ist ja nicht mal rennen, das ist grad mal Beine ausschütteln.«

»Du gehst jetzt lieber mal«, sagte Löffler senior.

Er spürte deutlich, dass es in Stammler langsam rumorte.

Wortlos schnappte das Mädchen seine Tasche, nahm die Brezel in die andere Hand und ging zur Tür. Unterwegs klopfte sie ihrem Vater zum Abschied noch gönnerhaft auf die Schulter.

Dann war sie weg.

Die Männer am Tisch schwiegen.

»Wie war die Party gestern?«, fragte Klaus Löffler nach einer Weile.

»Wie immer. Schön, laut, anstrengend und sehr feucht. Tat gut, mal wieder richtig abzuschalten.«

»Ja, das hat Maria auch gesagt.«

Beim Tonfall seines Vaters sah Christian Löffler von der Tageszeitung auf, die er gerade lesen wollte. Auch Stammler, trotz seiner intensiven Beschäftigung mit dem geschundenen Körper, schien zu spüren, dass ein heikles Thema angesprochen worden war. Mitten im Eintunken einer Brezel hielt er inne.

»Sie hat mich mit nach Hause genommen. Ohne sie wüsste ich gar nicht, wo ich gelandet wäre. Vermute ich mal. Ich vertrage nicht mehr so viel wie früher.«

Der Senior hatte etwas auf der Zunge. Es brauchte einige Zeit, ehe er es vom Stapel ließ.

»Wie war das mit Maria?«

»Ich gehe mal und leg mich hin«, sagte Stammler da.

Er erhob sich mühsam, stützte sich auf dem Tisch ab und drückte den Oberkörper nach oben. Dann stakste er steifbeinig aus der Küche.

Vater und Sohn hatten ihn dabei geduldig beobachtet.

»Es ist ihm unangenehm«, sagte der Sohn.

»Was denn?«

»Deine Fragen, Vater. Und ehrlich gesagt finde ich sie auch seltsam. Ich meine, ich weiß ja, was dahintersteckt. Aber ich bitte dich … ich und Maria?«

»Ihr kennt euch schon ewig. Und du bist jünger. Und ihr wart betrunken.«

Man sah, dass den Senior diese Worte Überwindung kosteten.

Der Junior konnte nicht anders: Er lächelte.

»Das ist ja eine merkwürdige Variante«, sagte er schließlich, »der Vater und der Sohn kommen sich wegen derselben Frau in die Wolle. Das stammt ja wohl direkt aus einer Nachmittagsserie im Fernsehen. Und wir beide mitten drin.«

Auch Klaus Löffler grinste.

»Du hast recht«, meinte er, »ich weiß auch nicht, was über mich gekommen ist. Ich glaube, ich war zu lange alleine. Und wenn ich jetzt wieder mit einer Frau zusammen bin, kann ich das kaum glauben. In meinem Alter. Ich werde langsam wunderlich.«

»Na ja«, neckte Christian Löffler jetzt, da die Angelegenheit in ruhigem Fahrwasser angekommen war, »Maria ist schon mein Typ. Da musst du dir einiges einfallen lassen, um sie auf deiner Seite zu halten.«

Der Vater drohte mit dem Buttermesser.

»Untersteh dich. Außerdem werde ich sie so verwöhnen, dass sie dich kaum noch erkennt.«

»Dann solltest du nicht für sie kochen.«

Klaus Löffler lachte.

»Hab ich nicht vor. Ich geh mit ihr nach Las Vegas, die Sonne putzen.«

»Oh nein«, stöhnte Christian theatralisch, »diese alten Udo-Lindenberg-Klamotten. Da bin ich ja mal gespannt, was Maria zu dem ollen Plunder sagt.«

»Udo ist wieder in.«

»So, und ich bin jetzt out«, antwortete der Sohn und stand auf. »Ich muss in dem Fall endlich mal etwas Handfestes finden. Wir stochern bei dem Bauer-Fall bloß im Nebel. Ich weiß gar nicht, wo wir anfangen sollen.«

»Dir ist noch immer was eingefallen.«

»Das ist dieses Mal nicht anders. Ich frage mich bloß, wann es so weit ist.«

Was ist mit Stammler los?«, fragte Kommissarin Berger, als Löffler im Präsidium eintraf.

»Krank. Fußkrank.«

»Wie bitte? Was soll das denn bedeuten?«

Löffler sah von seinen Unterlagen auf. Eine ganze Weile ruhte sein Blick auf Berger. Sie hatte sich vor seinem Schreibtisch aufgepflanzt.

»Spät geworden gestern?«, fragte er.

Berger rückte ihre Sonnenbrille zurecht.

»Ich habe empfindliche Augen. Meine Pupillen röten sich, wenn draußen Schnee liegt.«

»Aber hier drin liegt doch keiner. Kein Schnee, meine ich.«

Unwirsch bewegte Berger sich nach draußen zu ihrem eigenen Arbeitsplatz und setzte sich hin. Das war ihre Art zu reagieren – wenn sie sich in die Enge getrieben fühlte, machte sie einfach kehrt und verschwand. Nur gegenüber Kürner, dem Mediziner, gelang ihr das nicht.

Löffler wartete eine Weile, dann folgte er ihr. Im großen Büro, in dem auch Stammler seinen Platz hatte, hörte man das Klappern einer Tastatur. Heim arbeitete in ihrem Dschungel und ließ sich dabei von keinem stören.

»Was gibt es denn Neues zu dem Fall Bauer?«, fragte Löffler sachlich.

»Stammler hat sich gemeldet. Von zu Hause. Er wollte noch was sagen zu dem Gespräch gestern mit den Lauffreunden Bauers. Einer glaubte, dass Bauer Opfer war einer Bulgaren-Bande. Die sollen zu seiner Freundin gehören. Er hält das für Unsinn, aber ehe wir gar nichts hätten, könnten wir ja mal der Sache nachgehen. Meinte er.«

Der Kommissar schüttelte skeptisch den Kopf.

»Ich habe mit der Frau Kosov geredet. Dass da eine Bande dahinterstecken soll, kann ich mir nicht vorstellen. Aber lassen wir trotzdem mal einen Suchlauf über Interpol los. Schauen Sie mal, ob es in Bulgarien oder international Eintragungen gibt.«

»Habe ich schon gemacht. Es gibt nichts zu der Frau. Sollen wir sie trotzdem noch mal besuchen?«

Löffler überlegte kurz.

»Ich denke nicht. Keine Spur führt zu ihr.«

»Na ja, da ist sie nicht alleine. Keine Spur führt ja zu jedem.«

Löffler lachte.

»Leider. Aber was die Kosov betrifft – die erbt ja nicht mal. Wenn der alte Bauer keine Vorsorge nebenbei betrieben hat, ist die Frau mittellos.«

Berger zuckte nur mit den Schultern.

»Hat denn Kürner schon was geschickt oder das Labor wegen der Erde in Bauers Hand?«, fragte Löffler.

Sie nahm ein Blatt Papier in die Hand.

»Hier, das kommt vom Labor. Kürner hat schon bei Heimi angerufen. Die Erde sei normale Ackererde, nichts Besonderes. Das hat auch das Labor bestätigt. Die haben heute Nacht noch analysiert. Brenner, der Leiter dort, hat sich das Bein gebrochen. Jetzt langweilt er sich zu Hause und verbringt lieber Tag und Nacht am Arbeitsplatz. Gut für uns.«

»Also bleibt die Erde in der Hand ein Geheimnis?«

»Wir könnten Michail Gonzow anrufen und einen Termin machen.«

»Wen? Michail wer?«

Berger spielte die Erstaunte.

»Sie kennen Dr. Gonzow nicht? Den Traum- und Symboldeuter hier in der Stadt? Die absolute Koryphäe. Bei ihm kann man sich tatsächlich zum Traumdeuter ausbilden lassen. Ich habe sogar schon einmal mit den Gedanken gespielt.«

Löffler schaute sie ungläubig an.

»Sie wollten eine Symbolistin werden? Eine Deuterin?«

Sie lachte und winkte ab.

»Hat der Mann nun Ahnung oder nicht?«, fragte der Kommissar.

»Ahnung schon, man muss halt mit ihm umgehen können. Er ist … etwas … ich würde sagen, merkwürdig. Aber harmlos. So ein Rasputin-Typ.«

»Na schön, gehen wir zu ihm. Wie erreichen wir den Mann?«

»Ich rufe ihn an, und wir fahren vorbei.«

»Wo wohnt er denn?«

»In einem Gartenhaus in Lustnau, Richtung Pfrondorf.«

»Mit Telefon?«

»Auch dabei. Hat sich alles vom Nachbarhaus besorgt. Das ist ein Bauernhof, deshalb gibt es Strom, Wasser und Kabelfernsehen.«

»Schön, rufen Sie an.«

Stammler hatte sich mühsam ins Schwimmbad im Untergeschoss der Löffler-Villa gequält. Wie ein Storch stapfte er vorsichtig durchs Haus. Besonders das Treppensteigen war die Höchststrafe. Langsam ließ er sich ins Wasser gleiten. Warme 28 Grad. Perfekt.

Er legte sich aufs Wasser und ließ sich treiben. Schließlich bewegte er langsam die Beine. Paddelte. Schwamm. Langsam wurden seine Bewegungen geschliffener. Vor allem: kaum Schmerzen.

So bewegte er sich durch das Wasser, sah nebenher nach draußen, in den Garten, wo eine dicke Schneeschicht auf dem Gras und den abgenagten Pflanzen und leeren Sträuchern lag.

»Dir geht es ja gut.«

Stammler zuckte zusammen. Er war halb eingeschlafen, während er so vor sich hin paddelte. Gülcin stand vor ihm und schaute auf ihn hinunter.

»Was ist mit dir? Auf dem Kommissariat sagte man mir, dass du heute zu Hause bleibst. Fußkrank seist du. Was ist das denn für eine Krankheit?«

Stammler hielt sich am Rand des Schwimmbeckens fest und sah nach oben.

»Ich war gestern joggen. Beruflich. Im Einsatz sozusagen. Heute spüre ich alle Muskeln meines Körpers. Ich kann kaum gehen. Mir tut alles weh. Bloß schwimmen – das klappt.«

Sie ging am Beckenrand in die Hocke. Er streckte ihr den Kopf entgegen und sie küssten sich.

»Soll ich auch ins Wasser kommen, zu dir? Ein wenig schwimmen kann mir nicht schaden.«

»Hast du einen Badeanzug bei dir?«

»Brauche ich den?«

Sie lächelte, und während Stammler ihr dabei zusah, zog sie sich bis auf den Slip aus. Sie glitt neben ihm ins Wasser und schwamm ein paar kräftige Stöße. Eine Viertelstunde später lagen beide auf den Liegestühlen am Beckenrand, eingemummt in dicke Wolldecken.

»Was für ein Leben«, murmelte Gülcin.

»Fehlt bloß noch ein Drink«, antwortete Stammler leise.

»Na, dann mach mal. Ich bin Gast.«

»Ich irgendwie auch.«

»Wir knobeln. Wo stehen die Getränke?«

»Oben, in der Küche.«

Stammler verlor. Er schälte sich aus der warmen Decke und zog ein paar Slipper über.

»Ich mache noch ein paar Runden, während du die Getränke besorgst. Und was zu knabbern. Und was Süßes. Alles, was man für ein Picknick am Beckenrand braucht.«

Sie gab ihm einen Kuss auf die Wange, drehte sich um und hechtete in den Pool. Stammler machte sich auf den Weg zur Küche.

Mühsam, mühsam. Er setzte seine Schritte ganz vorsichtig. Zu den Schmerzen kam nach dem Schwimmen auch die Müdigkeit in den Beinen.

Er nahm sich Zeit in der Küche. Machte alles perfekt, handelte wie nach einem Drehbuch. Er belud ein Tablett mit allerhand Knabbereien, Obstsäften und Gummibären. Vorsichtig balancierte er das schwere Stück durch den Flur, die Treppen hinab zum Pool und setzte es neben seinem Liegestuhl ab. Das Bücken bereitete ihm höllische Schmerzen.

Er sah nach Gülcin.

Ihre Liege war leer. Er rief ihren Namen, Seine Stimme hallte durch den Raum, dessen Fenster zum Garten hinaus mittlerweile dick beschlagen waren.

Er schaute zum Poolbecken hin.

Das erste, was ihm auffiel, war die rote Farbe.

Mühsam stakste er zum Becken. Er sah sie am Rand treiben. Ihr Gesicht zeigte nach unten. Zum Boden des Schwimmbeckens. An ihrem Hinterkopf waren die dunklen Haare verzwirbelt, sie glänzten, als habe jemand eine Leuchtfarbe aufgetragen.

Eine dunkelrote Leuchtfarbe.

Auch am Beckenrand, direkt an der Kante, gab es eine rote Stelle. Und das Wasser um ihren Kopf war blutrot. Das auslaufende Blut hatte die Konturen ihres Kopfes nachgezeichnet. Zu den Rändern hin verlief es hell und ging im blau leuchtenden Pool-Wasser auf.

Stammler sprang ins Becken. Er stand neben Gülcin, drehte sie auf den Rücken, hielt ihren Kopf fest und schaute in ihre weit geöffneten Augen.

Stammler hielt sein Ohr an den Mund der Frau. Er fühlte ihre Halsschlagader.

Nichts.

Er presste seinen Mund auf den ihren, blies hinein, achtete darauf, ob sie wieder atmete. Er hob sie hoch, so hoch er konnte, und schob ihren Körper aus dem Becken auf den marmorierten Rand des Pools. Dort lag sie lang ausgestreckt, während er herauskletterte und dabei ihren Namen schrie.

Wild und unkontrolliert schrie und weinte er gleichzeitig. Er gab nur noch Laute von sich, als habe er den Verstand verloren.

Das könnte sogar sein. Für den Augenblick wenigstens, in dem er versuchte, Gülcin zum Leben zu erwecken, und feststellen musste, dass es ihm nicht gelang.

Noch ein letzter, langer, verzweifelter Schrei.

Klaus Löffler trat durch die Tür und blieb stumm stehen.

Stammler schaute ihn an.

Hilflos zuckte er mit der Schulter.

»Oh, mein Gott«, flüsterte Löffler.

Am Ende der Pfrondorfer Straße, ehe die Straße sich gabelt in Richtung Pfrondorf, den östlichen Stadtteil Tübingens, und Dettenhausen, steht ein kleiner Brunnen auf der linken Straßenseite. Ein Weg führt daran vorbei und schlängelt sich bis vor zum Waldrand des Schönbuchs. Lange vorher aber steht linker Hand ein Gartenhaus. Ein Zaun umschließt es. Es ist ein gemauertes Häuschen, mit Toilette außerhalb. Eine Telefonleitung führt zu dem Haus. Vor dem Eingang hatten die Eigentümer eine kleine Terrasse gebaut, ein paar schiefe Steinstufen führen hinab in den Garten. Der fällt leicht ab in Richtung des Bauernhofes, der sich östlich von dem Gartenhaus ausbreitet. Von diesem her führt auch die Telefonleitung ins Häuschen.

Löffler und Berger stellten den Wagen in einer kleinen Einbuchtung direkt vor dem Eingang zum Gelände ab. Sie hatten Michail Gonzow angerufen. Der hatte zugesagt, sich sofort mit ihnen zu treffen. Ob sie denn gleich jemanden von der Presse mitbringen könnten, wollte er noch wissen. Löffler hatte einfach aufgelegt.

Die beiden Polizisten stiegen aus und blieben vor dem Eingangstor stehen.

»Hier wohnt also unser Symbolisten-Genie«, meinte Löffler, »etwas einsam hier draußen. Aber wahrscheinlich brauchen Symboldeuter das wegen der Schwingungen und einer gewissen natürlichen Verbundenheit mit dem Urleib der Erde.«

Berger schaute ihn an.

»Mit Verlaub«, meinte sie, »aber ich habe das Gefühl, Sie haben keine Ahnung, was der Gonzow so macht. Symbolisten sind Typen wie Tom Hanks in den Illuminati-Filmen. Wissenschaftler. Historiker. Vielleicht sogar Physiker, was weiß ich.«

»Na schön«, meinte der Kommissar nur und stieß das Tor auf, »besuchen wir unseren Wissenschaftler und hören uns an, was er zu sagen hat.«

Sie klopften an die Eingangstür zum Haus. Als sie aufgezogen wurde, stand ein Mann vor ihnen, der aussah, als käme er direkt aus der Vorstandssitzung eines DAX-Konzerns. Geschniegelt und gebügelt. Dunkler Anzug, Krawatte, Weste – und der ganze Mann leicht nach Parfüm riechend. Bloß die Adiletten wollten nicht ganz zu dem Erscheinungsbild passen. Er mochte wohl Mitte oder Ende 30 sein, war glatt rasiert und in der Hand trug er ein Buch.

»Die Polizei«, sagte er zur Begrüßung. »Die war noch nie hier. Was ist mit der Presse?«

»Die Presse«, sagte Löffler, »hat hier nichts zu suchen. Das ist eine Ermittlung in einem Mordfall. Die Fälle, in denen Journalisten bei der Mördersuche helfen, kommen bloß im Fernsehen vor. Das sind Schauspieler.«

»Schon gut«, wehrte der Mann ab, »ich dachte nur, ein wenig Öffentlichkeit schadet der Sache der Symbolisten nicht. – Kommen Sie herein.«

Trotz der Kälte draußen war es in dem Raum wohlig warm. In einer Ecke stand ein Bollerofen, daneben lagerte Gonzow Holz und Briketts. Strom bezog er offensichtlich aus Propangas. Das Licht brannte und auf einem Schreibtisch zum Fenster hin stapelten sich Bücher. Am Kopfende des Häuschens befand sich eine Art Küche, längsseits stand das Bett. Hinter einem Vorhang, der leicht zur Seite geschoben war, lagerte der Bewohner offensichtlich Kleidung und alles andere, was zu einem Leben gehörte.

»Kennen wir uns?«, fragte Löffler und betrachtete sein Gegenüber eingehend.

»Das kann ich mir nicht vorstellen«, sagte der Mann, nun mit einem angedeuteten slawischen Akzent. »Aber setzen Sie sich doch und sagen Sie mir genau, worum es bei Ihrem Fall geht. Wie kann ich helfen? Und wie wollen Sie mich bezahlen?«

»Bei Ermittlungen bezahlt man nichts«, erklärte Berger, während sie sich einen Stuhl herzog.

Ihr Chef ließ sich derweil auf dem Sofa nieder, das mit dem Rücken zur Küche stand.

»Bin ich verdächtig? Oder habe ich etwas mit Ihrem Fall zu tun? Klären Sie mich auf. Oder bin ich festgenommen? Falls das alles nicht zutrifft, gibt es mich nur gegen Kohle.«

Mittlerweile hatte sich Gonzow auf einem hölzernen Schaukelstuhl niedergelassen.

»Bernd Bader«, sagte Christian Löffler plötzlich.

Berger schaute ihn erstaunt an. Auch Gonzow schien irritiert zu sein.

»Wie bitte?«

Löffler lachte laut.

»Du bist Bernd Bader. Du warst in der Schule eine Klasse über mir. Jetzt erinnere ich mich. Du hast dich aber stark verändert. Du bist älter geworden.«

Der Mann saß stumm auf seinem Stuhl. Schaukelte vor und zurück. Vor und zurück. Nahm sich wohl Zeit, um mit der neuen Situation umzugehen.

»Du bist der Kleine vom reichen Löffler«, sagte er schließlich und stoppte seine Schaukelei. »Jünger bist du auch nicht geworden. Und es hat bloß zum Polizisten gereicht, trotz dem Elternhaus.«

»Und du hast dich auf deine russischen Vorfahren besonnen?«

Gonzow grinste.

Mittlerweile hatte er auf den slawischen Akzent verzichtet.

»Ich arbeite unter einem Künstlernamen. Und wie ihr mich bezahlen wollt, weiß ich immer noch nicht.«

»Hör zu, Bernd …«

»Gonzow. Michail Gonzow.«

»Wie du willst. Also, Gonzow, wir bezahlen das polizeiübliche Beraterhonorar. Keine Ahnung, wie viel das ist. Aber du wirst es bekommen. Und wenn deine Informationen hilfreich sind, lege ich einen Bonus darauf. Einverstanden?«

Der Mann wiegte den Kopf hin und her. Als falle ihm die Entscheidung schwer.

»Schön«, sagte er, »worum genau geht es denn? Was wollt ihr von mir wissen?«

»Dreck in einer geschlossenen Faust«, sagte die Kommissarin.

»Was?«

»Meine Kollegin meint«, sagte Löffler, »dass wir einen Toten gefunden haben, einen Ermordeten, der in seiner Faust einen Klumpen Erde fest umklammert hielt. Wir denken, der Täter hat ihn dem Toten nachträglich hineingelegt. Jetzt die Frage: Was will uns der Täter damit sagen?«

Gonzow lehnte sich in seinem Stuhl zurück und schloss die Augen. Ruhig atmete er laut ein und aus. Die beiden Polizisten beobachteten ihn schweigend. Endlich öffnete der Symbologe wieder die Augen und nahm seine Schaukelbewegungen wieder auf.

»Die Erde steht für einen Acker«, sagte er bedächtig. »Nach Artemidor, dem griechischen Traumdeuter, ist jemand im Haus krank, wenn Erde ins Spiel kommt. Denn Samen und Pflanzen werden ebenso wie die Verstorbenen mit Erde bedeckt. Andererseits: Wer einen Acker mühevoll bearbeitet und dieser zur Blüte kommt, dann wünscht man sich ein erfülltes Sexualleben. Insgesamt weist diese Erde auf eine besonders erfolgreiche Lebensphase hin.«

Der Symbologe schwieg.

»Und wer hat nun die Erde in die Hand des Toten gelegt?«, fragte Berger.

»Woher soll ich das wissen?«

»Die Frage an dich ist doch jetzt«, übernahm Löffler, »nach was für einem Typen sollen wir suchen? Wie ist das Profil des Täters?«

»Na ja, er hat viel kriminelle Energie.«

»Nun pass mal auf, Bernd«, warnte Löffler, der langsam wütend wurde, »wenn du keine Ahnung hast, dann sag es uns gleich. Ich bin nicht hier, um mich verarschen zu lassen. Ist das klar?«

Gonzow war bleich geworden.

»Aber ich kann doch nicht euren Fall lösen. Ich bin bloß ein Symbologe und ein Seher. Aber manche Sachen kann ich halt nicht sehen. Mörder zum Beispiel.«

Berger seufzte angeekelt.

»Wovon leben Sie eigentlich?«, fragte sie. »Und was machen Sie den ganzen Tag in dieser Einöde? Da wird man ja depressiv.«

»Oh«, sagte darauf Gonzow mit plötzlich strahlendem Gesicht, »da kann ich helfen. Also bei Depressionen bin ich sozusagen …«

»Stopp«, unterbrach ihn Berger, »nicht ich bin depressiv. Ich denke eher, dass das auf Sie zukommt, wenn Sie hier als Eremit leben.«

Das Strahlen war weg.

»Ach, so einsam ist es hier nicht. Meine Jünger … also meine … meine treuen Hilfesuchenden besuchen mich täglich. Ihnen helfen zu können ist mein Leben.«

»Und wovon wird dieses Leben bezahlt?«

»Man gibt ihm, also mir, ab und zu etwas. Als Belohnung, sozusagen. Das ist wie mit dem Opferstock nach dem Gottesdienst.«

Berger verdrehte die Augen.

»Sag mal, Bernd«, fragte Löffler plötzlich und deutet durchs Fenster nach draußen, »was ist denn in dieser Garage drin.«

»Nichts«, sagte Gonzow schnell.

»Und die Reifenspuren? So was wie kosmische Ringe, die vom Himmel gefallen sind?«

Gonzow rang mit sich.

»Da steht mein Auto drin. Das hatte ich fast vergessen. Ich brauche es so selten.«

»Wieso das? Schwebst du über Lustnau und Pfrondorf hinweg und landest im Einkaufszentrum bei Edeka, wenn du mal Nachschub für deine Küche brauchst?«

Plötzlich gab es einen Schlag gegen das Fenster zur Straße hin.

Die drei sahen in die Richtung und entdeckten ein Loch in der Scheibe. Auf dem Boden kullerte ein kleiner Eisblock unter das Sofa. Gonzow war erschrocken aufgestanden und blieb wie erstarrt stehen.

Löffler riss die Türe auf und rannte nach draußen.

Auf der Straße stand ein Mann und holte gerade aus, um den nächsten Eisblock zu werfen.

»Halt«, rief der Kommissar und deutete mit dem Zeigefinger auf den Werfer.

Der verharrte wie angewurzelt.

In der Hand, die wie erstarrt in der Luft hing, hielt er noch das Eis. Während Löffler weiterhin mit dem Finger auf den Mann zeigte, ging er langsam auf ihn zu. Wie hypnotisiert starrte der auf Löffler. Schließlich, als der Kommissar ihn erreicht hatte, nahm er ihm den vereisten Stein aus der Hand und warf ihn in hohem Bogen auf die Wiese neben der Straße. Danach packte er den Mann am Arm und führte ihn langsam in Richtung Haus. Der Geführte gehorchte ohne Probleme. Dann blieb er abrupt stehen.

»Sie sind ja gar nicht Gonzow«, sagte der Mann und starrte Löffler an.

»Nein, natürlich nicht. Was wollen Sie denn von ihm? Und wer sind Sie überhaupt?«

Der Mann schwieg.

»Na kommen Sie schon, reden Sie mit mir. Ich kann Ihnen bestimmt helfen. Warum werfen Sie mit Steinen auf fremde Scheiben?«

»Weil ich feige bin.«

»Warum das?«

»Wenn ich nicht feige wäre, würde ich diesen Gonzow umbringen. Einfach so. Aber nein, ich werfe Fensterscheiben ein. Das ist feige.«

»Na, na«, sagte Löffler und tätschelte dem Mann die Schulter, »so schlimm ist das doch nicht. So eine Scheibe zu zerstören, ist doch immerhin ein Anfang. Wobei – wieso haben Sie das eigentlich gemacht?«

Der Mann schien mit sich zu ringen. Dabei traten ihm die Augäpfel weit heraus, was für Löfflers Geschmack kein schöner Anblick war. So ganz nebenher schaute er sein Gegenüber mit unschuldiger Miene an, als frage er ihn nach der genauen Uhrzeit.

»Adelheid«, sagte der Mann.

Das kam ganz leise. Der Kommissar wartete, ob es weiterging. Doch für kurze Zeit schien der Steinewerfer in seine eigene Welt abgetaucht zu sein. Löffler kniff ihn in die Schulter.

»Aua.«

»Adelheid?«, fragte der Polizist.

Der Mann kehrte in Löfflers Welt zurück.

»Ja, genau. Gonzow hat sie verhext. Wegen ihm ist sie weggegangen. Hat mich verlassen. Über Nacht. Nur einen Brief hat sie dagelassen.«

»Und was hat Gonzow damit zu tun?«

Dieser Gonzow war inzwischen aus dem Haus gekommen und in sicherem Abstand stehen geblieben. Berger stellte sich neben ihn. Es sah aus, als spiele sie den Bodyguard, der Gonzow vor Schlimmerem bewahren wollte.

»Zurecht«, rief dieser plötzlich, »zurecht. Keine Frau hat so einen Langweiler verdient.«

»Langweilig? Ich soll langweilig sein?«

Der Mann drohte über Löfflers Schulter hinweg mit der Faust.

»Und wer hat die Scheiben zerschmissen? Das war ja wohl ich. Ist das vielleicht langweilig? Das ist Action, Abenteuer, subversiv. Das ist die dunkle Seite in mir.«

»Du bist kein Jedi«, rief ihm Berger entgegen, »und du musst dich jetzt entscheiden, ob du uns jetzt gleich erzählst, was dieser ganze Mist hier bedeutet, oder ob wir dich mit ins Präsidium nehmen müssen.«

»Präsidium wäre cool. Das ist dann wirklich eine antiautoritäre Handlung – sich von den Bullen verhaften lassen. Das könnte meiner Frau gefallen.«

Gonzow schüttelte einigermaßen ratlos den Kopf. Auch er hatte sich mittlerweile zu den anderen getraut. Er griff ganz langsam nach dem Arm des Mannes und hielt ihn, ganz sanft, an der Hand fest.

»Du musst dich jetzt beherrschen. Adelheid hätte das auch so gewollt.«

»Nimm du nicht ihren Namen in den Mund, du Drecksack.«

Der Mann versuchte, sich auf Gonzow zu stürzen, aber Löffler hielt ihn zurück.

»Nun mal von vorne«, sprach der beruhigend auf den Mann ein. »Jetzt sagen Sie erst mal, wie Sie heißen, okay?«

Der Mann nickte. Das alles schien jetzt seine Kräfte zu übersteigen.

»Ich bin Olaf Kuttler. Und der Mann hier«, er zeigte dabei auf Gonzow, »hat mein Leben zerstört. Er spielt sich als Heiler auf. Als Seher, als Therapeut, als einer, der jedem Menschen bei jedem Problem helfen kann. Und am Ende verlieren alle, außer ihm.«

»Was genau hat er Ihnen angetan?«

»Eine Freundin meiner Frau hat sie zu ihm geschickt. Ihr ging es nicht gut. Wir sind seit 20 Jahren verheiratet. Das zehrt. Ich bin Controller. Alles nur Zahlen. Mir gefällt das. Aber irgendwann habe ich aufgehört, mit meiner Frau zu reden. Mir fiel einfach nichts mehr ein. Wir haben keine Kinder. Und wenn du die nicht hast, gibt es in einer Ehe ohnehin nichts zu reden.«

Kuttler schwieg einen Moment.

»Der da hat das alles ausgenützt«, sagte er und deutete auf Gonzow, »er hat ihr gesagt, sie müsse ihren Visionen folgen, nicht den Zahlen ihres Mannes, der doch nur noch ein Zombie sei. Damit meinte er mich. Ein Zombie. Ein Zahlenzombie. Ich hau dir jetzt eine rein.«

Gleichzeitig versuchte er, abermals auf Gonzow loszustürmen. Doch die Polizisten hielten ihn zurück, bis er sich wieder beruhigt hatte.

Langsam ließ seine Schnappatmung nach. Er atmete noch ein paar Mal heftig durch, dann schien er sich gefangen zu haben.

»Er hat herausgefunden«, erzählte er, »dass meine Adelheid, als sie noch ganz jung war, ihren Urlaub mit ihren Eltern in Portugal verbrachte. Dort, in Lagos, war eine Bar am Strand. Den hat ein Typ betrieben, Marke Hippie. Sie war total verschossen in den. Und von da an war ihr größter Traum, selbst eine Bar dort aufzumachen. Den Traum trüge sie für immer in sich, hat ihr Gonzow weisgemacht. Und diesem Traum müsse sie folgen, auch wenn ihr Zombie, also ich, das nicht verstehe. Irgendwann hat sie ihm das geglaubt. Für diese Erleuchtung gab sie dem Rasputin hier 8000 Euro und mir den Laufpass. Sie hat nur das Notwendigste eingepackt, den Rest ihrer Klamotten und all das andere Zeug hat sie irgendwelchen Sammlungen gegeben oder gleich ins Flüchtlingsheim gebracht. Und weg war sie. Und wissen Sie, was sie gesagt hat zu mir? Wissen Sie das?«

Beide Kommissare schüttelten den Kopf. Auch Gonzow rückte neugierig näher.

»Sie sagte, ich würde das schon verkraften. Ich hätte ja meine Zahlen. Und sie könne sich durchaus vorstellen, dass auch bei mir ein Umdenken stattfinde. In dem Fall sei es auch kein Problem, wenn ich an ihrer Bar als Kellner aushelfen wolle. Nebenher könne ich auch die Buchhaltung machen, denn dieses Formelle passe jetzt nicht mehr zu ihr. Allerdings wolle sie keinen privaten Kontakt mehr zu mir, das bringe sie zu sehr herunter. Verstehen Sie: Ich an einer heruntergekommenen Bar in Portugal als Aushilfskellner, der abends die Kassenbons addiert für die Steuer. Die tickt doch nicht richtig. Und das alles wegen dem da.«

Alle Blicke richteten sich auf Gonzow. Der trat einen Schritt zurück, als befürchte er, die anderen würden sich gleich gemeinsam auf ihn stürzen. Als nichts passierte, entspannte er langsam.

»Ich muss zugeben, diese Adelheid war eine meiner größten Erfolge zum Thema Selbstfindung.«

Zu diesen Worten grinste der Heiler selbstgefällig.

»Drecksau«, schrie Kuttler.

»Das ist doch keine schlechte Sache, so eine kleine Bar an der Algarve. Jeden Tag Sonne, Meer und immer genügend Getränke im Kühlschrank. Ich habe Adelheid nur den Traum zurückgegeben, den sie schon immer hatte. Was soll daran nicht gut sein. Und die paar Euro war das allemal wert. Man muss bedenken, ich habe ihr ein Leben geschenkt und das kostet ja wohl mehr als acht Mille.«

»Du Depp, du hast mir meines gestohlen«, rief Kuttler, »und dafür müsste ich dich killen.«

»Na, na«, bremste Berger ihn, »Sie sind nicht der erste Mann, dem die Frau weggelaufen ist. Das wird wieder.«

»Vielleicht brauchen Sie nur etwas Hilfe«, ergänzte Löffler, »und plötzlich sieht die Welt wieder bunt und schön aus. Für Sie mit ganz vielen farbigen Zahlen und mit Rechnungen, die alle aufgehen ohne Rest.«

Der Mann schaute die beiden misstrauisch an. Doch offensichtlich vertraute er schließlich ihren offenen Gesichtern, die jedes Wort ehrlich zu meinen schienen.

»Ja«, flüsterte er mehr zu sich selbst, »das könnte sein. Ich brauche Hilfe.«

Gonzow trat einen Schritt vor. Vorsichtig, ganz vorsichtig streckte er seinen Arm aus. Als Adelheids Mann darauf nicht reagierte, legte der Heiler seine Hand auf den Oberarm des Verzweifelten.

Nichts passierte.

Da schöpfte Gonzow richtig Mut.

»Ich kann helfen«, sagte er mit Verschwörerstimme. »Gemeinsam können wir Ihre innere Balance suchen und sie wieder zurechtrücken. Ich sehe nämlich einen im Kern glücklichen Menschen vor mir, den ein furchtbarer Schicksalsschlag kurzzeitig aus der Bahn geworfen hat.«

Kuttler schaute ihn irritiert an.

»Ich habe Vertrauen in Sie. Sie müssen diese Schlampe vergessen, die Sie wegen eines falschen Götzen verlassen hat. Suchen Sie sich ihren eigenen Götzen, ich helfe dabei. Zwei Mal die Woche Lebenshilfe – das müsste reichen. Am besten beginnen wir gleich heute.«

Gonzow zog seinen neuen Therapiegast sanft mit sich. Der gehorchte, willenlos fast, und taperte hinter dem selbst ernannten Helfer in jeder Not her. Die beiden verschwanden in dem Häuschen und Gonzow zog die Tür ins Schloss.

Draußen blieben zwei Polizisten stehen, die sich kopfschüttelnd anschauten.

»Das glaube ich jetzt nicht«, sagte Berger.

»Ich schon.«

Sie hatten sich beeilt. Waren mit Blaulicht die Pfrondorferstraße hinuntergehetzt, dann nach Lustnau hinein, die Steinbösstraße entlang, In der Weißheit hoch und hielten schließlich mit Karacho vor der Löffler-Villa. Kaum waren sie vor Gonzows Häuschen in den Wagen gestiegen, hatte der Telefonanruf Christian Löffler erreicht. Sein Vater hatte es ihm gesagt.

Als er vor dem Eingang zum Pool stand, sah er Stammler an der Wand lehnen, während Klaus Löffler stumm neben ihm stand. Beide schwiegen. Stammler starrte auf das Wasser im Pool. Es hatte eine leicht rötliche Einfärbung.

Klaus Löffler starrte Stammler an. So, als wolle er bereit sein zum Eingreifen, falls dem Kommissar etwas Unerwartetes in den Sinn kommen sollte. Zum Beispiel ein Sprung ins Wasser. Oder dass er seinen Kopf gegen die Wand schmetterte.

Am Rand des Schwimmbeckens standen noch immer drei Mitarbeiter des Deutschen Roten Kreuzes. Der Notarzt war dabei, seinen Koffer einzupacken. Daneben unterhielten sich zwei Polizisten leise. Von Gülcin war nichts mehr zu sehen. Wahrscheinlich hatte man sie längst abtransportiert in die Gerichtsmedizin oder ins Krankenhaus.

Berger bewegte sich langsam auf ihren Kollegen zu.

Als sie ihn berührte, reagierte er nicht darauf. Aber sein Kopf bewegte sich in ihre Richtung. Er sah sie an. Berger wusste nicht, ob er sie überhaupt erkannte.

Auch Christian Löffler kam zu seinem Mitarbeiter. Stellte sich vor ihn und suchte dessen Blick. So verharrten alle drei eine Weile wie ein Stillleben. Schließlich zupfte Christian Löffler seinen Vater am Arm und zog ihn mit sich. Zusammen gingen sie in den Vorraum der Sauna. Dort war es leer und sie konnten die dicke Holztüre schließen.

»Was genau ist denn passiert?«, fragte Löffler seinen Vater.

»Soweit ich das herausgekriegt habe aus Stammler, war er kurz in der Küche, um Getränke zu holen. In der Zeit wollte seine Freundin noch mal ins Wasser und ein paar Längen schwimmen. Dabei ist sie wohl so unglücklich ausgerutscht, dass sie sich den Kopf an dem Beckenrand gestoßen hat. Sie fiel einfach ins Wasser. Sie war wohl nicht gleich tot, hat der Notarzt gesagt. Sie war bewusstlos und ist ertrunken. Etwas in der Art. «

»Und der Kollege hat damit nichts zu tun?«

Löffler sah seinen Sohn verwundert an.

»Was sollte er denn damit zu tun haben? Er war doch gar nicht dabei, als es passierte.«

»Sagt er.«

»Ja, sagt er. Und das wird wohl auch stimmen. Oder hast du Probleme damit?«

Christian schüttelte den Kopf. Dann atmete er ein paar Mal lange ein und aus.

»Nein, habe ich nicht. Aber irgendwie hat mich mein Job misstrauischer gemacht, als ich es früher war. Jetzt vermute ich schon, dass hinter Stammler ein Killer stecken könnte. Das ist mir ja schon vor mir selbst unangenehm.«

»Schon gut, ich sag es nicht weiter.«

»Was ist denn genau mit Gülcin passiert?«

»Vermutlich Schädelbasisbruch. Sie ist hart aufgeschlagen mit dem Kopf. Dann fiel sie ins Wasser. Der Arzt meinte, jedenfalls auf den ersten Blick, sie sei ertrunken.«

»Wie lange lag sie im Wasser?«

Löffler zuckte mit den Schultern.

»Hast du dich mit Stammler schon mal unterhalten? Ein bisschen wenigstens?«

»Keine Chance, der Mann ist völlig erledigt. Aus dem kriegst du kaum ein Wort raus. Selbstvorwürfe. Das ist das einzige, was aus ihm dringt. ›Ich bin schuld… hätte ich nicht … hätte ich doch … Warum habe ich nicht?‹ Nur so Zeug gibt er von sich. Mich hat das ermüdet.«

»Na ja, er hat seine Freundin verloren.«

Löffler senior tätschelte seinem Sohn den Unterarm.

»Vielleicht bin ich ein wenig ungerecht, das ist möglich. Trotzdem regt mich sein Gejammer auf. Schau mal, dass die Ärzte ihn ruhigstellen. Ist für alle Seiten das Beste.«

Damit drehte Klaus Löffler sich um und marschierte aus dem Raum.

Inzwischen war es Berger gelungen, ihren Kollegen auf einem Liegestuhl unterzubringen. Sie kniete neben ihm, während er lang ausgestreckt dalag und in die Luft stierte. Er schien komplett abwesend zu sein. Die Kollegin wagte kaum sich zu rühren. So, als wollte sie die Ruhe eines Schwerkranken nicht stören.

Markus Kürner streckte den Kopf in den Raum. Als er den Daliegenden entdeckte, richtete er sich zu voller Größe auf und stellte sich neben ihn. Berger blieb knien, tat so, als bemerke sie den Gerichtsmediziner gar nicht.

»Hören Sie, Stammler«, röhrte der Arzt auf seine unwiderstehliche Art, »können Sie mir mal was zu dem Fall sagen? Oder wollen Sie hier liegen bleiben wie eine Leiche auf meinem Seziertisch? Ich dachte, Sie sind Polizist. Sie müssen doch mit so etwas umgehen können, Leichen sind Ihr täglich Brot. Also – was ist genau passiert?«

Während Stammler ihn mit leerem Gesicht anschaute, erhob Berger sich. Sie war gut eineinhalb Köpfe kleiner als der ellenlange und massige Kürner. So sah es fast etwas slapstick-artig aus, als sie den Mann in die Seite knuffte und ihn heftig vor die Brust schlug.

»Sind Sie irre?«, rief sie. »Sie können meinen Kollegen doch nicht einfach so anmachen. Außerdem geht Sie das alles gar nichts an, Sie sind kein Polizist, sondern bloß so ein

Aufschneider, ein Leichenaufschneider. Einer, der in offenen Brustkörben herumwühlt. Ermittlungsarbeit fällt nicht in Ihr Ressort.«

Verdutzt sah der Mediziner die Polizistin an. Auch Stammler schien aus seinem Koma erwacht zu sein. Er hatte den Oberkörper aufgerichtet und schaute abwechselnd auf Kürner und auf Berger. Man hatte fast das Gefühl, er spiele ganz spontan den Schiedsrichter zwischen den beiden Streithähnen.

»Sie, meine Kleine«, sagte Kürner nach kurzer Pause und sprach dabei wie zu einem ungezogenen Kind, »sollten besser nicht verwechseln, wer hier das Alphatier ist. Tipp von mir: Sie sind es nicht. Und jetzt sollten Sie sich vom Acker machen. Husch, husch.«

»Dass ich nicht lache«, kreischte Berger fast.

Sie hatte inzwischen wieder ihre tiefe Röte im Gesicht, »Kürner-Rot« nannte Löffler das manchmal, wenn er sie ärgern wollte.

»Was sind Sie denn? Einer, der in toten Körpern rumwühlt. Das machen Hyänen auch. Aber die mischen sich nicht in Sachen ein, die sie nichts angehen.«

»Das ist der Samariter in mir. Wenn ich sehe, dass die anderen hilflos, ratlos und völlig inkompetent sind, dann versuche ich zu helfen. Wären alle Menschen so wie ich, hätten wir eine bessere Welt. Aber ob Sie da noch einen Platz hätten – ich zweifle, ich zweifle.«

Kürner grinste.

Berger zitterte.

Entschlossen ging sie auf Kürner zu, holte aus und schlug ihm aufs Auge.

Eine Erschütterung ging durch den Körper des Mediziners. Obwohl er ein echter Riese war, riss ihm der heftige Schlag der Frau den Kopf nach hinten.

Stammler saß einfach bloß da und riss erstaunt die Augen auf.

Dann grinste er.

Kürner war kreidebleich.

In dem Augenblick erschien Christian Löffler hinter dem Gerichtsmediziner. Er blieb stehen und schaute sich um. Alle schwiegen. Er sah von einem zum anderen. Schließlich konzentrierte er sich auf das Gesicht Kürners.

»Was ist das, Markus? Was hast du mit deinem Gesicht gemacht?«

Kürner verzog das Gesicht. Man sah ihm förmlich an, dass er nach Worten suchte. Schließlich seufzte er resigniert.

»Das ist ein großes Geheimnis«, sagte er leise, »und das bleibt es auch. Ich denke, dass sich darüber hier alle einig sind.«

Dabei schaute er auf Berger, dann auf Stammler.

Beide nickten fast unmerklich.

Kürner verließ eilig den Raum. Löffler sah fragend seine Kollegen an. Aber die wichen ihm aus. Berger hatte die Ästhetik ihrer Lederschuhe entdeckt und studierte sie intensiv. Stammler wurde erneut vom Kummer übermannt, ließ sich seufzend in seiner Liege zurückfallen und schloss die Augen.

Löffler beschloss, sich um Wichtigeres zu kümmern.

»Die Kollegen sagen, dass es ein dummer Unfall war. Das mit Gülcin. Sie ist ausgerutscht, hat sich den Kopf angeschlagen, fiel in Ohnmacht und in den Pool und dort ist sie ertrunken. Wenn sie nicht alleine gewesen …«

Berger wedelte wild mit den Armen. Löffler kapierte nicht gleich, doch dann brach er seinen Vortrag ab.

»Jedenfalls können sie kein Fremdverschulden ausmachen. Die Frage ist jetzt: Wen müssen wir über das schreckliche

Ereignis informieren? Familie, Freunde, Geschwister, Arbeitgeber, Versicherungen – keine Ahnung.«

Dabei schaute er auf Stammler, der noch immer die Augen geschlossen hielt.

»Ich würde das auch übernehmen, wenn ich Namen wüsste.«

Stammler schlug die Augen auf. Sie leuchteten zugleich wässrig und rot.

»Das mache ich. Ich bin ja auch schuld an dem Ganzen. Und das muss ich ihren Eltern genauso sagen. Sie haben ein Recht darauf.«

Man konnte förmlich beobachten, wie der Zorn sich langsam Löfflers Gesicht bemächtigte. Erst waren es nur leise rote Striemen auf den Wangen, ehe die Augen zu dünnen Blitzen wurden und der Kiefer sich so fest zusammenpresste, dass er vermutlich eine Kokosnuss damit hätte knacken können.

»Hören Sie bloß mit der Platte auf«, zischelte es förmlich aus dem Mund des Hauptkommissars, »das ist nämlich der absolute Schwachsinn. Manche Dinge kann man nicht aufhalten. Und man verursacht sie auch nicht. Oder glauben Sie, Sie hätten einen Verkehrsunfall verursacht, nur weil Sie ein paar Minuten zuvor auf derselben Straße gefahren sind wie die kaputten Autos und die toten Menschen in den Fahrerkabinen.«

»Was ist das denn für ein Vergleich?«

»Einer, der Ihnen zeigen soll, dass es sinnlos ist, sich mit Schuldgefühlen zuzupacken. Es wird das Geschehene ohnehin nicht mehr verändern. Und jetzt kümmern Sie sich um die Familie, aber ohne dass Sie mit dem Kreuz auf dem Rücken zu ihnen durch den Vorgarten kriechen. Also – keinen Bußgang.«

Löffler ließ die beiden Kollegen zurück und winkte Kürner zu. Der wartete neben dem Pool. Mittlerweile hatte Löfflers

Vater damit begonnen, den Poolrand mit einem Lappen von Blut und Spuren des Polizeieinsatzes zu säubern.

»So eine schöne junge Frau«, sagte Kürner und deutete vage in Richtung Ausgang, durch den die tote Gülcin zuvor zum Abtransport gebracht worden war. »Da siehst du mal, wie schnell so was passieren kann. Ich war schon immer gegen so einen Pool, auch bei uns zu Hause.«

»Wieso habt ihr dann einen?«

Kürner seufzte.

»Wie kannst du mir so eine Frage stellen. Du weißt doch genau, dass ich das schwache Glied in der Familie bin. Die machen, was sie wollen. Ich werde schon lange nicht mehr gefragt. Oder glaubst du, ich hätte einen Hund im Hause, wenn ich zu bestimmen hätte?«

»So ein langer, massiger Kerl und doch so hilflos. Wenn das die Kollegin Berger wüsste.«

Kürner lief rot an.

»Lass mich mit der Furie bloß in Ruhe.«

»Willst du darüber reden?«

Kürner trat einen Schritt zurück und musterte den Hauptkommissar aus der Distanz.

»Aus welcher US-Schmonzetten-Serie hast du den Spruch denn? Außerdem ist hier wie dort die Antwort auf diese Arschkriecherfrage immer dieselbe: Nein, will ich nicht. Und jetzt gehe ich nach Hause.«

»In den Pool?«

Kurz beherrschte sich Kürner noch, ehe er laut lachte. Alle um ihn herum sahen erstaunt und etwas pikiert zu ihm hin. Doch der schüttelte sich wie ein Irrer. Es war, als fiele jegliche Anspannung von ihm ab. Ein therapeutisches Lachen, sozusagen. Als er wieder zur Ruhe kam, wischte er sich die lachtränennassen Augen aus und klopfte Löffler, der ihn die ganze Zeit beobachtet hatte, auf die Schulter.

»Hast du gut gemacht, mein Freund«, sagte der Gerichtsmediziner, »im nächsten Leben wirst du Psychiater. Oder Schamane. Nackttanz und mit Fell umwickelte Füße – das ist deine kommende Inkarnation. So, ich hau jetzt ab.«

Damit verschwand er durch die Glastüre, die in den Garten führte. Von da kam man über eine Steintreppe auf die Straße vor dem Haus. So vermied er es, durchs ganze Haus marschieren zu müssen. Er kannte sich aus, im Löffler-Haus. Immerhin hatten er und Christian viel Zeit dort verbracht, als sie noch gemeinsam zur Schule gingen. Die besser gestellten Familien blieben untereinander. Kürners Vater war bereits Arzt gewesen, Professor an der Uniklinik. Mit Haus auf dem Österberg. Das ist heute noch so. Viele Spaziergänger sind überrascht über die Anwesen, die sich meist in gediegenen Parkanlagen hinter schützenden Mauern verbergen.

Löffler hatte sich umgezogen. Er hatte seine Laufklamotten an und fuhr mit dem Wagen hoch auf den Sand. Dort traf sich immer der Lauftreff des Post SV zum gemeinsamen Lauf. Jetzt, am frühen Nachmittag, war Löffler alleine.

Er musste durchatmen. Brauchte seine Ruhe. Zeit. Nur für sich. Früher war das Laufen für ihn immer auch Wettkampf oder zumindest die Vorbereitung auf einen Wettkampf. Also Training, nicht einfach bloß Laufen oder gar Joggen.

Seit der erfolgreichen OP wegen seines glücklicherweise gutartigen Tumors im Gehirn lag das Glück für ihn mittlerweile auch im Noch-laufen-Können. Er war weniger verbissen. Musste nicht stets alles geben bis zur Erschöpfung, selbst in reinen Trainingsläufen. Er konnte genießen, ohne zu leiden.

Der Hauptkommissar begann, langsam zu traben. Schon nach kurzer Zeit prasselten die Gedanken auf ihn ein. Gülcin, der Fall, sein Vater, Berger. So geht das nicht, dachte er, ich muss sortieren. Mich auf eine Sache konzentrieren. Nach und nach, sozusagen Schritt um Schritt abarbeiten.

Er hatte Gülcin nicht gut gekannt. Auch wenn sie nun im Pool seiner Familie gestorben war, war sein Interesse an dem Ereignis eher professioneller Natur. Stammler tat ihm leid. Er war durch eine schlimme Scheidung aus dem Tritt geraten. Langsam hatte er sich wieder gefangen, hatte Gülcin kennengelernt. Und es hatte gleich gefunkt. Danach war er wie verwandelt gewesen. Und jetzt? Löffler beschloss, im Augenblick darüber nicht nachzudenken.

Er hatte jetzt zum ersten Mal Zeit, sich Gedanken über den neuen Fall zu machen. Über den Mord an Bauer. Alles war so verwirrend in dem Fall. Es war kein so richtiges Motiv auszumachen. Taten wie die hatten häufig ihre Ursache im familiären Umfeld. Wie die meisten Morde. Aber hier ließ sich kein so richtiger Grund dafür ausmachen. Dass Bauers Kinder oder seine Geliebte ein Interesse daran haben konnten, den Mann umzubringen – unwahrscheinlich. Und auch nicht zu beweisen. Im privaten Umfeld gab es auch keine Auffälligkeiten. Der Mann hatte irgendwie mit allem abgeschlossen, hatte Löffler den Eindruck. Er wollte einfach sein Leben genießen. Laufen, Freundin, kein Streit, kein Stress, keine Feinde.

Und wenn das so war – wer, zum Teufel, sollte so einen Mann töten?

Löffler stöhnte beim Laufen vor sich hin. Das war eine harte Nuss. Ein Fall ohne jeden Verdächtigen. Na schön, die Tat lag gerade mal eineinhalb Tage zurück. Viel konnten sie in der kurzen Zeit nicht ermitteln, klar. Dennoch – dass sie auch gar nichts gefunden hatten, um einzuhaken, das ließ auf eine knifflige Sache schließen. Und dann auch noch die Erde in der Hand des Toten. War das jetzt ein Bluff, ein Spaß des Täters oder der Täterin? Oder erlaubte man sich einen Jux mit ihnen? Legte eine falsche Fährte? Ihm jedenfalls war klar geworden, dass mit dem Dreck in der Hand nichts Mystisches verbunden war. Ein Verweis auf etwas – ja, das war möglich. Aber nichts, was wie in den düsteren Schwedenkrimis mit alten Sagen und Zeichen auf einen Täter schließen ließ, der sich als Nachfolger von Thor oder dem Schimmelreiter sah.

Vielleicht ein Landwirt, dem man die Wiesen und Äcker enteignet hatte? Für einen Supermarkt oder eine Straße? Aber selbst wenn – so führte noch lange keine Spur zu Bauer. Der war nämlich bloß ein Rentner, der gut betucht war und ansonsten seine Ruhe wollte.

Es war vertrackt.

Ein Mord ohne Motiv?

Wieso nicht? In dieser verrückten Zeit war alles möglich. Wie bei Johnny Cash: »I shot a man in Reno just to watch him die«. Doch das war Songwriter-Lyrik. Cash hatte keiner Fliege etwas zuleide getan. Aber wer sagte, dass nicht hier, in Tübingen, beim Fall Bernd Bauer, ein Spinner einfach dem Toten eins übergebraten und ihm dann – witzig, witzig – die Erde in die Faust gepresst hatte.

Nein, an einen solchen Zufall konnte Löffler nicht glauben. Wer traf schon zufällig morgens einen Läufer auf der blauen Bahn, lockte ihn zu sich, brachte ihn um und verschwand wieder. Eine sinnlose Tat. Und höchst unwahrscheinlich.

Finde ich das Motiv, habe ich den Mörder.

Das war die Ermittlungsweisheit der Kripo.

Das hieß, das Leben Bauers komplett zu durchleuchten. Das hieß aber auch: viel Fleißarbeit der langweiligsten Art. Da war die Kollegin im Urwald, da war Heimchen gefragt. Und Berger. Mit Stammler rechnete er nicht. Wer weiß schon, überlegte er, bis wann der wieder einsatzfähig ist. Und das nicht nur wegen des Muskelkaters. Wenn er an Stammlers Nervengerüst während der zurückliegenden Monate dachte, wurde ihm angst und bange. Der Mann würde Hilfe brauchen. Möglichst professionelle Hilfe. Ob es gut war, dass er weiterhin im Löffler-Haus wohnte? Immerhin wurde er alleine durch den Pool ständig daran erinnert, was geschehen war.

Nun zu Berger.

Der Hauptkommissar war mittlerweile am Bogentor in Hagelloch angelangt. Hier ging es zurück über das Heuberger Tor, an Waldhausen vorbei hinunter zum Ausgangspunkt am Sand.

Ja, Berger. Dieses ungeklärte Verhältnis bereitete ihm zusehends Probleme.

Probleme des Herzens.

Als er das dachte, musste er lächeln. Rosamunde-Pilcher-Titel. Und er mitten drin. Oder auch nicht, er musste sich entscheiden, was er wollte.

»Christian.«

Er hörte die Stimme hinter sich und zuckte zusammen vor Schreck. Es hatte begonnen, leicht zu schneien. Die Ruhe hatte ihn eingeschläfert. Das und seine Gedanken.

Johannes C. Mayer schloss zu ihm auf.

»So alleine? Warum hast du nicht angerufen, wir hätten zu zweit laufen können.«

Johannes war ein alter Laufkumpel und Freund Löfflers. Zusammen mit ein paar anderen hatten sie eine Laufgruppe, die den Vorteil hatte, am Vormittag das Lauftraining absolvieren zu können. Johannes war Lehrer. Sie hatten die Lauftermine auf dessen Freistunden gelegt. Die anderen waren flexibler, konnten ihre Termine freier gestalten. Oliver zum Beispiel war im Vertrieb. Ein anderer bereits Rentner.

»Ich bin spontan los. Ich brauche mal einen freien Kopf, bei uns zu Hause ist was Schlimmes passiert.«

»Mit deinem Vater?«

Löffler erzählte Johannes in kurzen Worten das Drama um Gülcin. Zwar kannte Mayer nur Stammler, aber er wusste, wie wichtig die Beziehung für diesen war.

Eine Weile trabten sie wortlos nebeneinander her.

»Was ist mit deinem Toten von der blauen Bahn?«, fragte Löfflers Freund. »Weißt du schon, wer das getan hat?«

Mayer war ebenso ein eifriger Nutzer des SV-03-Stadions. Gemeinsam mit den anderen trainierte auch er dort regelmäßig die Tempoeinheiten. Den toten Bernd Bauer kannte er zwar nicht persönlich. Aber jeder, der Tempoeinheiten machte und Wettkämpfe lief, war ein Guter. Läufer unter sich eben.

Grundsätzlich redete Löffler mit Freunden oder Bekannten nie über seine Fälle. Bei Mayer war das anders. Wahrscheinlich lag das daran, dass der auch Religion unterrichtete. Und irgendwie vermutete der Hauptkommissar immer, dass er damit so eine Art Beichtgeheimnis erfüllen musste. Oder zumindest so etwas wie eine ärztliche Schweigepflicht hatte.

»Wir kommen nicht weiter. Es gibt nicht den geringsten Anhaltspunkt. Kein Motiv, keine Verdächtigen, keine Spuren, gar nichts.«

»Das ist ja schlimmer als ein Zehn-Kilometer-Lauf mit einer über 40-Minuten-Zeit«, sagte Johannes Mayer grinsend.

Er hatte vor ein paar Wochen erst einen Iron-Man-Triathlon weit unter zehn Stunden absolviert.

»Aber ich kann dir vielleicht weiterhelfen«, sagt er nach einer kleinen Pause. »Ein Kollege von mir kennt den Bauer aus Wurmlingen. Er kennt die ganze Familie. Hat mir neulich davon erzählt. Aber jetzt fällt mir erst ein, dass es sich um deine Leiche handelt. Muss ein ziemlicher Chaotenhaufen sein, diese Familie. Aber egal, mit dem Vater, also mit dem Toten, hat er mal einen Schiedsrichterkurs im Fußball gemacht. Danach haben sie immer mal wieder gequatscht, wenn sie sich getroffen haben. Und dieser Kollege hat mir gesagt, dass der Bauer bedroht worden sei. Wegen Grundstücken. Bauplätzen. Ich glaube, der Bauer wollte seine nicht hergeben. Oder er wollte feilschen. Ich weiß nicht mehr genau. Jedenfalls hat er sich darüber aufgeregt, dass man ihn im eigenen Dorf blöd anmacht. Dabei hat er schon ewig nicht mehr dort gewohnt.«

Löffler stolperte plötzlich über eine Baumwurzel auf dem sogenannten Indianerpfad, parallel zum Waldwanderweg Richtung Waldhausen. Er rutschte aus und fiel der Länge nach hin. Zum Glück plumpste er auf eine noch ziemlich hohe Schneewehe. Er wälzte sich auf den Rücken und schaute nach oben. Dort tauchte das besorgt schauende Gesicht seines Mitläufers auf.

»Nix passiert«, beruhigte ihn Löffler, »hilf mir auf, es geht gleich weiter.«

Auf dem Grünen-Plan-Weg in Richtung des Sportgeländes des SSC, dem Fußball-Club der Nordstadt, blies ihnen ein giftiger Wind entgegen. Der Hauptkommissar beschloss, nicht zu reden. Der Wind wehte ihm sonst Schneeflocken in den Mund. Erst in dem kleinen Waldstück zum Sand waren sie wieder geschützt.

»Du weißt schon«, meinte Löffler nachdenklich, »dass das eine ziemlich wichtige Information ist. Was wäre gewesen, wenn wir uns heute nicht getroffen hätten? Hätte ich das dann nie erfahren?«

Mayer lächelte.

»Machst du mich jetzt zu deinem Hilfssheriff? Mit so einem Stern? Wie bei Django?«

»Ich buchte dich ein wegen Unterdrückung von Beweismaterial. Dann kannst du im Gefängnishof deine schnellen Einheiten drehen.«

Johannes erhöhte das Tempo, so gut es ging, auf dem eisigen Untergrund des Weges. Löffler hatte Mühe, ihn wieder einzuholen.

»Willst du fliehen«, fragte er ihn keuchend, als er wieder aufgeschlossen hatte.

»Brauche ich nicht. Schau mal deine Mails an, da ist auch eine von mir dabei. Und rate mal, was da drinsteht? Aber jetzt hast du ja schon alles aus erster Hand zu hören bekommen. Was steht denn für die Ergreifung des Täters als Belohnung aus? Ich muss mal wieder mit meiner Familie in Urlaub, seit acht Jahren waren wir nicht mehr richtig in den Ferien.«

»Ist ja auch nicht einfach mit drei, nein, vier Kindern«, juxte Löffler, »und der zeitraubende Beruf dazu, das Triathlontraining, das Laufen, die Freunde und die Eigenleistungen am Haus.«

»Wir haben nicht mal mehr einen Fernseher.«

»Na, so kannst du dich doch am besten für den Nikolauslauf vorbereiten. Du gegen mich, was meinst du? Wer gewinnt?«

»Fang du erst mal deinen Killer, dann sehen wir weiter.«

»Angsthase.«

Gemeinsam kamen sie am Parkplatz auf dem Sand an. Der Sand ist eine bessere Wohngegend in der Halbhöhenlage Tübingens. Irgendwie zwischen Waldhäuser-Ost und die Unterstadt eingeklemmt. Hier endet der Schönbuch. Viele nehmen den Eingang in den Wald als Ausgangspunkt zum Wandern oder zum Laufen. So wie der Post-SV. Früher war hier der Start zum Nikolauslauf gewesen. Mittlerweile hatte man ihn richtigerweise in die Waldhäuserstraße verlegt, die war breit genug, um die Massen, die sich auf die Piste begaben, problemlos aufnehmen.

Sie dehnten noch ein wenig. Löffler hielt das zwar für sinnlos, aber er hatte es sich angewöhnt, bloß um nach dem Lauf noch ein wenig zu quatschen.

»Wirst du der Sache mit dem Bauplatz nachgehen?«, fragte Johannes Mayer.

»Ja, mache ich. Ich muss nur mal sehen, wie ich das mit meinen Leuten hinkriege. Einer meiner Kommissare ist vermutlich grade nicht einsatzbereit.«

Er erzählte Mayer noch einmal, nun detaillierter, die Geschichte von Gülcin und Stammler.

»Der Mann braucht professionelle Hilfe.«

»Ja, ich weiß«, antwortete der Hauptkommissar, »ich befürchte bloß, er wird sie nicht annehmen. Er ist ein Sturkopf und will alles mit sich selbst ausmachen. Ich glaube, ich muss dem befehlen, dass er sich diese Hilfe holt.«

»Nimm ihn doch mit zum Laufen. Das hat noch jedem geholfen. Wenn du den erst mal volle Pulle über den Nikolauslauf jagst, kennt der keine bösen Gedanken mehr. Außer dem natürlich, dass er den Lauf und jeden Anstieg hasst. Aber das tun wir schließlich auch.«

Als Löffler nach Hause kam in die Villa in Lustnau, war der Spuk vorbei. Die Polizei, der Krankenwagen, die Notärzte, das Rote Kreuz – alle weg. Er ging nach unten zum Pool. Der war wieder freigegeben. Man konnte ihn problemlos benutzen.

Der Hauptkommissar fragte sich, ob es taktlos wäre, in das Wasser zu springen, in dem vor Kurzem eine Frau gestorben war. Er sah ein paar Fußspuren am Beckenrand. Nackte Tapser, die vom Pool weg in die Umkleiden führten. Es musste bereits vor ihm jemand hier geschwommen sein. Es war nicht auszudenken, dass das Stammler gewesen sein könnte. Makaber. Aber manchmal neigte der Mann dazu. Im Schmerz war Stammler unberechenbar, das wusste Löffler. Vielleicht wollte er, wortwörtlich, noch ein Mal in seinem Unglück baden. Beziehungsweise im Unglück der verstorbenen Gülcin Mehmedi.

Löffler folgte den Fußspuren.

Typisch Bulle, dachte er und lächelte lautlos vor sich hin. Keine Spur, die man nicht verfolgen könnte.

Aus einer der Umkleiden hörte er Geräusche. Das Klappern von Kleiderhaken. Ein Atmen. Das Zuschlagen eines Schrankes. Schließlich Stimmen. Mann und Frau.

Löffler schob die Türe langsam auf. Sah erst ein Gesicht, dann ein zweites. Es waren sein Vater und Maria. Beide noch halbnackt. Maria zog sich gerade einen BH an, sein Vater nestelte an den Socken herum. Sie bemerkten ihn nicht gleich. So blieb er noch an der Türe stehen und betrachtete die beiden.

Maria hielt Klaus den Rücken hin. Der hakte ihr den BH ein und küsste sie danach auf die Schulter. Maria lächelte verzückt.

»Ein Gentleman der alten Schule«, säuselte sie und strich dem Senior über die Wange. »Ich glaube, so etwas habe ich gesucht. Und jetzt gefunden. Aber mit den ganz Jungen konnte ich es ohnehin noch nie so richtig.«

»Mach mich bloß nicht älter als ich bin. Das macht mir eh schon Kummer.«

Sie trat auf ihn zu und presste ihren Körper gegen den seinen. Der Senior reagierte, griff hinter Maria und zog sie noch enger an sich. Dabei fiel Marias Blick auf den in der Tür stehenden Christian Löffler. Sie grinste ihn an.

»Ein Voyeur« sagte sie und löste sich aus der Umarmung. »Sieh mal Klaus, dein Sohn beobachtet uns. Jetzt haben wir es schon zu einer Zirkusattraktion gebracht.«

Der Vater drehte sich zum Junior hin.

»Was machst du denn hier?«, fragte er.

Man merkte, dass ihm die Situation unangenehm war.

»Ich wohne hier. Und ich bin einigermaßen überrascht, dass es euch bereits wieder so gut geht. Immerhin ist gerade erst ein Mensch hier gestorben. Da ist Sex in der Umkleide vielleicht nicht gerade der respektvollste Umgang mit Trauer.«

Maria schaute Klaus Löffler an. Der zuckte mit den Schultern.

»Wenn ich auf den Knien bete, macht das die junge Frau auch nicht wieder lebendig«, sagte er.

Löffler junior winkte ab.

»Ein bisschen Betroffenheit hätte ich schon erwartet.«

»Ach«, wiegelte der Vater ebenfalls winkend ab, »Betroffenheit ist doch bloß eine Art Hansaplast für die deutsche Seele.«

Christian Löffler lächelte.

»Den Satz hast du geklaut.«

»Habe ich. Aber ich sage dir nicht, von wem.«

»Was wolltest du eigentlich hier unten?«, fragte Maria, während sie sich ein T-Shirt überzog.

»Dasselbe wie ihr, bloß ohne Sex.«

Sie lachte.

»In dem Fall bist du ja auch nicht besser als wir – bloß ohne Sex.«

Nachdem die beiden sich vollständig angezogen und die Umkleide verlassen hatten, setzte sich Löffler für einen Augenblick auf die Holzbank vor den Spinden. Er fühlte sich ausgelaugt. Er hatte das Gefühl, als zerfasere er inwendig. Dieses Gefühl kam öfter mal über ihn, seitdem er die Operation gut überstanden hatte. Aber etwas war zurückgeblieben. Die Ahnung vielleicht, wie schnell es zu Ende gehen konnte. Einfach so. Mit einem Fingerschnipsen war man weg, verschwunden aus dieser Welt.

Das war das eine.

Das andere war das Gefühl von Einsamkeit.

Er fühlte sich niemandem mehr richtig zugehörig. Als hätte die Nähe zum Tod alle Verbindungen zu den Lebenden gelöst. Es war eine Kluft entstanden zwischen ihm und den anderen Menschen. Nicht immer und nie lange.

Aber sie war da, diese Kluft. Und manchmal spürte er sie so sehr, dass er fühlte, wie etwas in ihm zerbrach und er sich wie ausgehöhlt vorkam.

So wie jetzt.

Löffler blieb noch einen Moment sitzen, dann zog er seine Badehose an und schwamm im Pool. Eine halbe Stunde später, draußen war es bereits dunkel, trocknete er sich ab und zog einen Trainingsanzug an. Heute jedenfalls, dachte er, verlasse ich das Haus nicht mehr. Ich, nein, wir brauchen erst einen Plan, wie wir weiter vorgehen wollen. Sonst ist das alles bloßer Aktionismus, der ins Nirgendwo führt. Und es gibt ja auch noch Stammler. Wie konnte man ihm jetzt begegnen? Er beschloss, sich zunächst um ihn zu kümmern.

Berger beeilte sich. Löffler hatte sie angerufen.

Sie sozusagen aufgeweckt, früh am Morgen.

Stammler.

Sie mussten das Problem Stammler lösen. Die Kommissarin fragte sich, ob es so etwas wie eine Prädisposition auf Schicksalsschläge im Leben gab. Vielleicht sollte man ihrem Kollegen eine DNA-Probe entnehmen und danach nach einem Unglücksgen suchen. Wenn es einer in sich trug, dann Gerd Stammler.

Sie fuhr die Wilhelmstraße hinaus, Richtung Lustnau. Am Sportinstitut vorbei zur Adlerkreuzung, vorbei am Einkaufszentrum, hoch zum Unteren Herrlesberg. Sie stellte den Wagen hinter dem ihres Chefs ab. Sie klingelte an der Tür. Zwar hatte sie noch immer einen Hausschlüssel, aber sie fand es nicht in Ordnung, ihn zu benutzen, wenn sie nicht mehr in dem Haus wohnte.

Hildegard, die Haushälterin und das Mädchen für alles, öffnete die Tür. Berger bewegte sich zielgerichtet ins große Wohnzimmer. Dort gab es zwei Fensterwände, von denen aus man die perfekte Sicht hatte zum Österberg hinüber, auf Lustnau und auf Teile des Schönbuchs.

Es war ein traumhafter Blick aus einem Zimmer hinaus, das mit seinen 120 Quadratmetern Fläche und der perfekten Einrichtung ebenfalls traumhaft war.

Christian Löffler saß am großen Tisch mitten im Raum, ihm gegenüber Stammler, der frisch rasiert war und mit einem Löffel in seiner Kaffeetasse rührte.

»Was ist das«, fragte die Kommissarin und setzte sich dazu, »soll das ein Kaffeekränzchen sein, oder was? Bin ich deshalb extra schnell hergefahren?«

»Du brauchst nicht witzig zu sein oder die Unterhalterin spielen«, sagte Stammler ruhig, »ich bin kein Wrack und man muss mich nicht in Watte packen.«

Berger schaute ihn irritiert an.

»Ich will keine Wunden aufreißen«, meinte sie ganz ruhig, »aber gerade eben erst ist deine Freundin tragisch ums Leben gekommen – und du sitzt seelenruhig hier und trinkst ein Käffchen. Seelenruhig. Also so gar nicht deine Art. Ich mache mir ja auch eher Sorgen darüber, dass du kein Wrack bist. Denn das wäre normal. Nicht normal ist, dass dir die Sache irgendwie sonst wo vorbeizugehen scheint.«

Stammler hob nur kurz die Schulter und nahm einen Schluck aus seiner Tasse.

»Der Arzt verschrieb mir Medikamente«, gab er ganz ruhig von sich, »und die habe ich genommen. Es hat keinen Sinn, mich in mein Zimmer einzuschließen. Wem könnte das helfen? Ich will lieber mit euch zusammen an dem Fall arbeiten. Ihr kommt ja nicht weiter, da könnt ihr jede Unterstützung gebrauchen.«

Löffler räusperte sich.

»Lasst uns lieber gleich zum Thema kommen. Stammler, Sie sind dabei, Punkt. Und wir sind in einer Sackgasse. Ebenfalls Punkt. Oder kann mir einer von Ihnen sagen, in welche Richtung wir ermitteln sollen?«

Schweigen.

Selten hatte der Hauptkommissar seine Truppe so ratlos erlebt. Keine Spuren, keine Verdächtigen, kein Motiv, nicht einmal den Hauch einer Ahnung, wieso Bernd Bauer am Rand eines Sportplatzes sterben musste. Und dennoch steckte hinter der Tat ein Plan. Das zeigten die Umstände, nicht zuletzt die Erde in seiner Faust. Auch der Tatort war kaum zufällig gewählt. Keiner schlurfte am SV-Stadion vorbei und brachte eben mal einen um. Und auch wenn die Erde in der Faust kein mystisches Zeichen war, so war doch jemand mit Hintergedanken vorgegangen.

»Was ist mit der Geschichte mit den Bauplätzen?«, fragte Stammler in das Schweigen hinein.

Löffler schaute auf.

»Komisch«, murmelte er, mehr zu sich als zu den anderen im Raum, »so etwas hat mir auch Johannes Mayer erzählt. Ich hatte es bloß wegen … der … anderen … Aufregungen vergessen.«

»Können wir die Erkenntnisse mal zusammenlegen?«, fragte die Kollegin.

»Kurz gesagt«, begann der neue Erste Hauptkommissar, »geht es um den Verkauf von Wiesen und Ackerland. Dabei …«

»Aber die sind doch nichts wert«, unterbrach ihn Berger.

»Moment«, hob Löffler den Zeigefinger, »sie sind nur nichts in ihrem augenblicklichen Zustand wert. Aber wenn die Stadt Rottenburg alle ausgewiesenen Flächen aufkauft, um sie dann zu Bauland zu entwickeln, und schon gibt es ein paar Euro dafür.«

»Aber die entwickeln doch bloß, wenn ihnen alles gehört. Sonst kümmern die sich nicht darum und schön war's.«

»Eben«, ergänzte Stammler. »Es gibt einen festen Preis, den die Stadt zahlt. In Tübingen übrigens auch. Und dafür übernehmen die die gesamte Planung und Entwicklung. Wenn also deine Grundstücke groß genug sind, kannst du einen ganz schönen Reibach machen. Außerdem kann der Verkäufer später das entwickelte Baugebiet wieder zurückkaufen und selbst darauf bauen. Zu einem guten Preis.«

»Das Ganze aber nur, wie gesagt, wenn alle verkaufen.«

Berger dachte nach.

»Ihr meint also«, kam es stockend aus ihr heraus, »dass jemand die kaltmacht, die nicht verkaufen wollen?

»Genau.«

»Nein«, schüttelte sie langsam den Kopf, »das klappt ja trotzdem nicht. Denn wenn die, die nicht verkaufen, tot sind, gehören sie ja noch immer nicht der Stadt.«

Löffler wiegte den Kopf hin und her.

»Stimmt«, sagte er schließlich, »also muss sich der Täter sicher sein, dass das Grundstück nach dem Tod des Verweigerers verkauft wird. Von den Erben, beispielsweise.«

Er strahlte.

Nichts gegen ein ergiebiges Brainstorming, überlegte er. Nicht, dass der Fall nun gelöst wäre. Aber immerhin konnten sie einer Spur nachgehen. Wenn es die falsche war – okay, könnte sein. Aber besser als herumzusitzen und auf den nächsten Todesfall im eigenen Pool oder vielleicht im Garten zu warten.

Löffler erhob sich.

»Los, fahren wir jetzt mal alle gemeinsam ins Präsidium. Die werden uns schon vermissen. Langsam spielt sich ja mehr an Polizeiarbeit bei uns zu Hause in der Villa ab als in der Konrad-Adenauer-Straße.«

Es war ein frostiger Empfang.

Und das lag an Staatsanwalt Marek Bürger.

Als die drei Kommissare im Gang vor ihrem Büro auftauchten, stand Bürger bereits da und wartete. Er hatte einen Stuhl in den Flur gestellt und sich darauf niedergelassen.

»Was machst du denn hier?«, fragte Löffler ihn überrascht.

»Ich warte. Und zwar genau hier, ehe ihr in euren Büros verschwindet und nie wieder auftaucht.«

»Marek, Marek«, sagte Löffler und schüttelte den Kopf, »wovon redest du denn? Wohin sollten wir verschwinden? Es gibt nicht einmal einen Hinterausgang und wir befinden uns im dritten Stock. Du solltest mir vielleicht unter vier Augen erzählen, was für ein Problem du hast.«

Er signalisierte seinen beiden Kollegen, dass sie sich auf den Weg zu ihren Schreibtischen machen sollten. Dann griff er dem Staatsanwalt unter den Ellbogen und führte ihn den Gang entlang. An dessen Ende, bei einem Fenster, das den Blick zum Hof mit den Parkplätzen freigab, blieb er stehen.

Mittlerweile schwenkte Bürger eine Zeitung. Dicht an Löfflers Nase vorbei schwang sie. Der hielt die Hand des Staatsanwalts fest und entwand ihm die Zeitung.

»Was soll das denn, Marek?«, fragte der Hauptkommissar, nun merklich angefressen. »Du führst dich hier auf wie ein Staatsanwalt auf Ecstasy. Hast du einen Prozess verloren?«

Mit hochrotem Kopf fiel es Bürger offensichtlich schwer, überhaupt ein Wort herauszubringen. Erst allmählich beruhigte er sich.

»Ich sehe«, meinte er betont sachlich, »du hast die Zeitung heute noch nicht gelesen. Dabei haben doch Freunde von dir aufregende Schlagzeilen bekommen. Von einem Journalisten, der bei uns hier bislang unbekannt war. Die Zeiten sind vorbei. Du solltest mal die Kollegin Berger befragen. Aber erst nachdem du den Artikel gelesen hast. Anschließend möchte ich dich gerne bei mir bei der Staatsanwaltschaft sehen. Vielleicht sollten wir ein paar Dinge gemeinsam besprechen.«

Löffler war überrascht.

Bürger lehnte sich selten so sehr aus dem Fenster. Er ließ sich meist zu Entscheidungen schieben, ehe er selbst welche traf. Und meist war es Löffler, der ihn schob. Doch der Staatsanwalt drehte sich abrupt um, mit einer halben Drehung um die eigene Achse. Dabei schoben sich seine Füße übereinander und er kam zu Fall. Der Hauptkommissar konnte ihn gerade noch auffangen, ehe er auf den Boden knallte.

»Das ändert gar nichts daran, dass wir nachher reden müssen und dass ihr Mist gebaut habt«, sagte er, nachdem er wieder zum Stehen gekommen war. Diesmal war die Drehung weniger abrupt und er fegte durch den Gang davon in Richtung Aufzug.

Der Hauptkommissar ging mit der Zeitung in der Hand in sein Büro. Dort las er schließlich die Bescherung. Am Ende öffnete er seine Tür und rief Monika Berger zu sich.

»Und Sie, Stammler, können auch gleich mitkommen. Wir haben etwas zu klären.«

Beide standen ihm gegenüber, während er hinter seinem Schreibtisch saß. Mit dem Zeigefinger deutete er auf die Zeitung, die vor ihm lag.

»Ich vermute«, begann er, »Sie beide haben die heutigen Lokalnachrichten noch gar nicht gelesen. Richtig?«

Stammler und Berger schauten sich an. Dann schüttelten beide gleichzeitig wie bei einer perfekten Choreographie den Kopf.

»Warum fragen Sie?«, meinte Stammler erstaunt. »Hat die Lokalredaktion mal wieder einen Satz von OB Palmer aus dem Zusammenhang gerissen und die üblichen Verdächtigen betreiben wieder Palmer-Bashing?«

»Ich wusste gar nicht«, ergänzte Berger, »dass das mittlerweile strafbar ist.«

»Tja, die Politik ist ein gefährliches Pflaster geworden, seitdem jeder, der eine Tastatur betätigen kann, seinen Senf weltweit verbreiten darf«, fuhr Stammler fort.

»In diesem Fall«, so Löffler ernst, »kommt der Senf aber aus unserem eigenen Haus. Und mit dem Netz und Tastatur hat das nichts zu tun. Eher mit Blödheit.«

Das Schweigen im Raum war unangenehm.

»Offensichtlich haben Sie beide nicht die geringste Ahnung, wovon ich spreche«, sagte Löffler in die Stille und erinnerte sich an einen Spruch des besten Freundes seines Vaters, Olaf Härle, einem Germanisten im Ruhestand:

»Das Netz macht nachlässig und die Goldwaage ist überlastet.«

Christian Löffler betrachtete die beiden schweigend.

»Frau Berger«, sagte er, »kennen Sie denn einen gewissen Klaus Niemeyer? Einen Journalisten? Ich frage nur deshalb, weil er offensichtlich Sie gut kennt.«

Berger kratzte sich am Kopf. Ja, der Name kam ihr bekannt vor. Aber wohin sollte sie ihn stecken. Niemeyer? Journalist? Eigentlich kannte sie gar keine Zeitungsleute privat. Und eigentlich auch sonst nicht. Aussagen gegenüber den Medien liefen bei der Polizei im Grunde ausschließlich über die Pressestelle.

»Keine Ahnung? Vielleicht erinnern Sie sich, dass Sie sich mit ihm über unseren Fall Bauer unterhalten haben. Informell, sozusagen.«

Auf einmal fiel es ihr ein. Siedendheiß. Niemeyer. Immobilien. Der Mann, mit dem sie sich betrunken hatte. Und bei dem sie äußerst redselig geworden war. Zumindest soweit sie sich an den Abend überhaupt noch erinnerte. Hatte der Kerl sie reingelegt mit seinem Häuser- und Wohnungsgequatsche? Hatte der sie bloß benutzt? Was, zum Teufel, stand denn nun in der Zeitung, mit der Löffler ihr ständig vor der Nase herumwedelte?

Sie schnappte sich das Blatt. Es war an einer Stelle aufgeschlagen, an der einem gleich ein Foto mit Bergers Gesicht ins Auge sprang. Aber das war nicht das Tragische an der ganzen Aufmachung. Es war die Überschrift, die für Monika Berger schockierend war.

Insiderwissen direkt von der Polizei

Kommissarin Monika B. plaudert aus dem Nähkästchen

Und danach erfuhren die Leser alles brühwarm, was die Hauptkommissarin diesem Klaus Niemeyer im Zustand zunehmender Betrunkenheit erzählt hatte. Das mit der Betrunkenheit erschloss sich eher aus dem Kontext, Niemeyer liebte wohl das Zwischen-den-Zeilen-Lesen. Aber ansonsten formulierte er alle Polizeierkenntnisse klar und deutlich. Bis hin zu der Erde in der geschlossenen Faust Bauers. Natürlich auch die Umstände der Entdeckung des Toten:

Platzwart Peter B. stolperte förmlich über die Leiche – und das auf nüchternen Magen.

Und vor allem erfuhren jetzt alle, dass die Polizei völlig im Dunkeln tappte:

Der Leiter der Untersuchung, Polizei-Ass Christian Löffler, ist verzweifelt, weil sich nicht die geringste Spur ergibt.

Berger stand sprachlos vor diesem Polizei-Ass und ließ langsam die Zeitung sinken. Stammler hatte über ihre Schulter mitgelesen und schüttelte erschüttert den Kopf.

Der Erste Hauptkommissar allerdings saß eher locker in seinem Sessel. Er schien den Text so langsam verdaut zu haben.

»Klingt nicht schlecht, dieses Polizei-Ass. Oder?«

Berger sah ihn erstaunt an. Sie begriff nicht so recht, was er meinte.

»Stammt das von Ihnen? Ich meine, haben Sie mich so genannt, diesem Niemeyer gegenüber? In dem Fall müsste ich mich ja fast für das Lob bedanken.«

Noch immer stumm schüttelte die Kommissarin den Kopf. Eine Weile sprach niemand im Zimmer. Berger räusperte sich, so, als würde sie jetzt zu einer großen Rede ausholen.

»Ich habe da wohl einen Fehler gemacht. Ich habe diesen Niemeyer in der Kneipe getroffen und er sagte, er sei Immobilienmakler. Er hat mich hereingelegt. Ich wollte bloß in Ruhe im ›Riva‹ essen und er hat sich bei mir eingeschleimt.«

Natürlich lag die einzige große Frage offen im Raum.

»Wie kommt es«, stellte Löffler sie dann doch, »dass Sie sich im ›Riva‹ von einem Fremden aushorchen und vorführen lassen? Als Kommissarin mit Ihrer Erfahrung ist mir das ein Rätsel.«

Man sah, dass Berger mit sich rang. Dass sie zwischen Schweigen und Reden, zwischen Aufrichtigkeit und völligem Ignorieren der Frage schwankte.

»Ich war allein, ich war einsam, ich hatte Hunger und bereits zu viel getrunken. Und da kam der Mann, war nett zu mir, trank mit mir und brachte mich zum Lachen. In so einer Situation sagt man Dinge, die man später vielleicht bereut.«

Verlegen schaute Stammler an die Decke. Christian Löffler trommelte mit dem Finger auf die Tischplatte. Offensichtlich arbeitete er an einer Einordnung von Bergers Bekenntnis. Dann hörte das Trommeln auf und er setzte sich aufrecht hin.

»Ihre privaten Befindlichkeiten sind natürlich eine völlig bescheuerte Ausrede gegenüber unseren Vorgesetzten. Vor allem der Staatsanwalt kocht. Aber den kriege ich in die Spur. Die Frage wird sein, wie hoch er und seine Kollegen das aufhängen wollen. Dabei wäre es für alle das Beste, wir würden es einfach ignorieren und uns bei nächster Gelegenheit diesen Niemeyer vorknöpfen.«

»Andererseits«, warf Stammler ein, »hat er ja keine Straftat begangen. Eine Kommissarin abfüllen und sie ausfragen ist nun mal kein Delikt. Und dass er sagte, er sei Makler – geschenkt. Jeder kann sich den Beruf aussuchen, den er will. Solange er sich nicht als falscher Arzt vorstellt und anfängt zu operieren.«

Löffler nickte.

»Und genau deshalb werden wir, wenn die Kollegen dieses Kerls bei uns nachhaken, einfach alles bestätigen, was Sie, Berger, erzählt haben. So eine Art nachgeschobene Pressekonferenz. Und dann gehen wir einfach wieder zur Tagesordnung über. Wir brauchen wirklich langsam mal eine Spur in der Sache.«

»Und ich«, fragte die Kommissarin, »soll ich auch einfach zur Tagesordnung übergehen? Jeder hat das doch gelesen. Was bin ich jetzt? Die Verräterin? Das betrunkene Luder? Die unfähige Kommissarin? Die, die ihren Chef zur Verzweiflung bringt?«

Löffler lächelte.

»Das drehen wir schon hin. Wir machen den Niemeyer zum Gelackmeierten. Ich stelle das so dar, dass wir die Hilfe der Öffentlichkeit brauchten, und deshalb hätten Sie Niemeyer instrumentalisiert und ihn dazu gebracht, Ihnen zuzuhören und das Gehörte abzudrucken. Sie hätten halt ein bisschen dick auftragen müssen, aber zum Glück habe der Schreiberling das nicht bemerkt. Basta, damit haben wir ihn. Und die Leute loben uns sogar für unsere Finesse.«

Stammler und Berger starrten Löffler mit offenem Munde an. Wie auf Kommando grinsten sie alle beide.

»Mann, Chef, das haben Sie aber geschickt hingedreht«, meinte Stammler, »jetzt muss nur noch die Staatsanwaltschaft mitziehen.«

»Marek? Marek Bürger? Das wird er, glauben Sie mir. So elegant kommt er alleine nie aus der Sache.«

»Trotzdem«, sagte die Kommissarin nach kurzem Zögern, »ich habe Mist gebaut, egal, ob wir da elegant wieder herauskommen oder nicht. Das tut mir aufrichtig leid. Der Kerl hat mich eiskalt erwischt, als ich gerade nicht bei mir war. Das darf mir einfach nicht passieren.«

»Wir sind ja nicht nur Polizisten, sondern irgendwie auch normale Sterbliche. Wenn man uns sticht, bluten wir nicht? Wenn man uns kitzelt, lachen wir nicht?«

»Wie bitte«, fragte Stammler verwirrt.

»Das ist aus Shakespeares ›Kaufmann von Venedig‹«, meinte Berger lächelnd, »du weißt doch, dass unser Chef hier immer wieder gerne zeigt, dass er Bildung hat.«

»Erwischt«, antwortete Löffler, »aber wo sonst kann ich mit meinem Halbwissen prahlen?«

Er erhob sich aus seinem Stuhl, packte die Zeitung zusammen und machte sich auf den Weg nach draußen.

»Ich gehe jetzt zum Staatsanwalt und kläre die Angelegenheit.«

»Und wir? Was machen wir?«

Der Hauptkommissar blieb stehen.

»Sie haben doch mit den Leuten beim Laufen gesprochen. Und wir haben später gehört, dass es in Wurmlingen aktuell um Bauland geht. Ähnliches haben Sie doch beim Laufen auch gehört. Schauen Sie doch mal nach, was da dran ist. Kann man in den Zusammenhang irgendeinen Mord einbauen?«

»Das passt in jeden Zusammenhang.«

»Danke Stammler, das war mir neu«, meinte Löffler augenzwinkernd, »aber mir reicht dieser eine.«

Eine Frau?

Beim ersten Gedanken daran zuckte ich zurück.

Kann man Frauen töten? Einfach so? Ich meine, klar, man kann jeden töten. Aber eine Frau um die Ecke zu bringen, ist noch mal was anderes.

Aber warum sollte ich mir unnötig einen Kopf machen. Denn letzten Endes blieb mir ohnehin keine andere Wahl. Um zu meinem Ziel zu kommen, würde ich sogar Bambi oder Mowgli töten.

Und ich konnte die alte Anna noch nie leiden.

Schon als ich noch ein Kind war und mit ihren Kindern spielte, war sie mir verhasst. Sie saß über uns alle zu Gericht. Erlaubte, verbot, bestrafte. Sogar mich, obwohl sie nicht meine Mutter war. Einmal habe ich ihr mit einem Feuerwerkskörper den Briefkasten zerstört. Einfach in die Luft gesprengt. Einen Tag vor Silvester. Ein paar meiner Freunde haben mich damals verpfiffen. Das hatte jede Menge Schläge meines Vaters zur Folge. War nicht so schlimm. Damals war das noch erlaubt. Heute wird ein Kind schief angeschaut und das Jugendamt nimmt es zügig in seine Obhut. Na, egal. Das ist alles vorbei.

Ich habe keine schlechten Gedanken Anna gegenüber.

Es ist nur so, dass sie zwischen mir und zwischen dem steht, was ich will. Das wird eine rein pragmatische Sache.

Aber ist der Tod nicht immer pragmatisch? Selbst ein unüberlegter Mord aus Leidenschaft ist im Grunde doch immer eine bloße Erledigung eines Hindernisses. Das Beiseiteräumen einer Hürde. Eine Erlösung gewissermaßen. Dieses Töten aus Leidenschaft ist doch bloß ein juristischer Casus, den die Verteidiger erfunden haben, um ein paar Jahre weniger für ihre Klienten herauszuschinden.

Es ist nur gut, dass Annas einziger Sohn, Günter, ein komplett haltloser Mensch ist. Für meine Zwecke ist es gut. Für Anna ist es ein Grund zur Verzweiflung. Ausgerechnet ihr Sohn ist einer der größten Versager geworden, den der Ort hervorgebracht hat.

Nun ja, man zeigt nicht mit dem Finger auf ihn. Das tut man nicht in Wurmlingen. Aber alle wissen genau, was für ein Versager Günter ist. Keine Ausbildung, Drogengeschichten, die sich im nahen Nürtingen und in Stuttgart abgespielt haben, ein uneheliches Kind auf der Schwäbischen Alb, für das er keinen Unterhalt bezahlt, mittlerweile Trinker, der nach seiner Obdachlosigkeit bei seiner Mutter untergekommen ist.

Anna blieb nichts anderes übrig. Er hatte einfach vor ihrer Haustüre campiert. Sich hingelegt und eine Nacht im Vorgarten geschlafen. Also hat sie ihn hereingelassen und ihm sein altes Jugendzimmer wieder hergerichtet. Und dort lebt er jetzt. Die Dorfmeinung sagt allerdings: Er vegetiert.

Ich habe mit ihm gesprochen. Mit ihm als dem Erben. Er würde meinem Plan jedenfalls nicht im Wege stehen.

Ich kenne Annas Routinen. Eine davon ist ihr wöchentlicher Termin beim Jedermann-Sport in der Tübinger Paul-Horn-Arena. Früher nahm sie beim Frauensport in Wurmlingen in der Uhlandhalle teil. Aber sie hatte sich mit den anderen Frauen überworfen. Mit allen. Was gar nicht so einfach ist. Aber irgendwann hatten die Mitsportlerinnen einen Kreis um sie gebildet und ihr gesagt, sie hätten sich dazu entschlossen, auf ihre Anwesenheit zu verzichten. Sie war nicht über den Rauswurf verwundert, sondern darüber, dass die anderen es ihr tatsächlich so offen sagten.

Ihr Auge in Auge gegenüberstanden und sie unverblümt rauskickten.

Also fand sie eine neue Gruppe in Tübingen. Die Bushaltestelle ist ziemlich genau an der Halle, die Busabfahrt in Wurmlingen nur zwei, drei Minuten von ihrem Haus entfernt.

Perfekt.

Also geht sie jeden Dienstag in die Halle nach Tübingen.

Für mich eine perfekte Gelegenheit.

Um halb zehn am Abend kommt sie in der Regel aus der Halle. Sie duscht nach dem Sport, deshalb dauert es immer etwas länger, ehe sie aus der Halle tritt. Dann geht es ein paar Meter Richtung Hauptstraße. Dort, gleich neben der Roller-Skater-Bahn, ist das Bushäuschen. Auf der gegenüberliegenden Straßenseite gibt es eine Tankstelle. Aber deren Licht reicht nur bis zur Mitte der Straße, die Haltestelle und vor allem die Skater-Bahn liegen eher im Dunkeln.

Dort wartete ich auf sie.

Der Nebel hatte sich auf die Fahrbahn der Bundesstraße nach Hirschau und Rottenburg gelegt. Ich hatte eine Jacke mit Kapuze angezogen. Das aufkommende leichte Schneegestöber wirbelte mir kleine Flocken ins Gesicht. Ich zog die Kapuze tiefer ins Gesicht.

Eine Weile stand ich an der Gebäudeecke und beobachtete, wer aus dem Eingang der Halle kam. Ich stand nicht zum ersten Mal da und wartete auf sie. Zwei Mal hatte ich gegenüber gestanden, auf der Seite des SV-03-Stadions. Unter einem Baum. Deshalb wusste ich, dass Anna immer sehr spät aus der Halle kam. Und sie war alleine, denn die anderen Frauen waren Tübingerinnen, die nicht zum Bus mussten.

Sie kam durch die Glastür. Ich zog mich zurück, bewegte mich geduckt und langsam am Skater-Park entlang. Dort blieb ich im Schatten stehen und wartete. Direkt vor mir, etwa 20 Meter entfernt, befand sich das Bushäuschen.

Ich beobachtete, wie Anna um die Ecke bog, auf den Gehsteig trat und zur Haltestelle ging. In der Hand trug sie eine Sporttasche. Sie stand ganz alleine an der Bushaltestelle. Die Flocken umhüllten sie und nur ihre dunkle Figur war wie ein Leuchten unter der weißen Pracht zu erkennen.

»Anna«, rief ich ihr zu.

Ich trat dabei in den äußeren Lichtschein der Straßenlaterne.

Sie schaute sich um. Wusste nicht genau, wo der Ruf herkam. Ob es ihn überhaupt gegeben hatte.

»Anna, hier«, rief ich noch mal und winkte ihr zu, als sie in meine Richtung sah.

Sie kniff die Augen zusammen, versuchte zu erkennen, wer sie rief. Etwas unbeholfen machte sie ein paar Schritte in meine Richtung. Ich ging ihr ebenfalls noch einen Schritt entgegen.

»Du bist das«, rief sie erstaunt. »Was machst du denn hier? Fährst du auch nach Wurmlingen?«

»Ich weiß noch nicht«, sagte ich, »vielleicht. Aber komm doch mal her, ich will dir was erzählen.«

Sie trat einen Schritt nach vorne, dann blieb sie stehen.

»Du kannst genauso gut zu mir kommen. Stellen wir uns doch unter das Dach beim Häusle hier, so werden wir nicht nass.«

»Ja, klar, das machen wir auch gleich. Aber ich will dir hier etwas zeigen, das kann ich nicht mit zur Haltestelle nehmen. Kommst du mal?«

Sie zauderte. Schaute hinter sich, ob der Bus vielleicht schon in Sichtweite war.

Sie war misstrauisch.

Am Ende kam sie doch zu mir.

Meine Beine begannen leicht zu zittern. Ich wusste, jetzt hatte ich es geschafft. Jetzt nahmen die Dinge ihren Lauf.

Ich freute mich über meine Vorfreude. Das machte einen Profi aus mir. Zumindest in meinen Augen.

Langsam kam Anna auf mich zu. Ich winkte sie zu mir her. Ich trat einen Schritt zurück, dahin, wo der Schein der Straßenlampe mich kaum erreichen konnte.

Als Anna direkt vor mir stand, sah sie mich fragend an. Ich hatte sie länger nicht gesehen. Aber ihre fast 60 Jahre hatten sich mittlerweile tief in ihr Gesicht eingegraben. Möglicherweise hätte ich sie beim flüchtigen Vorübergehen gar nicht mehr erkannt. Ihre Haare waren nur noch ein wirres Knäuel, das sie mit einem bunten Band zusammenhielt.

»Und jetzt«, fragte sie, »was gibt es so Wichtiges zu zeigen? Beeil dich, wir haben nicht mehr ewig Zeit, der Bus wird gleich kommen. Ich will nicht, dass er an der Haltestelle vorbeifährt, bloß weil er keine Wartenden sehen kann. Der nächste Bus kommt in einer Stunde.«

»Vor allem bin ich enttäuscht von dir«, sagte ich.

Sie schaute mich erstaunt an.

»Enttäuscht? Von mir? Wieso denn das? Wir haben doch gar nichts miteinander zu tun.«

Ich erklärte ihr mein Problem, für das sie eine der Hauptverantwortlichen war. Ihre Augen wurden dabei immer größer.

»Willst du mich tatsächlich jetzt mit diesem Mist belästigen? Ich meine, ich habe zu dem Thema schon alles gesagt. Und jetzt kannst du mich mal. Ich gehe zum Bus.«

»Mit deinem Sohn habe ich bereits alles besprochen. Er ist auf meiner Seite.«

Noch im Umdrehen hielt sie an und verdrehte sich fast den Fuß. Aber sie blieb stehen und fuchtelte mit dem Finger vor mir herum.

»Der hat hier gar nichts zu sagen. Mit dem kannst du einig sein wie du willst. Und außerdem – ich bin die Eigentümerin von allem, er ist höchstens mal der Erbe.«

Wir schwiegen beide.

»Gutes Stichwort«, murmelte ich leise vor mich hin.

Sie drehte sich um und bewegte sich in Richtung Haltestelle. Ich folgte ihr. Sie blieb stehen.

Abrupt.

Als sei ihr eben etwas eingefallen. Von der Seite schaute sie mich an. Ich stand dicht vor ihr. Ich konnte ihre weit aufgerissenen Augen nur leicht im Profil erkennen.

»Was hast du denn vor?«, fragte Anna mich.

»Weißt du das nicht?«

»Aber doch nicht hier, vor allen Leuten, mitten in der Stadt an einer Bushaltestelle.«

»Ich kenne keinen besseren Platz. Und Leute außer uns beiden sehe ich keine.«

Mit einem Ruck versuchte Anna wegzulaufen.

Ich drückte ihr meinen Elektroschocker in den Nacken. Sie warf ihre Arme nach oben. Dabei sah sie aus wie ein Engel, der seine Flügel schwingt. Dann fiel sie vor mir zu Boden. Ein Zittern ging durch ihren Körper.

Sie lag zu meinen Füßen. Ich schaute hinab auf sie. Ihr Körper war seltsam verdreht. Als sei sie bereits tot.

Aber das war sie noch nicht.

Das musste ich erst noch erledigen.

Nachdem Löffler den Hörer aufgelegt hatte, blieb er eine Weile stumm stehen.

Die anderen im Raum betrachteten ihn neugierig.

»Der Tag fängt wirklich großartig an«, sagte Löffler ganz ruhig.

Tonlos. Fast apathisch.

Dann schwieg er wieder.

»Nun sagen Sie schon, was ist passiert?«, hielt Berger es nicht mehr aus. »Ist eine neue Leiche im Pool aufgetaucht? Oder ist etwas mit Ihrem Vater?«

Es kam Bewegung in den Hauptkommissar.

»Alle zusammen mit mir kommen. Wir fahren zu einem Verbrechen. Eine neue Leiche. Hier in Tübingen, eine Frau. Sie liegt draußen, gleich bei der Paul-Horn-Arena.«

Er ging zur Tür, die beiden anderen folgten ihm.

»Das war es also zunächst mal mit dem Niemeyer«, flüsterte Stammler seiner Kollegin zu, während sie zum Auto hasteten.

»Ja, schon, aber den knöpfe ich mir persönlich noch vor. Der hat mich behandelt wie die DDR-Agenten die West-Tussies. ›Agenten des Friedens‹ nannten die sich. Dabei waren sie bloß verliebte Spioninnen. Und ich dumme Kuh lasse mich auch auf so was ein.«

»War da etwa noch mehr als bloß Gesaufe und Gequatsche?«, fragte Stammler mit einem Seitenblick.

Berger schüttelte den Kopf.

»Das zwar nicht. Aber das Blöde ist – hätte er das versucht, wäre ich vielleicht sogar in der Kiste gelandet. Alleine wenn ich daran denke, kriege ich schon einen Schüttelfrost. Sag mal, werde ich wirklich zur frustrierten Polizistin, die aus Kummer zur Promiskuität neigt? Oder war ich nur mal kurz von Sinnen?«

Stammler grinste.

»Du kommst mit deiner Gefühlswelt nicht klar«, sagte er, ehe sie am Auto ankamen, »und das schon seit einiger Zeit nicht. Aber wir alle wissen, warum das so ist. Nicht wahr?«

Er stieg in den Wagen, setzte sich neben Löffler, der hinter dem Lenkrad saß. Berger mühte sich auf die Rückbank. Der Kommissar raste die Derendinger Straße vor, gab ungeduldig Gas vor der roten Ampel, danach weiter Richtung Tunnel, abbiegen, ehe er in ihn hineinfuhr, und nach wenigen Minuten waren sie bereits vor Ort.

Löffler stellte den Wagen auf dem breiten Asphaltplatz vor der Halle ab. Der Platz war mit Bändern abgesperrt. Neugierige drängten sich davor, sie versuchten, einen Blick auf das zu werfen, was sich dahinter abspielte.

»Wo kommen die alle her?«, fragte Berger, als sie ausstieg. »Um die Uhrzeit?«

»Das sind Beamte und Angestellte, die hier parken und über die Brücke ins Landratsamt und zur Kreissparkasse auf der anderen Seite gehen. Die arbeiten da.«

Die Kommissare gingen zur Südseite der Halle, vorbei an der Skater-Bahn. Dort war die Spurensicherung in ihre Arbeit vertieft. Zur Überraschung der Kommissare war auch der Oberstaatsanwalt da. Er wuselte geschäftig hin und her, sprach mal mit diesem Polizisten oder mit jenem. Als er Löffler erkannte, kam er sofort auf ihn zu.

»Ach«, sagte er und strahlte über das ganze Gesicht, »das ist doch etwas, dieser Geruch am Tatort. Das ist echte Polizeiarbeit. Du glaubst gar nicht, mein lieber Christian, wie sehr ich dich darum beneide, dass du dieses Erlebnis immer wieder haben kannst. Diese ganze Stimmung, die der Tod verbreitet, dieser Jagdinstinkt der Kollegen und das Blut auf dem Boden – das alles ist irgendwie … echt. Verstehst du?«

Löffler schaute Marek Bürger erstaunt an. Auch seine Kollegen guckten bloß stumm auf den euphorisierten Staatsanwalt. Jovial klopfte der Hauptkommissar Bürger auf die Schulter und zog ihn zur Seite.

»Ich verstehe dich völlig, Marek«, flüsterte er ihm leise zu, »aber ich meine, du siehst dir das alles in Ruhe von hier aus an und lässt die Kollegen in Ruhe arbeiten. Du beobachtest nur ganz intensiv, alles, was so passiert. Und falls dir etwas auffällt, gibst du mir Bescheid.«

»Aber was könnte mir denn auffallen?«

»Na, zum Beispiel, wenn sich ein Mann oder eine Frau bei den Gaffern da drüben merkwürdig verhalten. Oder wenn ein Kollege oder eine Kollegin versehentlich eine Spur zertrampeln. Wenn du das siehst, rufst du mich. Okay?«

Bürger nickte vehement. Er schien die neue Aufgabe sehr ernst zu nehmen.

Löffler blinzelte währenddessen seinen beiden Kommissaren zu und alle drei gingen gemeinsam zum Einsatzleiter. Bölstler wartete bereits auf sie.

»Erkennt ihr das Déjà-vu vor euch?«, fragte er.

Die Kommissare schwiegen.

»Na, das ist doch genau dasselbe wie bei Bernd Bauer. Bloß ein paar Meter daneben. Und dann auch noch der Zufall mit dem Peter Baur.«

»Peter Baur? Was ist denn mit dem?«

»Na, er hat doch die Tote schon wieder gefunden. Der Mann wird zur Wünschelrute für Leichen. Man folgt dem bloß und mir nichts, dir nichts stolpert man über tote Menschen.«

»Wer ist denn die Tote?«

Bölstler kramte einen Ausweis aus einer Plastikhülle.

»Anna Maisch«, las er vor, »sie ist übrigens aus Wurmlingen. Wie der Bauer. Ich weiß ja nicht, wie viele Einwohner der Flecken hat, aber so langsam gehen denen doch die Leute aus.«

»Zufall jedenfalls kann das keiner mehr sein«, meinte Berger.

»Was wissen wir denn von der Frau?«

Bölstler schüttelte den Kopf.

»Bis jetzt gar nichts. Nur den Namen. Und die Adresse. Den Rest müsst ihr jetzt herausfinden. Ach ja, und sie ist tot. Wie sie zu Tode kam, wissen wir auch noch nicht, aber das wird der Professor da hinten euch schon sagen.«

Tatsächlich kniete mittlerweile Markus Kürner neben dem Körper. Von der Ferne konnten die Kommissare nichts erkennen. Sie machten sich auf den Weg zu dem Gerichtsmediziner. Doch auf einmal fiel Löfflers Blick auf den Mann, der auf dem Beifahrersitz eines Streifenwagens saß und dem eine Kollegin gerade einen Teppich um die Schultern legte. Löffler deutete mit dem Finger auf den Mann und alle drei gingen zu ihm hin.

»Na, das ist aber eine Überraschung«, sagte der Erste Hauptkommissar, »erst sieht man sich lange nicht und schließlich zwei Mal in drei Tagen.«

Peter Baur schaute auf. Er rauchte. Und er sah gar nicht gut aus.

»Ich weiß nicht, was mit mir los ist«, jammerte er, »aber seit Tagen stolpere ich über Leichen. Ich habe keine Ahnung, woher das so plötzlich kommt.«

»Du bezahlst für deine Sünden aus deinem bisherigen Leben.«

Baur schaute mit weit aufgerissenen Augen zu Löffler.

»Das war ein Scherz, Peter«, sagte der beruhigend. »Erzähl mir jetzt mal, was genau passiert ist. Aber alles haarklein.«

Letztlich war Baur früh aufgewacht vom Lärm einiger Baustellenfahrzeuge, die Richtung Freibad fuhren. Dort wurde seit einem Dreivierteljahr die Straße vergrößert, jetzt waren Erdaushebungen dran. Also wollte Baur sich zu seinem Frühkaffee ein Zigarettchen gönnen. Leider – es gab keine. Ausgeraucht. Packung leer. Allerdings war das nicht weiter tragisch. Denn gleich an der Hauptstraße nach Rottenburg lag die Jet-Tankstelle. Also Rauchwaren in Hülle und Fülle. Er zog sich schnell was über und ging nach draußen, vorbei an der Stirnseite der Halle und wollte an der Bushaltestelle über die Straße laufen.

»Aber weiter unten ist doch eine Fußgängerampel«, warf Stammler ein.

Baur wollte abkürzen. Deshalb suchte er nach einer Möglichkeit, die Straße in Höhe der Skater-Anlage zu überqueren.

»Und gerade als ich mich so umschaue, sehe ich einen Körper daliegen. Zuerst habe ich weggesehen. Aber das ging natürlich auch nicht. Also bin ich langsam hingegangen, um herauszufinden, was dem Menschen da fehlt. Dann sah ich, dass es eine Frau war. Sie lag einfach so da, auf dem Rücken. Ihre Augen waren offen. Da dachte ich, die lebt noch. Aber ich habe genau gesehen, dass die Augen sich nicht bewegen, ich meine, dass die Lider nicht auf- und zugehen. Da war mir klar, dass ich vor einer Leiche stehe. Schon wieder.«

Er stockte. Er kramte hektisch in seinen Jackentaschen herum. Baur hatte sich bloß ein dünnes Sportjäckchen übergezogen. Zum Kippenholen hätte das gereicht. Er fror. Und er litt unter dem Mangel an Nikotin. Offensichtlich.

»Hat mir einer eine Zigarette, ich war ja noch immer nicht an der Tanke.«

»Kannst du gleich. Lass uns deine Geschichte zu Ende hören.«

Baur dachte einen Moment nach, ehe er fortfuhr.

»Ich bin zu der Frau hingekniet und habe ihren Puls gefühlt. Aber da war nichts. Dann habe ich nach ihrem Herzschlag getastet. Nichts. Ich dachte, sie wäre einfach bloß hingefallen und möglicherweise erfroren. Auf einmal habe ich die beiden Brandmale am Hals gesehen. Tja, und da blieb bloß noch eins übrig – die Polizei rufen. Das war es.«

»Hast du irgendetwas an der Stelle, an der die Frau lag, verändert? Hast du sie bewegt? Irgendwas verlegt, genommen, woanders hingelegt?«

»Na ja …«

»Peter.«

»Ich hatte keine Zigaretten mehr. Und deine Leute haben gesagt, ich solle mich nicht von der Stelle rühren. Da habe ich halt mal gesucht, ob die Tote irgendwo Kippen hat.«

Berger schüttelte stumm lächelnd den Kopf.

»Und?«

»Sie hatte. In ihrer Innentasche. Und ein Feuerzeug. Aber nur noch eine einzige Zigarette. Na ja, die habe ich halt geraucht, während ich gewartet habe. Hier«, er streckte Löffler das Feuerzeug entgegen, »das kannst du haben. Sonst heißt es am Ende noch, ich klaue die Feuerzeuge von Toten.«

»Ist dir denn heute Nacht irgendetwas aufgefallen? Hast du etwas gehört? Schreie. Ein Auto. Streit. Sonst was, das uns weiterhelfen könnte?«

Peter Baur schüttelte den Kopf.

»Kann ich jetzt zur Tankstelle gehen?«

»Kannst du, aber beeil dich. Wenn du zurückkommst, müssen deine Angaben protokolliert werden. Ich gebe den Kollegen Bescheid, sie holen dich ab und du erzählst alles noch mal. Auch das mit den Zigaretten.«

»Muss das sein?«

»Wenn du erst mal ein paar Züge geraucht hast, wirst du es einsehen.«

Peter Baur marschierte zur viel befahrenen Straße. Angesichts der massiven Polizeipräsenz zog er es vor, den Umweg über die Fußgängerampel zu wählen.

»Wir sollten uns jetzt mal die Leiche anschauen. Vor allem die beiden Brandmale, die Baur erwähnt hat, interessieren mich.«

»Na ja, sie war Raucherin.«

»Haben Sie jemals geraucht?«

Berger schüttelte den Kopf.

»Dann gebe ich Ihnen einen Tipp: Es gibt keine Brandmale am Hals beim Zigarettenrauchen. Der Rauch wird durch den Mund eingezogen und auch wieder ausgeblasen.«

Berger lief rot an, sagte aber nichts.

Mittlerweile waren sie bei Kürner und der toten Anna Maisch angekommen. Kürner hob nur kurz den Kopf, als sie zu ihm traten. Der Gerichtsmediziner arbeitete konzentriert weiter, während sie danebenstanden und warteten. Berger machte aus gebührendem Abstand eine Aufnahme mit ihrem Smartphone vom Gesicht der Leiche

»So«, tönte es schließlich aus Bodennähe.

Endlich erhob der Mediziner sich zu seinen ganzen zwei Metern und schaute auf die anderen herab.

»Und, was hast du für uns?«, fragte Löffler gleich nach.

Sein Freund Kürner grinste verschwörerisch.

»Da gibt es einiges zu sagen. Einen Gerichtsmediziner erfreut das natürlich. Keine Nullachtfuffzehn-Leiche. Da gibt es richtig was zu entdecken. Die Frau lege ich nachher gleich mal auf meinen Tisch im Institut.«

Er rieb sich die Hände. Grinste. Zog seine Show ab. Schaute dabei Monika Berger an. Und grinste noch breiter.

»Wenn du dich an deiner wunderbaren Leiche genügend erfreut hast«, unterbrach der Hauptkommissar die Vorstellung, »kannst du mir vielleicht mal sagen, was denn so Besonderes ist an ihr. Lass uns daran teilhaben, mein Freund.«

Gönnerhaft breitete Kürner die Arme aus.

»Gerne, kommt näher.«

Er deutete auf den Hals der Toten zu seinen Füßen.

»Seht ihr diese beiden schwarzen Flecken hier am Hals? Was glaubt ihr wohl, was das ist? Ein Tipp: Es sind keine Pestmerkmale.«

Die drei Kommissare verrenkten sich die Hälse, um die dunklen Punkte zu betrachten.

»Man hat sie erst mit einem Elektroschocker betäubt«, stellte Berger fest, »und danach erst getötet. Es sei denn, sie ist an einem Herzanfall wegen der Stromschläge gestorben.«

Kürner nickte anerkennend.

»Genau, man hat ihr so um die 1000 Volt in den Körper gejagt. Und als sie am Boden lag, hat man sie wahrscheinlich erstickt. Das muss ich noch genauer prüfen.«

»Was glaubst du«, fragte Löffler, »wie lange ist sie tot? So in etwa. Ich meine, war es ein Mord nach Tagesanbruch oder liegt sie schon seit gestern Abend oder erst seit der Nacht hier?«

Der Pathologe krauste die Stirn.

»Dazu kann ich dir eine klare Antwort geben. Die kalte Temperatur ist ein Unsicherheitsfaktor bei der Bemessung. Ich würde sagen, sie wurde gestern etwa am späten Abend getötet.«

»Und es war Fremdeinwirkung? Ich meine – sie wurde getötet. Unfall oder einfaches Sterben schließt du aus? Zunächst mal, meine ich.«

»Nun, du kannst dir ein eigenes Bild davon machen. Wenn du es für möglich hältst, dass sie sich erst mit einem Elektroschocker betäubt und sich auch noch selbst erstickt, dann kann es natürlich auch ein blöder Unfall gewesen sein. Oder einfach Pech. Wenn das nicht deine Theorie ist, war es Mord.«

Löffler tätschelte den Unterarm Kürners.

»Lass gut sein, Markus. Keiner hier will dir was Böses. Also behandle uns auch nicht so. Du bist jetzt professionell, wir sind es. Wir alle arbeiten zusammen und lösen den Fall. Danach darfst du wieder blöde Späßchen machen. Einverstanden, Herr Professor?«

»Na schön«, sagte Kürner und packte nebenher seine Tasche zusammen, »dann bringe ich die Kandidatin hier zu mir ins Institut. Wenn ich mehr weiß, erfahrt ihr es. Ist das jetzt professionell genug?«

Löffler nickte und wollte gerade losgehen, als er sich plötzlich noch einmal umdrehte. Er kniete sich vor die

Leiche der toten Anna Maisch und zog ihre Hand unter der Decke hervor. Sie war zur Faust geballt.

»Schau doch mal nach, was da drin ist«, sagte er zu Kürner, der ihm zugeschaut hatte.

Auch der Mediziner kniete jetzt vor der Frau. Langsam bog er ihre Finger auseinander. Zwischen ihnen rieselt Erde hervor, die sie mit der Faust umschlossen hatte.

»Das gibt es ja nicht«, sagte Berger leise vor sich hin.

»Wie bei Bauer«, ergänzte Stammler.

»Also hängen die beiden Toten zusammen. Und die beiden Morde ebenso.«

Löffler stand auf und ging zu Einsatzleiter Bölstler.

»Haben wir denn schon Kenntnisse über die Frau? Weiß man Näheres über sie? Und wenn ja – was genau?«

»Hier«, deutete Bölstler zu dem Einsatzwagen, der neben der Paul-Horn-Arena stand, »sitzen die Kollegen und schauen schon eifrig, was unsere IT und die Datenbanken ausspucken.«

Die drei Kommissare gingen zu dem Polizeiwagen und schoben die Türe des Vans auf. Drinnen saßen zwei Polizisten vor einer Monitorwand. Auf dem einen Bildschirm erkannte man das Gesicht der Toten. Sie lächelte in die Kamera und wirkte sichtlich jünger als heute. Und das lag nicht daran, dass sie inzwischen eine Leiche, sondern daran, dass das Foto schon älter war.

»Was wisst Ihr denn schon über die Tote?«, fragte Stammler die Kollegen.

Einer der beiden reichte ihm ein Blatt, das er aus dem Drucker zog.

»Hier steht alles drauf«, sagte er, »aber wir recherchieren noch weiter.«

Stammler gab das Blatt an Löffler weiter. Der las es stumm. Danach schaute er auf und wedelte mit dem Papier.

»Es hat sich bestätigt, dass die Frau aus Wurmlingen stammt. Und dort auch wohnt. Wenn das so weitergeht, stirbt der Flecken langsam aus. Jedenfalls ist das jetzt die zweite Gemeinsamkeit mit Bauer – die Erde und Wurmlingen. Zufall kann das nicht mehr sein. Sind wir uns da einig?«

Die anderen nickten stumm. Man merkte ihnen an, dass sie die Nachricht zwar aufnahmen, aber nicht so recht wussten, was sie damit anfangen konnten.

»Leider«, fuhr ihr Chef fort, »bringt uns das zunächst auch nicht weiter. Aber dafür werden wir bezahlt – dass wir die Informationen einordnen können. Also besuchen wir als erstes die Familie der Frau.«

»Wir alle?«

»Nein, bloß Berger und ich«, antwortete Löffler, »Sie, Stammler, gehen jetzt mal nach Hause. Sie sind übernächtigt und angeschlagen. Sie humpeln ja immer noch mit dem Muskelkater von der Lauferei auf den Spitzberg. Und diese … andere Sache … nun, daran sollten Sie auch mal arbeiten. Fahren Sie nach Lustnau, ins Haus, legen Sie sich hin.«

Erschöpft nickte der Kollege.

»Lassen Sie sich von den Jungs von der Polizei heimfahren«, schlug der Erste Hauptkommissar vor.

Stammler schüttelte den Kopf.

»Ich nehme den Bus. Da habe ich Zeit zum Nachdenken. Irgendwie brauche ich jetzt ein Stück vom normalen Leben.«

»Normal?«, meldete sich Berger. »Ein normaler Mensch kann sich doch die Buspreise nicht mehr leisten.«

»Doch, wenn er stattdessen aufs Wohnen verzichtet«, meinte Stammler. »Aber da habe ich ja Glück«, fuhr er grinsend fort, »dass ich einen Chef mit richtig viel Kohle habe und der gerne teilt.«

Die beiden Kommissare bogen in die Hirschauer Straße ein, fuhren danach rechts die Bricciusstraße hoch und bogen links ein in die Lindenstraße, vorbei an der Briccius-Kirche. Am Beginn der Lindenstraße fuhren sie rechts in ein Neubauviertel. Dort war der Kapellenweg. Hier wohnte Anna Maisch. Zumindest, solange sie noch am Leben gewesen war.

Die beiden parkten direkt vor dem Haus, einem Flachbau mit schrägem Dach. Durch ein Gartentor gingen sie über eine paar Steinplatten zur Haustüre. Inzwischen hatte es begonnen zu schneien. Ihre Fußabdrücke waren im Schnee zu erkennen.

Berger läutete. Bloß der Name Maisch stand auf dem Türschild, sonst nichts. Auch nicht der Vorname der Toten. Die Hecken um das Haus und um den Vorgarten waren gestutzt.

Vorstadtidylle.

Die Tür ging auf und ein Mann erschien in der Öffnung. Auf den ersten Blick wirkte er reichlich verlottert. Er trug eine alte, viel zu weite Trainingshose. Dazu ein Fußballshirt von Borussia Dortmund und eine Cap vom VfB Stuttgart.

»Wir wollen zu Anna Maisch«, sagte Berger.

Der Mann blickte sie misstrauisch an.

»Was hat meine Mutter mit der Polizei zu tun?«

Nun war es an Berger verwirrt zu sein.

»Polizei? Wie kommen Sie darauf, dass wir bei der Polizei sind?«

Der Mann lachte. Laut und dämlich. Unangenehm. Er meckerte wie eine Ziege.

»Sieht doch jeder Depp. Mit dem Gesichtsausdruck kann man bloß bei den Bullen sein. Auch wenn Sie für eine Polizistin richtig gut aussehen – diesen Polizeigeruch kriegt man einfach nie los.«

Er stellte sich stolz in Positur. Seinen Erfolg des Tages hatte er schon am Vormittag erfüllt.

»Dann können wir uns die Formalitäten ja sparen, wenn wir einem derartigen Profi gegenüberstehen«, lobte Löffler den Mann. »Nun mal unter uns Durchblickern – wo ist denn die Anna Maisch? Und vor allem: Wer sind Sie überhaupt?«

Der Mann schaute etwas unsicher. Er schien der ganzen Angelegenheit nicht zu trauen, hatte aber offensichtlich keinen Schimmer, warum das so war.

»Ich bin Günter Maisch. Anna Maisch ist meine Mutter. Aber die ist nicht da. Vermutlich arbeiten. Was wollen Sie denn von ihr?«

»So«, sagte Löffler und drückte Günter Maisch zur Seite, »jetzt gehen wir erst mal ins Haus. Hier ist es saukalt und Sie erfrieren noch in Ihrem Fußballertrikot. Und außerdem müssen wir uns jetzt mal ernsthaft unterhalten.«

Damit ging der Hauptkommissar an dem verdutzten Maisch vorbei, Berger folgte und der derart verdrängte Hausbewohner schloss die Türe hinter ihnen.

Die beiden Polizisten waren inzwischen im Wohnzimmer gelandet. Es hatte eine Glasfront in den Garten und war penibel aufgeräumt. In einem Teil des Raumes stand ein Esstisch, dahinter ein Schrank mit Geschirr und Blumen. Im anderen Teil hing ein Flachbildschirm an der Wand, davor stand ein wadenhoher Glastisch, auf dem Bücher, Zeitschriften, ein Aschenbecher und Gummibärchen lagen. Umringt war er von einer ausladenden Couchlandschaft.

»Setzen Sie sich hin«, sagte Berger einladend zu dem Hausherrn.

Der ließ sich kommentarlos auf die Couch fallen. Berger setzte sich ihm gegenüber in einen Sessel, während Löffler stehen blieb und sich gegen die Wand lehnte.

»Meine Mutter ist nicht da«, fing Günter Maisch nach einer tonlosen Pause an zu reden, »und jetzt sagen Sie mir mal, was das alles soll.«

»Wir wissen«, begann Berger leise, »dass Ihre Mutter nicht da ist. Wir haben sie gefunden. In Tübingen. Tot. Und das tut uns sehr leid.«

Der Sohn schaute die Polizisten stumm an. Er griff in die Tasche seiner Trainingshose und zog eine Packung Zigaretten heraus. Aus der anderen Tasche holte er ein Feuerzeug dazu und zündete sich die Kippe an.

»Wieso fragen Sie dann eigentlich«, sagte er ganz ruhig, »wo meine Mutter ist? Wenn Sie ohnehin schon wissen, dass sie tot ist? Soll das witzig sein?«

»Nein«, schüttelte Berger den Kopf, »wir wollten sehen, wie Sie reagieren.«

»Und habe ich richtig reagiert?«

»Keine Ahnung. Ich weiß nicht mehr genau, was wir erwartet haben. Merkwürdig ist nur, dass Sie nicht gefragt haben, was passiert ist. Wollen Sie nicht wissen, wie Ihre Mutter zu Tode kam? Das wäre eigentlich die erste Frage gewesen.«

»Tot ist tot, oder nicht? Was für eine Rolle spielt es da, ob sie überfahren wurde, einen Herzinfarkt hatte oder von einer Brücke gestürzt ist. Sehen Sie da vielleicht einen Unterschied?«

Berger nickte.

»Ja, den sehe ich. Ihre Mutter wurde getötet. Ermordet. Umgebracht. Und das ist schon was anderes als ein kleiner Herzanfall. Jetzt kommen nämlich wir ins Spiel, die Mordkommission.«

Günter Maisch hatte gerade an der Zigarette gezogen. Jetzt verschluckte er sich und begann, heftig zu husten. Nach ein, zwei Minuten hatte er sich beruhigt und saß mit krebsrotem Kopf und tränenden Augen vor den Kommissaren. Die Zigarette hatte er im Aschenbecher vor sich ausgedrückt.

»Das macht doch überhaupt keinen Sinn«, sagte er noch immer keuchend, »meine Mutter hatte weder richtige Feinde noch hat sie jemals jemandem was getan. Entweder haben Sie meine Mutter verwechselt oder der Mörder hat sie verwechselt. Kann ich sie mir mal anschauen?«

Berger holte ihr Smartphone aus der Tasche und zeigte ihm die Aufnahme von der toten Frau. Eine Weile starrte Maisch darauf. Er nickte nach einiger Zeit der Kommissarin zu.

»Sie ist es«, sagte er.

Die Kommissare ließen ihm noch ein paar Minuten Zeit, in denen er reglos auf der Couch saß.

»Wie kamen Sie denn klar mit Ihrer Mutter?«, fragte Berger den Sohn.

»Ich?«

Maisch schien aus einer anderen Welt zurückzukommen.

»Sehr gut kamen wir aus miteinander. Als es mir nicht so gut ging, hat meine Mutter mich hier aufgenommen. Sie hat sich um mich gekümmert. Ich weiß gar nicht, was jetzt ohne sie werden soll.«

»Gibt es keinen Vater oder andere Geschwister?«

Maisch nahm eine neue Zigarette aus der Packung.

»Eine Schwester gab es mal. Aber die ist früh verstorben. Ich glaube, ich kannte sie gar nicht.«

»Vater?«

Er steckte die Zigarette an.

»Klar gibt es den. Oder glauben Sie, ich kam per Unbefleckte Empfängnis auf die Welt. Vom Baum gefallen? Ich kenne den halt nicht. Er ist irgendwie verschwunden, als ich noch klein war. Es gab eine Scheidung über Briefverkehr. Oder wie das sonst so funktioniert, ohne dass die beiden Partner sich noch mal begegnen.«

»Keinen Stiefvater? Freund der Mutter? Oder haben Sie eine Ehefrau? Kinder?«

Günter Maisch schaute die Kommissare einigermaßen ratlos an.

»Tja«, antwortete er schließlich ziemlich langsam, »wenn Sie mich so fragen, muss ich feststellen, dass ich mittlerweile ziemlich allein bin auf der Welt. Damit hätte ich jetzt auch nicht gerechnet.«

Er schien sich plötzlich an etwas zu erinnern.

»Eigentlich habe ich ja eine Tochter. Hat mal mit ihrer Mutter auf der Alb gelebt. War aber eigentlich eine Brasilianerin. Und dorthin ist sie auch zurückgegangen. Hat meine Mutter mir erzählt. Mir ist das eigentlich scheißegal, um ehrlich zu sein. Geld hat sie von mir auch nicht gesehen.«

Berger schüttelte bloß den Kopf, als Maisch fertig war mit seinem Bericht.

»Harte Biografie. Und warum leben Sie bei Ihrer Mutter? In ihrem Alter. Konnten Sie sonst nirgends hin?«

»Haha, gut erkannt. Aber dazu ist eine Mutter ja da – dass sie den verlorenen Sohn aufnimmt und sich um ihn kümmert.«

Löffler trat nach vorne.

»Sagen Sie mir doch mal, was Sie gestern Abend gemacht haben. Und wo Sie sich aufgehalten haben. Dann haben wir das Thema Alibi hinter uns gebracht.«

Maisch schaute erstaunt.

»Alibi? Wozu brauche ich denn ein Alibi? Glauben Sie etwa, ich hätte meine eigene Mutter um die Ecke gebracht? Und wer würde dann für mich kochen? Waschen? Mich von der Kneipe heimbringen? Mir Geld geben? Und vor allem – wer wird mich denn jetzt noch wie einen normalen Menschen behandeln?«

»Wo waren Sie?

»Trinken.«

»Sie haben sich einen reingeschüttet?«

Maisch grinste.

»Genau das habe ich gemacht. Einen reingeschüttet. Schütte dir einen rein und der Abend ist dein Freund.«

»Das reimt sich nicht. Sagen Sie mir doch mal, wer dabei gewesen ist. Namen, Herr Maisch. Hier«, Löffler schob ihm einen Zettel hin, den er aus seiner Innentasche geholt hatte, »schreiben Sie alles auf. Wir fragen dann nach.«

»Habe Sie auch was zu schreiben?«

Der Hauptkommissar reichte ihm auch noch einen Stift.

»Sagen Sie mal«, meint Berger, während der Mann auf das Papier schrieb, »was arbeiten Sie eigentlich? Haben Sie einen Beruf?«

»Nachher«, brummte der, »ich kann nicht zwei Sachen gleichzeitig. Oder bin ich eine Frau?«

Schließlich reichte er den Kommissaren den Zettel mit den Namen. Sechs standen darauf.

»Es können auch noch mehr gewesen sein«, murmelte ein plötzlich erschöpft wirkender Günter Maisch, »aber da komm ich jetzt nicht drauf. Hab noch eine Matschbirne. Kann ich nicht mal rasch zum Kühlschrank und mir ein Bier holen?«

»Tun Sie sich keinen Zwang an«, meinte Berger und deutete mit der Hand vage in Richtung Küche.

Maisch erhob sich rasch und ging hinaus.

»Was meinen Sie?«, fragte die Kommissarin ihren Chef, »müssen wir den noch lange befragen? Der ist doch total durch den Wind.«

In diesem Augenblick kam er zurück mit einer Flasche Bier in der Hand. Er setzte sich wieder auf die Couch und nahm einen tiefen Schluck aus der Flasche. Genussvoll leckte er sich danach die Lippen.

»Sagen Sie mal, Herr Maisch«, fragte Löffler ihn ganz ruhig, »können Sie sich irgendeinen Grund vorstellen, warum man Ihre Mutter getötet haben könnte? Wenn wir davon ausgehen, dass der Mord kein Zufall war, muss es ja einen Grund geben. Wissen Sie etwas?«

Maisch tat so, als zermartere er sich den Kopf. Doch jeder Beobachter hätte auf den ersten Blick erkannt, dass sich in dem Hirn nicht besonders viel abspielte.

»Ist da nicht ein Asylantenwohnheim in der Nähe?«, fragte er plötzlich.

»Bitte, Herr Maisch«, sagte Berger genervt, »nicht so einen Scheiß. Für diese Theorie spricht ja bis jetzt gar nichts. Man hat Ihrer Mutter ja nicht einmal was gestohlen. Und dass irgendwelche Menschen, die in unser Land kommen, nun plötzlich sinnlos mordend durch die Stadt ziehen, ist eher nicht wahrscheinlich.«

»Das weiß man nie.«

Berger drehte sich genervt weg.

»Also«, übernahm der Hauptkommissar, »denken Sie mal nach. Gibt es jemanden, der eine Rechnung mit Ihrer Mutter offen hatte? Oder gab es Feinde, die Ihnen jetzt erst einfallen?«

Maisch schüttelte den Kopf.

»Und wenn Sie noch 100 Mal fragen – es gibt niemanden, der was gegen meine Mutter hatte. Zumindest nicht so, dass man sie umbringt. Apropos: Wie hat man sie denn umgebracht?«

»Schlimme Sache. Erst betäubt und dann erstickt.«

Maisch schwieg eine Weile. Man konnte förmlich sehen, wie diese Information stückweise zu ihm durchdrang. Und wie sie ihn erschütterte. Der Tod seiner Mutter war für ihn mit einem Mal konkret geworden. Er war bei ihm angekommen. Und jetzt wusste er überhaupt nicht, wie er damit umgehen sollte.

»Wer hat denn etwas davon, dass sie tot ist?«, fragte Berger. »Gibt es etwas zu erben?«

»Zu erben? Na klar, das Haus hier natürlich, Das gehört alles mir, nehme ich an. Aber was habe ich davon? Jetzt muss ich das Ding in Schuss halten, putzen, Reparaturen zahlen, Strom, Gas, Wasser und den bescheuerten Rasen mähen. Das ist kein Erbe, meine grünen Freunde, das ist ein Fluch.«

»Verkaufen Sie den Schuppen und Sie haben Ihre Ruhe.«

Einen Augenblick leuchtete Maischs Gesicht auf. Doch dann schien ihm etwas einzufallen.

»Klar«, gab er von sich, »kann ich machen. Und danach? Muss ich mir eine Bleibe suchen. Wohnung kaufen oder mieten. Aber dann habe ich noch immer niemand, der sich um mich kümmert. Ich meine, auch eine Wohnung muss ja geputzt und gepflegt werden. Ich wohne da also so lange, bis das Geld ausgeht.«

»Häuser bringen viel Geld ein heutzutage«, beruhigte ihn Berger, »das könnte Ihnen ziemlich lange reichen.«

»Meinen Sie?«

Maisch bewegte den Kopf hin und her, als rechne er gerade die Zeit aus, die ihm blieb, ehe das Erbe futsch war.

»Es gibt ja auch noch die Grundstücke. Die wollte sie ja ums Verrecken nicht hergeben. Aber wenn sie mir gehören, kann ich damit machen, was ich will. Und dann muss ich mal schauen, was es sonst noch gibt, das ich verkaufen kann.«

Löffler hatte Berger bei der Erwähnung der Grundstücke durchdringend angeschaut. Die Kollegin nickte.

»Sagen Sie mal«, fragte er etwas geheimnistuerisch, »was für Grundstücke sind das denn? Ich meine die, die Ihre Mutter nicht verkaufen wollte.«

Maisch brauchte eine Weile, ehe er kapierte, wovon der Kommissar redete. Inzwischen war die Bierflasche leer getrunken.

»Ah, die Grundstücke, genau«, sagte er, als sei es ihm gerade wieder reingefallen, »das sind die, die die Stadt kaufen will, um dort zu bauen. Uns gehören davon auch zwei. Hat bloß nix genützt, weil meine Mutter die behalten wollte. Keine Ahnung, wozu. Aber deshalb kann man da nicht bauen. Ich glaube, gebaut wird da bloß, wenn alle Grundstücke weg sind. Also, wenn die Stadt sie alle kaufen kann. Und wenn nicht – ratzfatz ist das Thema erledigt. Dann hast du statt einem Bauplatz wieder eine Baumwiese. So wie meine Mutter.«

»War Ihre Mutter denn die einzige, die nicht verkauft hat?«

»Ich geh noch mal ein Bier holen. Wollen Sie auch eins?«

»Nein, eigentlich nicht, ich muss noch fahren. Aber danke für das Angebot.«

»Ich habe echt gezittert, dass Sie ja sagen«, rief Maisch von der Küche aus ins Wohnzimmer, »man hat ja auch schon von Bullen gehört, die sich tagsüber einen reinpfeifen.«

Er kam mit der neuen Flasche wieder zurück.

»Sagen Sie«, begann Löffler von Neuem, »gab es denn Leute, die sauer auf Ihre Mutter waren, weil sie nicht verkauft hat? Ich meine, wenn sie ihre Wiesen nicht hergibt, fällt doch auch für alle anderen der Verkauf ins Wasser. Stimmt doch, oder?«

Maisch nickte zwischen zwei Schlucken aus der Flasche. Man hatte das Gefühl, er beginne den Besuch der beiden Polizisten so langsam zu genießen.

»Also – gab es Anfeindungen?«

Maisch lachte.

»Anfeindungen. Wie sich das anhört. Beamtendeutsch, oder? Aber egal. Ich wüsste nichts von Anfeindungen, aber ich habe mich auch nicht dafür interessiert. Hat alles meine Mutter geregelt. Aber es gab mal einen Anruf, da war Mama arbeiten. Da hat man mich gefragt, ob ich verkaufen würde. Ich hab ja gesagt. Aber ganz ehrlich – ich wusste nicht mal genau, worum es da ging. Das wird mir jetzt erst klar.«

»Wer hat denn angerufen?«

»Keine Ahnung. Ich dachte, es war vielleicht die Stadt Rottenburg. Also, das Bauamt oder so. Die halt, die für dieses ganze Zeug zuständig sind.«

»Hat er keinen Namen genannt?«

»Wieso er?«

»War es denn kein Mann, der angerufen hat?«

»Das weiß ich gar nicht so genau. Also, die Stimme – das könnte beides gewesen sein. Und an den Namen kann ich mich schon gar nicht mehr erinnern. Ich glaube, der wurde gar nicht genannt. Ist ja auch ein paar Tage her.«

»Hat er oder sie sich seitdem noch mal gemeldet?«

Maisch schüttelte den Kopf.

»Und – werden Sie jetzt verkaufen, wenn die Stadt nachfragt?«

»Klar werde ich das. Was soll ich mit zwei Baumwiesen? Obst ernten, oder was? Äste schneiden und vom Baum fallen? Ich verkauf den Plunder und gut is es.«

»Na gut, dann machen Sie mal. Aber wenn Sie noch mal einen Anruf kriegen oder wenn jemand persönlich vorbeikommt – hier, ich gebe Ihnen meine Karte. Rufen Sie sofort bei uns an.«

Maisch nahm Löfflers Karte und studierte sie andächtig.

»Ach, sagen Sie mal«, fragte Berger nach, »wo hat Ihre Mutter eigentlich gearbeitet?«

»Sie war Bedienung. In einem Restaurant in Tübingen, in der Südstadt. ›Prinz August‹ heißt das, in der Nähe vom Landestheater.«

»Ja«, nickte Berger, »kenne ich. Eine der Kneipen, die sich gehalten haben, ohne auf den Modemist mit Indi- und Studi-Publikum zu setzen. Energy-Drinks und DJ-Beschallung – eklig.«

»Ich frage mich, wann ich einen Rottenburger finde, der nicht in Tübingen arbeitet«, überlegte Löffler währenddessen laut.

»Meine Mutter war eine echte Bedienung«, meinte Maisch, »die hat das von der Pike auf gelernt. Die hat man auch geholt, wenn große Veranstaltungen stattfanden wie Privatpartys oder zum Beispiel die Sommerfeste auf der Uni oder bei großen Firmen. Die hat da richtig gut verdient.«

»Wahrscheinlich hat sie deshalb nicht verkauft – sie brauchte die Kohle von dem Grundstücksverkauf gar nicht.«

Maischs Bierflasche war leer.

»Ups, meine Flasche ist leer. Und ich habe keine mehr im Kühlschrank. Was meinen Sie, könnten Sie mir wohl einen Sixpack besorgen, Sie haben doch ein Auto.«

Löffler lachte.

»Nee, noch sind wir keine Getränkeauslieferer. Aber ich kann Sie bis zur Tankstelle oder zum Supermarkt mitnehmen.«

»Und wie komme ich wieder zurück? Ich kann doch nicht zu Fuß gehen mit den Bierflaschen in der Hand.«

»Kommen Sie«, forderte Berger ihn auf, »wir fahren Sie und bringen Sie wieder nach Hause. Aber Sie werden sich daran gewöhnen müssen, dass Sie jetzt Ihr Zeug alleine regeln müssen. Ihre Mutter kann Ihnen nicht mehr helfen. Vielleicht sollten Sie eine Weile mit dem Saufen aufhören.«

Mühsam erhob sich der nun etwas angetrunkene Mann von der tief liegenden Couch.

»Jetzt? Ausgerechnet jetzt soll ich aufhören? In meinem tiefsten Schmerz? Unmöglich, da warte ich noch ein paar Wochen.«

Berger geleitete den Mann Richtung Türe.

»Ich bleibe hier und schau mich etwas um«, rief Löffler ihr nach, »vielleicht finde ich etwas zu dem geheimnisvollen

Anrufer. Herr Maisch, wo sind denn die Unterlagen Ihrer Mutter?«

»Alles im Wohnzimmerschrank«, tönte es von draußen herein.

Die Tür fiel ins Schloss und Löffler war alleine.

Er schaute sich suchend um. Nach und nach öffnete er die Schubladen des Wohnzimmerschranks. Darin befanden sich alte Postkarten, alte Musikkassetten, Computer-CDs, Schreibpapier, Schreibutensilien, etliche alte Handys, alte Fotokameras, Taschenbücher, Besteck und ein paar Fotoalben. Aus einer Schublade zog er einen Ordner, auf dem »Grundstücke« stand. Damit ließ er sich in einen Sessel fallen und schlug den Ordner auf.

Er musste nicht lange suchen.

Angebote der Stadt Rottenburg für zwei Baumwiesen. Es wurde darauf hingewiesen, dass die Erschließung der Grundstücke davon abhing, dass alle angeschriebenen Eigentümer verkauften, weil die Stadt das Gelände nur zusammenhängend erwerben wolle. Falls nicht alle zustimmten, würde das Projekt Erschließung ad acta gelegt. Außerdem erhielten alle Verkäufer denselben Quadratmeterpreis. Verhandelt wurde nicht darüber. Zudem konnten die Verkäufer ihr ehemaliges Gelände nach der Erschließung als Baugrundstück günstig zurückkaufen – für den Selbstgebrauch im Familienkreis. Falls man darauf verzichtete, ging das Grundstück in den freien Verkauf. Aber auch da waren die Preise festgelegt. Jeglicher Spekulation sollte also im Vorfeld ein Riegel vorgeschoben werden.

Insgesamt hatte Anna Maisch vier solcher Briefe erhalten. Jeder klang im Ton dringender. Offensichtlich wollte sie nicht verkaufen. Sie wollte auch nicht handeln. Sie wollte bloß nicht verkaufen, so schien es Löffler nach der Lektüre der Briefe. Warum genau, konnte er den Schreiben nicht entnehmen.

Das letzte Anschreiben war erst wenige Tage alt. Darin wies die Verwaltung darauf hin, dass das Projekt zum gegenwärtigen Zeitpunkt wohl scheitern werde. Sie und weitere, die ungenannt blieben, weigerten sich, dem Verkauf zuzustimmen.

Kurz nachdem Löffler mit den Briefen durch war, ging die Tür und Berger kam gemeinsam mit Günter Maisch zurück. Der schleppte einen Kasten Bier herein, stellte ihn auf dem Boden ab und schob ihn mit den Füßen in die Küche.

»So«, rief er fröhlich, »das war mal eine tolle Sache. Ihre Kollegin hat mich in den Getränkemarkt gefahren, da ist es billiger als an der Tanke. Das sind ja wahre Apotheken dort. Jetzt habe ich erst mal ausgesorgt mit Stoff.«

Löffler erhob sich aus seinem Sessel.

Den Ordner ließ er auf dem Tisch liegen.

»Gut so«, sagte er zu Maisch und gab ihm die Hand, »dann können wir uns ja erst mal verabschieden. Wie es mit Ihrer Mutter weitergeht, erfahren Sie noch.«

»Darf ich die Stadt nicht verlassen?«, fragte Maisch grinsend.

»Sie sollten weniger ins Fernsehen gucken.«

Plötzlich schien Löffler noch etwas einzufallen.

»Sagen Sie mal, Herr Maisch, kannten Sie eigentlich Bernd Bauer?«

»Bauer? Den Bulgaren-Bauer? Klar kannte ich den.«

»Bulgaren-Bauer?«

»Na klar, der hat sich doch so eine Schlampe aus Bulgarien gekauft. Und mit der ist er nach Tübingen abgedampft. War ihm wohl peinlich, sich hier im Ort mit ihr zu zeigen. Sagte jedenfalls meine Mutter immer.«

Der Hauptkommissar winkte ab.

»Ja, ja, ist schon gut. Was mich interessiert – hatte der nicht auch Grundstücke zum Verkauf so wie Ihre Mutter? Und wollte der die nicht auch behalten?«

»Jetzt, wenn Sie das sagen, fällt es mir wieder ein. Genau, der wollte die Wurmlinger ärgern und hat deshalb nicht verkauft. Der Depp. Wohnt schon gar nicht mehr hier und zieht so ein Ding durch. Dabei hat er doch zwei Kinder, die jeden Cent brauchen könnten. So durchgeknallt wie die sind. Vor allem der Sohn. Also, mal ehrlich, als ich den mal…«

»Danke, danke, mir genügt das schon. Dann gehen wir mal und kümmern uns um den Mörder Ihrer Mutter.«

Berger war die ganze Zeit über an der Tür stehen geblieben. Jetzt hielt sie diese für ihren Chef auf und die beiden gingen zum Wagen.

»Ich muss jetzt weg hier«, sagte Löffler, »lassen Sie uns irgendwo hinfahren und einen Kaffee trinken. In aller Ruhe.«

»Ich fahre«, sagte Berger und klimperte mit dem Autoschlüssel.

»Ich sitze hinten.«

»Klar Chef.«

»Fahr los, Harry.«

Im Französischen Viertel liegt die Buchhandlung Raban. In der Aixer Straße. Ganz in der Nähe hatten die Kommissare vor nicht allzu langer Zeit einen Mord aufzuklären. Ein Mann lag mit von einem Hammer zertrümmertem Kopf in einer Wiese. Damals hatten sie das Lokal kennengelernt. Obwohl – es war ja in der Tat eine Buchhandlung, aber angeschlossen ein Café inmitten von Regalen mit Büchern, Comics und Bildbänden.

»Da brauche ich mich bloß hinzusetzen«, hatte Berger damals gesagt, »und schon strömt ein Buch in mich hinein, das brauche ich gar nicht mehr zu lesen.«

»Lesen ist aber schöner als strömen«, meinte Kollege Stammler damals.

Das war vor Gülcin gewesen, da hatte er noch jeden Abend und manchmal das ganze Wochenende hindurch gelesen.

»Das ist Therapie für mich«, hatte er behauptet.

Gleich am Eingang der Straße fanden sie einen der raren Parkplätze. Sie gingen die paar Meter zu Fuß zu Raban. Durch die Fensterfront zur Straße hin sahen sie, dass genügend Plätze frei waren. Es war noch früh am Tag, die meisten Menschen arbeiteten jetzt und hatten nicht die Muße, faulen Kommissaren beim Kaffeetrinken zuzuschauen.

Andreas, der Eigentümer, arbeitete selbst.

»Ihr wollt mir jetzt aber nicht erzählen, ihr habt schon wieder einen Toten hier bei uns gefunden«, empfing er sie durch den ganzen Raum schallend.

Die vier Frauen, die an einem Tisch in der Ecke saßen und stapelweise Papierbögen, Aktenordner und Zeitschriften vor sich auf dem Tisch liegen hatten, schauten jedenfalls ziemlich merkwürdig.

»Pst, nicht so laut«, antwortete Monika Berger leise.

»Schon gut«, meinte der Wirt beim Näherkommen, »ich verrate schon nicht eure Geheimnisse. Ich nehme an, ihr wollt bloß mal rasch ein heißes Bohnengetränk zu euch nehmen.«

»So ist es, bring uns doch mal zwei Cappuccino. Und ein Glas Wasser dazu.«

»Soll ich euch meinen neuen Buchtipp vor oder nach dem Cappuccino mitteilen?«

»Wenn die Getränke da sind, vorher kann ich mich nicht konzentrieren.«

Andreas schaute schweigend auf Löffler.

»Hat er seine Stimme verloren«, flüsterte er Richtung Berger, »oder hat er ein Schweigegelübde abgelegt? Oder darf er einfach nicht sprechen, weil es eine bestimmte Polizeivorschrift gibt, die ihm das Reden verbietet?«

»Nichts von alledem«, flüsterte Löffler, noch ehe seine Kollegin antworten konnte, »aber die Kollegin Berger redet so viel, dass kein anderer Mensch mehr zu Wort kommt. Danke, dass du mich wieder ins Gespräch gebracht hast.«

Der Wirt lachte und verschwand hinter seiner Theke, um den Kaffee zu machen.

»Was meinen Sie denn«, fragte Berger nach einer kurzen Pause, »hat uns der Besuch bei Maisch weitergebracht?«

Löffler nickte.

»Unbedingt. Die Sache mit den Grundstücken kann ein Motiv für die beiden Morde sein. Auch wenn wir jetzt keine Namen vorzuweisen haben – über so ein Motiv stolpert man schnell auch über Menschen, die Täter sein könnten.«

»Dann müsste aber ein bisher unbescholtener Bürger plötzlich zum Massenmörder werden. Ist das überhaupt vorstellbar?«

Löffler überlegte nur kurz.

»Ja, ich denke schon. Es ist die Gier, die schon immer das Schlimmste aus den Menschen herausgebracht hat. Und manchmal auch das Beste. Schon Kant meinte, der Mensch sei von Grund auf böse.«

Berger schaute Löffler zweifelnd an.

»Das glauben Sie aber nicht wirklich? Es gibt genügend Hinweise darauf, dass es keine genetische Voraussetzung im Menschen gibt, die ihn zum Mörder, zum bösen Menschen macht, sobald er geboren wird.«

»Nein, das nicht. Aber Kant meint, die Selbstliebe sei der Ursprung alles Bösen.«

»Na, da kann ich ihm aber noch ein paar andere Motive nennen, dem alten Moralapostel. Zum Beispiel die Geldliebe.

Und ich denke, damit haben wir es hier auch zu tun, in unserem Fall. Hier geht es knallhart um Kohle.«

»Ja«, nickte der Hauptkommissar, »die einzige Verbindung zwischen den Toten ist die Geschichte mit den Grundstücken. Das kann einfach kein Zufall sein. Die Frage ist, wie wir dieses Wissen in die kommende Untersuchung einbringen.«

Andreas stellte zwei Tassen mit Cappuccino auf den Tisch. Danach zog er einen Stuhl zwischen Berger und Löffler und setzte sich dazu.

»Ich würde gerne den Fall für euch lösen«, sagte er lächelnd, »aber ihr gebt mir ja keine Informationen. Dafür gebe ich aber euch Informationen. Und zwar gibt es von mir den Buchtipp des Monats. Nur für euch beide. Und zwar zwei Tipps. Nicht, dass ihr ein Buch kauft und das untereinander tauscht. Der Trend geht klar zum Selber-Kaufen. Und ich gebe euch die Chance.«

Zufrieden grinsend schaute er die zwei Kommissare an.

»Nun mach schon«, sagte Löffler, »der Cappuccino wird kalt.«

Der Buchhändler rieb sich die Hände.

»Also erstens«, begann er, »empfehle ich euch ›QualityLand‹ von Marc-Uwe Kling. Da könnt ihr schon mal alles über die schöne neue Welt der Digitalisierung nachlesen. Und danach in eine tiefe Depression angesichts so einer Zukunft verfallen.«

»Hat der Autor nicht Bücher über sprechende Kängurus geschrieben«, fragte der Hauptkommissar, »über ein Känguru, das beim Vietcong gewesen sein will? Und mit anderen zusammen in einer WG lebt?«

»Stimmt genau«, strahle Andreas, »du kennst diesen Autor also.«

»Ich lese keine Bücher eines Autors, der mit einem sprechenden Känguru zusammenlebt, tut mir leid.«

»Und das zweite Buch?«, fragte Berger.

Der Buchhändler hob den Zeigefinger, als wenn er eine Reisegruppe anleitete und er sie aufforderte, ihm zu folgen.

»Ein für Tübingen absolut subversives Buch«, senkte er die Stimme, tat geheimnisvoll. »Es ist das Buch unseres Oberbürgermeisters, Boris Palmer. Es heißt ›Wir können nicht allen helfen‹ und es wird in den Buchhandlungen der Stadt unter dem Ladentisch gehandelt.«

»So ein Quatsch«, warf Löffler ein, »das war doch sogar in der Spiegel-Liste ganz vorne. Das ist doch ein Renner.«

»Christian, ich bitte dich. Ich rede von Tübingen. In anderen Städten ist es natürlich viel gelesen und akzeptiert. Bloß bei uns gehört es zu den subversiven Schriften. Falls ihr also Interesse daran habt, dann …«

»Ich glaube es nicht«, rief Monika Berger dazwischen und deutete mit dem Finger nach draußen. »Da ist dieser Heini, der den Artikel in der Zeitung geschrieben hat. Dieser Neumeier.«

»Niemeyer.«

»Genau. Er ging eben gerade da drüben in das Lokal. Alleine. Vermutlich zum Mittagessen.«

Andreas meldete sich.

»Egal, worum es geht – aber da drüben gibt es ein Mittagsmenü, da kommen viel her von den Stadtwerken oder den anderen Geschäften hier im Viertel. Und worum geht es genau?«

Berger erhob sich von ihrem Stuhl.

»Ich gehe jetzt da rüber.«

»Und was wollen Sie dort genau machen? Ihn ohrfeigen? Töten? Ihm das Essen über den Kopf schütten?«

Sie schüttelte den Kopf.

»Nichts davon. Ich lasse ihn in seine eigene Falle laufen.«

Löffler beobachtete von seinem Fenster aus, wie die Kollegin quer über die Straße zum gegenüberliegenden italienischen Ristorante »Il Truffatore« ging. Schließlich verschwand sie durch die Restauranttüre im Innern.

»Das wird ja ein richtig spannender Nachmittag«, flüsterte Andreas.

»Wieso flüsterst du?«, flüsterte Löffler.

»Aus Ehrfurcht vor euch. Und weil jetzt mal was passiert, das ich nur von den Büchern kenne.«

»Ganz unter uns – es wird nichts passieren. Außer, dass du mir jetzt ein Stück Kuchen bringst. Käsekuchen.«

Berger schaute sich im Lokal um.

In der Ecke, mit dem Rücken zur Wand und perfektem Blick durchs Lokal und zur Eingangstüre, saß Niemeyer. Er schaute in eine Speisekarte und hatte sie noch nicht bemerkt. Also nahm sie Kurs auf seinen Tisch und setzte sich auf den Stuhl ihm gegenüber.

Er schaute auf.

Niemeyer war sprachlos. Zumindest blieb er ziemlich lange ziemlich stumm. Berger lächelte. Freundlich und offensichtlich auch freudig überrascht.

»Klaus«, sagte sie, nachdem ihr Gegenüber offensichtlich keine Worte fand, »so ein Zufall aber auch. Was machst du denn hier? Geschäftlich? Oder hast du einfach bloß Hunger?«

»Hunger«, antwortete Niemeyer kurz.

Er wollte mehr sagen, aber seine Stimme gab einfach nicht mehr her.

»Na, das trifft sich ja gut«, meinte die Kommissarin gut gelaunt, »da lade ich mich doch gleich mit ein. Aber keine Angst – ich bezahle selbst.«

Damit griff sie nach seinem Unterarm und drückte ihn kurz.

Der Mann am Tisch schien sich so langsam sicherer zu fühlen. Sogar ein kleines Lächeln gelang ihm, das er, wie zur Probe, ganz kurz einsetzte.

Ja, es gelang.

Und so schlich sich nach und nach ein Grinsen in sein Gesicht, das ihm, wie Berger fand, das Aussehen einer gemeinen Kanalratte gab. Zwar hatte sie noch nie eine gesehen, aber ihre Fantasie reichte aus, um ihr das zu suggerieren.

»Wie geht es dir denn?«, fragte der angebliche Immobilienmakler und schaute so harmlos und treuherzig, als frage er nach der Uhrzeit. »Ich meine, wegen des Abends neulich. Da haben wir doch so einiges gebechert, wir zwei.«

»Ach«, sagte die Kommissarin und winkte dazu mit ihrer Hand, »das war doch gar nichts. Ich könnte grade so weitermachen. Bei all dem, was grad auf mich zukommt.«

»Ach ja? Was kommt denn so auf dich zu?«

Vorsichtig wiegte Berger den Kopf.

»Ich weiß nicht so recht, ob ich dir das sagen kann. Dienstgeheimnis, du verstehst. Erst gerade kam so ein Artikel in der Zeitung, da hat auch ein Journalist Zeug ausgeplaudert, das er eigentlich gar nicht wissen darf. Die Kollegen haben mir davon erzählt.«

»Na komm schon, unter guten Freunden. Es tut einfach gut, sich mal den Frust von der Seele zu reden. Ich bin ja Makler, also so eine Art moderner Beichtvater.«

»Moderner Beichtvater? Als Makler?«

»Aber ja, hast du das noch nie gehört? Seitdem die Kirche etwas an Vertrauen verloren hat, suchen die Menschen andere Institutionen, denen sie ihre Sorgen und Nöte anvertrauen können. Ärzte zum Beispiel oder Anwälte. Tja, und uns Makler. Weil wir nämlich in einem Bereich arbeiten, der absolutes Vertrauen voraussetzt. Denn mal ehrlich – unsereins werden ja Träume und Pläne anvertraut, das ist manchmal kaum zu glauben. Unser Verband denkt sogar über eine Schweigepflicht nach.«

»Schweigepflicht für Makler? Wie das Beichtgeheimnis?«

Er nickte langsam.

Berger konnte nicht umhin, das offene und ehrliche Gesicht Niemeyers zu bewundern. Der Mann war ein ausgebildeter Schauspieler, ganz bestimmt. Oder ein unglaubliches Naturtalent im Fach Schmierenkomödie.

»Na, dann bin ich vielleicht doch an der richtigen Adresse.«

»Worum geht es denn genau, was beschäftigt dich? Nun sag bloß, du hast auch mit dem Mordfall an der Paul-Horn-Arena zu tun?«

Die Kommissarin nickte. Traurig schaute sie ihn dabei an. Tieftraurig und vielleicht sogar etwas verzweifelt.

Man konnte dem verkappten Journalisten förmlich dabei zuschauen, wie er Oberwasser bekam. Er ließ sich genüsslich im Stuhl zurücksinken, ganz leger und lässig saß er da. Keiner würde sich wundern, zöge er jetzt eine edle Cohiba aus der Tasche und ließe sich von Berger Feuer geben. Ganz Mann von Welt, der eine komplizierte Situation im Griff hat.

»Was ist denn genau passiert bei eurem neuen Mord?«, fragte er dann.

»Ach je, eine Frau hat man getötet. Eine harmlose Frau, die keinem etwas zuleide getan hat. Sie lag genau neben der Halle, nicht weit von der Bushaltestelle. Als man sie fand, war sie gefesselt und geknebelt.«

»Ach, tatsächlich? Und was schließt ihr daraus?«

Berger winkte ihn her zu sich. Niemeyer schob seinen Kopf über den Tisch, ganz nah an den Mund Bergers.

»Wer wohnt wohl nicht allzu weit entfernt von der Halle? Da hatten wir doch schnell einen Einstieg in unsere Recherchen.«

»Du meinst die Flüchtlinge? Die in den Unterkünften an der Straße? Das kann ich mir nicht vorstellen.«

»Konnten wir uns auch nicht auf Anhieb. Man muss da ja vorsichtig sein in einer Stadt wie Tübingen. Du weißt schon – Juchtenkäfer, Bäume, Radfahrer und Flüchtlinge genießen hier einen besonderen Schutz. Das liegt wahrscheinlich daran, dass sie früher nicht so aufmerksam waren, als sie Straßen nach alten Nazis benannt haben und ehemalige Bürgermeister mit Nazivergangenheit zu Ehrenbürgern machten. Aber wir konnten ja trotzdem die Fakten nicht ignorieren.«

Niemeyer hatte inzwischen ganz große Augen bekommen und seine Ohren hatten eine leuchtende rote Farbe angenommen.

»Ach, es gibt Fakten?«, fragte er und versuchte dabei vergeblich, ganz harmlos zu klingen.

Berger nickte ganz langsam.

»Wir haben den Ausweis eines Afrikaners aus Gambia am Tatort gefunden. Und der Knoten an dem Seil, mit dem die arme Frau erdrosselt wurde, ist eindeutig ein gambischer Seemannsknoten. Und dann haben wir noch einen Augenzeugen, der von der Tankstelle gegenüber die Tat beobachtet hat. Okay, mit der Täterbeschreibung ist es nicht weit her. Ich meine, ein ›der Mann war schwarz‹ reicht da natürlich nicht. Aber dank des Ausweises haben wir ihn schnell identifiziert. Noch leugnet er. Aber mit Fingerabdrücken und notfalls DNA-Spuren hat sich das schnell erledigt.«

Niemeyers Gesicht glühte.

»Wie heißt der Mann denn?«

Berger schaute ihn misstrauisch an.

»Ich frage nur, weil ich einen Gambier kenne, und dem traue ich alles zu. Er hat mal wegen einer Wohnung bei mir angefragt. Und als ich sie ihm gezeigt habe, hat er ein silbernes Feuerzeug mitgehen lassen, das der Vormieter in einer Vitrine zurückgelassen hatte.«

»Siehst du«, sagte Berger triumphierend, »vom Diebstahl zum Mord ist es nicht mehr weit. Mohamed Tolliso heißt der Mann. Er soll ja schon mal ein Mädchen in einem Lager angegriffen haben.«

»Und was wollte er von der toten Frau an der Halle?«

»Na, was wohl?«

Sie rollte vielsagend mit den Augen. Ihr Gegenüber nickte wissend und brachte auch noch etwas Ekel in diesem Nicken unter.

»Und wie geht es jetzt weiter? Werdet ihr Anklage erheben?«

Berger seufzte.

»Ach, das ist immer so eine Sache. Natürlich werden wir das. Aber bei allem Triumph über unsere schnelle Arbeit und den Erfolg verfolgt einen doch auch stets das Elend, das dahintersteht. Der Mann muss ja stundenlang hinter der Halle gestanden haben, ehe er endlich ein Opfer hatte. Zuvor hat er bereits zwei Mädchen angefallen, die aber fliehen konnten. Leider haben die zwei keine Anzeige gemacht, sonst hätte man das verhindern können. Eine davon, aber das muss dringend unter uns bleiben, ist die Tochter meines Chefs, Christian Löffler. Das alles können wir natürlich nicht öffentlich machen, da wäre die Hölle los.«

Jetzt wurde Niemeyer völlig hibbelig. Diese Nachricht war absolut sensationell für ihn. Er sah sich nach dem Kellner um. Als er ihn sah, winkte er ihn heran.

»Ich bezahle mein Getränk hier, auf mein Essen muss ich leider verzichten. Mir ist eingefallen, ich habe noch einen Termin in Lustnau, in der Alten Weberei. Wie konnte ich das bloß vergessen. Schade, ich wäre gerne noch ein wenig mit dir zusammengesessen. Aber wir holen das nach, ich melde mich.«

Damit stand er auf und verschwand zügig aus dem Lokal.

Berger blieb noch ein paar Minuten sitzen. Schließlich schob sie ihren Stuhl zurück und ging langsam durch den Gastraum. Draußen, vor dem Lokal, schaute sie sich um. Von Niemeyer war nichts mehr zu sehen.

Zurück im »Il Truffatore« winkte sie den Kellner heran.

»Hör zu, Salvatore«, sagte sie zu ihm und zog ihn in die Ecke neben dem Tresen, »du hast mich noch nie hier gesehen. Und vor allem nicht heute. Den Mann von eben – den habe ich nie getroffen. Kann ich auch nicht, oder, wenn ich gar nie hier war?«

Der Kellner nickte.

»Kann ich etwas fragen?«, fragte er.

»Nein«, schüttelte die Kommissarin den Kopf, »aber ich kann dir versichern, es dient einer guten Sache. Wenn du nicht mitmachst, kommst du übrigens dran wegen Strafvereitelung. Wir jagen nämlich einen Mörder. Alles klar?«

Etwas eingeschüchtert nickt Salvatore.

Berger verließ das Lokal und trat nach draußen. Sie grinste.

Einfach nur für sich grinste sie vor sich hin. Dann ging sie zurück ins Café zu ihrem Chef Christian Löffler. Sie erzählte ihm die Geschichte mit Niemeyer.

»Wir waren nie hier«, sagte Löffler zum Abschied zu Andreas, »zumindest nicht heute.«

»Wie kämt ihr auch dazu, Bildungsbanausen wie ihr würden doch nicht mal den Eingang zu meiner Buchhandlung finden. Die Bücher von Palmer und Kling schicke ich an dich, Christian. Du kannst sie auch gleich bezahlen, wenn du willst.«

»Erpresser«, sagte Löffler und zückte seine Brieftasche.

So geht das nicht, Klaus«, sagte Maria Steinke zu Löffler senior.

Sie saßen sich im Wohnzimmer in der Lustnauer Villa gegenüber. Wenn sie aus dem Fenster schauten, sahen sie den verschneiten Österberg und das Waldgebiet zum Sand und Schönbuch. Aber sie sahen nicht aus dem Fenster.

»Du hast das missverstanden«, antwortete der Senior.

»Nein, habe ich nicht. Und das wissen wir beide. Jedenfalls kann es so mit uns beiden nicht funktionieren. Ich brauche einen selbstbewussten Partner und keinen, der vor Angst bibbert.«

Klaus Löffler richtete sich empört in seinem Sessel auf.

»Also bitte, das ist ja wohl Unsinn. Ich bibbere nicht vor Angst. Ich hatte nur … gewisse … Bedenken. Aber das ist doch normal zu Beginn einer Beziehung.«

»Nein, eben nicht. Und schon gar nicht am Anfang. Am Anfang ist das Vertrauen am größten, da denkt man noch gar nicht an die Abgründe, die vielleicht später einmal kommen könnten.«

Löffler schwieg. Auch Maria hielt inne. Sie beobachtete Klaus genau. Langsam entspannten sich beide.

»Also noch mal ganz ruhig«, begann schließlich Maria von Neuem, »ich gehöre dir nicht, auch wenn wir jetzt, nun ja – zusammen sind. Das war ja meine freie Entscheidung. Wollte ich das nicht, würde ich dich nicht betrügen, sondern dich verlassen. Leuchtet dir das ein?«

»Du brauchst mit mir nicht wie mit einem Idioten zu reden, Maria, ich verstehe dich schon. Aber für mich ist das eine neue Situation. Ich hätte nicht mehr damit gerechnet, noch mal eine Frau zu finden, mit der ich zusammen sein will. Und dann auch noch eine, die mit meinem Sohn in dieselbe Schulklasse gegangen ist. Und wenn der dann eine Nacht in deren Wohnung verbringt, löst das bei mir gewisse Ängste aus.«

Maria griff nach seiner Hand.

»Entweder ich bleibe bei dir oder ich bin weg. Dazwischen geht bei mir nichts. In mein Konzept gehört Betrug nicht. Und ich bitte dich – dein Sohn. Du enttäuschst damit uns beide, ihn und mich. Du kannst meinetwegen bei mir noch unsicher sein, weil wir uns noch nicht lange kennen. Aber dein Sohn? Der soll dich mit deiner Freundin betrügen? Klaus, nun denk mal nach.«

Löffler senkte den Kopf. Wie ein beim Spicken ertappter Schüler.

»Du hast recht. Es tut mir leid. Ich weiß auch nicht, was mit mir los ist.«

»Aber ich.«

Sie rückte näher zu ihm und hielt ihr Gesicht dicht vor seines.

»Du bist verliebt. In mich.«

»Na, da habe ich mir ja was eingebrockt«, sagt er und lachte.

Maria stand auf.

»So, jetzt muss ich mal wieder was arbeiten. Ich kann ja nicht bloß in deinem Riesenhaus rumhängen, schwimmen und saunieren. Auf Dauer ist sogar das langweilig. Und ich muss Geld verdienen. Darüber sollte ich jetzt mal mit Christian reden, vielleicht gibt er mir ja doch einen Tipp.«

Klaus Löffler lachte.

»Das glaube ich nicht. Aber vielleicht kann ich dir ja helfen.«

»Weißt du denn, worum es genau geht? Es gibt schon zwei Morde – und so wie ich das verstanden habe, haben sie bisher nicht den geringsten Anhaltspunkt auf den oder die Täter.«

»Das ist doch immer so, wenn sie ermitteln. Und dann macht es plopp – und sie finden in den Fall.«

»Was weißt du denn darüber?«

Klaus lachte laut.

»Versuchst du jetzt über den Vater an die Infos zu kommen? Aber ich sage dir gerne, was ich weiß.«

»Genau. Und dann lösen wir zwei den Fall. Hast du nicht schon mal bei so einer Ermittlung mitgemischt?«

»Ja, das habe ich. Und es hat mich fast das Leben gekostet.«

»Ich passe auf dich auf. Los, erzähl mal und dann legen wir los.«

Gerd Stammler erwachte am späten Nachmittag in seinem Bett. Er schlug die Augen auf und es dauerte eine Weile, ehe er kapierte, wo er sich befand. Er fühlte sich zerschlagen, sein Gesicht brannte, die Augen waren verklebt. Eine Weile lag er ruhig da und starrte gegen die Decke. Schließlich stand er auf und schaute aus dem Fenster. Er hatte einfach in seinen Klamotten geschlafen.

Es begann zu dämmern.

Stammler hatte sein Zimmer durch eine Bücherwand aufgeteilt. Das war kein Problem, der Raum war etwa 60 Quadratmeter groß. Früher hatte Klaus Löfflers Frau es sich als Atelier einrichten lassen. Aber dann entschied sie sich, einen anderen, lichteren Raum unter dem Dach zu beziehen. Dort sei es heller, habe sie befunden, hatte ihr Sohn Christian erzählt. Die Decke bestand vollständig aus Glas. Es wurde erwärmt, falls es schneite oder falls sich Eis darauf bildete. So hatte man stets freie Sicht.

Also erhielt Stammler bei seinem Umzug damals ins Löffler-Haus das ehemalige Atelier der Hobbymalerin.

Und dabei zahlte er für das Ganze nicht einmal etwas. Keine Miete, keine Heizung, nicht einmal für den Strom berechneten ihm die Löfflers etwas.

Stammler machte sich auf den Weg in die Küche. Sie lag einen Stock tiefer. Dort machte er sich einen Espresso, setzte sich mit der Tasse in das riesige Wohnzimmer und schaute aus dem Fenster über Lustnau hinweg.

Mit der Fernbedienung knipste er den CD-Player an. Er wusste nicht, was auflag. Es war ihm auch egal, er wollte nur etwas Hintergrundmusik. Dann fühlte er sich nicht so alleine.

Als er an Gülcin dachte, wischte er sofort sämtliche Gedanken daran zur Seite.

Nicht jetzt.

Später.

The Coral mit ihrem Song »White Bird« kam aus dem Lautsprecher.

Christian Löffler rüttelte den schlafenden Stammler wach.

»Kommen Sie, Stammler, es gibt Abendessen. Die Kollegin Berger ist auch hier. Fast wie früher.«

Stammler öffnete die Augen. Vor ihm stand Löffler und grinste ihn an.

»Ich komme«, murmelte er.

Sein Chef wartete, bis er aufgestanden war, und zusammen gingen sie ins Speisezimmer. Dort saßen bereits Klaus Löffler mit Maria Steinke, Jessica und Monika Berger am Tisch. Die Köchin und Haushälterin Hildegard hatte mächtig aufgetragen.

Zunächst wartete ein Carpaccio darauf, von den Anwesenden gegessen und gelobt zu werden. Danach servierte sie Saltimbocca, dazu Weine, Wasser, Likör und verschiedene Aperitifs.

Alle waren damit einverstanden, auf ein Dessert zu verzichten.

»Hildegard«, sagte Klaus Löffler, als diese den Tisch

abräumte, »das war überragend. Ich weiß gar nicht, wie wir alle dich verdient haben.«

»Des woiß koiner, da geb i Ihne recht. Des woiß i ja selber net. Weil – wenn ich's wisse dät, wär ich vielleicht scho gar nemme do.«

»Ich plädiere für eine Gehaltserhöhung«, rief Maria.

»Genau«, pflichtete Jessica ihr bei, »dafür muss man dir einfach etwas Gutes tun.«

»Scheißebapp, Guates tun. Des isch doch mei Job. Für was wird i denn zahlt, wenn et für so ein Essen. Jetzt lasset d' Kirch em Dorf. Ond i gang jetzt. Älles, was jetzt noch auf den Tisch kommt, räumet ihr au wieder selber ab.«

Damit packte sie ihr Tablett mit dem letzten Geschirr und verschwand.

»So«, meinte Stammler, »jetzt kommen wir zum gemütlichen Teil. Wer trinkt was? Ich nehme Grappa.«

»Ich auch«, meldete sich Jessica.

Christian Löffler lachte.

»Guter Versuch. Aber leider vergeblich. Wie wäre es mit einem alkoholfreien Longdrink? Oder mit einer süffigen Apfelschorle?«

Jessica grinste und stand auf.

»Ein Versuch war es wert«, erklärte sie, »aber ich muss ohnehin noch was für die Schule arbeiten. Eine GFS zum Thema ›Wie Facebook die Welt verändert hat‹. Da muss ich nüchtern bleiben.«

Sie winkte den anderen zu und verschwand.

»Was heißt GFS«, fragte Klaus Löffler.

»Die ganze Familie schafft«, sagte Berger grinsend.

»Das ist eine Hausarbeit für die Schule«, erklärte der Junior, »die eigentlich die Schüler alleine anfertigen sollten. Aber da helfen in der Regel Vater, Mutter, Onkel, Tante und der Opa.«

Außer Stammler mit seinem Grappa tranken die anderen alle Weißwein. Vernaccia aus der Toscana, aus der Nähe von San Gimignagno.

»Wie läuft euer Fall?«, fragte Löffler senior, nachdem alle miteinander angestoßen hatten.

Christian schaute misstrauisch.

»Aber du willst dich nicht einmischen, oder?«, fragte er vorsichtig.

»Quatsch, ich will bloß ein bisschen Spannung, wenn ich schon kein Fernsehen angucken kann heute Abend. Da seid ihr Bullen doch genau die richtigen Geschichtenerzähler. Vor allem, wenn es schon zwei Leichen gibt. Nicht schlecht für Tübingen.«

»Aber beides sind Rottenburger«, stellte Berger gleich klar, »genauer gesagt sind es Wurmlinger Ureinwohner.«

»Und ihr meint, man hat sie in Tübingen abgeladen, um euch die Arbeit zuzuschieben?«

Maria und Stammler lachten.

»Das machen die Rottenburger immer so. In der Bischofsstadt kann man ja nicht zulassen, dass die Gläubigen über eine Leiche stolpern. Also bringen sie sie zu uns über die Stadtgrenze. Und den Fall lösen müssen wir ja sowieso.«

»Habt ihr denn«, tastete Klaus Löffler sich langsam vor, »noch andere Spuren, abgesehen davon, dass beide Tote aus Wurmlingen stammen?«

»Irgendwelche Gemeinsamkeiten?«, ergänzte Maria.

Löffler junior lächelte.

»Wollt ihr Detektive spielen?«

»Aber nein, das ist doch bloß ein Tischgespräch«, gab Maria die Harmlose.

»Nur ein Tischgespräch«, echote der Senior.

Berger grinste.

»Na, dann können wir ja offen reden, oder?«

Beide nickten eifrig.

Auch Christian Löffler schien gnädig gestimmt.

»Wir müssen den Fall ohnehin endlich mal intensiv besprechen. Das können wir auch jetzt gleich machen. Im Familienkreis, sozusagen. Da können wir sicher sein, dass nichts an fremde Ohren dringt, nicht wahr Vater? Oder was meinst du, Maria?«

Wieder eifriges Nicken.

Auch Stammler schien sich so langsam wieder in der Wirklichkeit zurechtzufinden. Sicherheitshalber schenkte er sich einen weiteren Grappa ein.

»Der Punkt ist«, versuchte Christian Löffler sich an einer Zusammenfassung, »dass wir zwei Wurmlinger Tote haben, die sich allerdings so gut wie gar nicht kannten. Ihre einzige Schnittstelle außer dem Geburts- und Wohnort ist die Tatsache, dass beide Grundstücke besaßen, die zum Ankauf für Bauland vorgesehen waren. Und das ist eine so außergewöhnliche Gemeinsamkeit, dass sie für uns so etwas wie eine Spur darstellt. Der Sache müssen wir nachgehen.«

»Soweit wir bisher wissen«, ergänzte Berger, »wollten beide nicht verkaufen. Die Regel in Wurmlingen beziehungsweise Rottenburg ist, dass alle Grundstücke des vorgesehenen Baulands verkauft sein müssen, sonst wird das Gebiet nicht erschlossen.«

»Das heißt«, nahm nun auch Klaus Löffler Fahrt auf, »dass die ganzen Grundstücke Baumwiesen bleiben wie bisher auch. Und damit sind sie so gut wie nichts wert. Zumindest nicht in Euro ausgedrückt.«

»Woher weißt du das?«, fragte Berger.

»Das läuft in Tübingen genauso ab. Im Stadtteil Hirschau mussten auch erst die ganzen Eigentümer angeschrieben werden und dann wurde mit ihnen verhandelt. Aber ich glaube, da haben alle verkauft.«

»Die Frage ist«, meinte Stammler, »ob es denn noch mehr gibt, die nicht verkaufen wollen. Und sind die dann nicht auch gefährdet?«

Alle schwiegen.

Der Gedanke, klar, lag nahe, aber noch niemand hatte ihn bisher zugelassen. Alle nippten an ihren Weingläsern, während Stammler sich noch einen Grappa nachschenkte.

»Dann hätten wir es also mit einem Killer zu tun«, brach Christian Löffler das Schweigen, »der der Reihe nach alle abmurkst, die nicht verkaufen. Das bedeutet, er will verkaufen, weil er zum Beispiel das Geld braucht. Aber das gibt es nicht, weil andere sich weigern. Und sind die erst mal aus dem Weg geräumt, läuft endlich der ganze Grundstücksverkauf.«

»Über welche Beträge reden wir hier überhaupt«, wollte Maria wissen.

Alle schauten auf Löffler senior.

»Ihr braucht gar nicht so zu gucken«, wehrte dieser schließlich ab, als er bemerkte, dass alle im Raum auf seine Antwort warteten, »ich habe mit Baulandinvestitionen schon lange nichts mehr zu tun. Das war mir alles zu vergiftet. Kaum nimmt man in Tübingen das Wort Bauland, Bauen oder Baugebiet in den Mund, fällt die halbe Stadtgesellschaft über einen her wie die Hyänen.«

»Aber Vater«, drängte der Junior, »du wirst doch ungefähr wissen, welchen pauschalen Quadratmeterpreis die Stadt an die Eigentümer bezahlt.«

»Also zunächst mal erhält jeder dasselbe, verhandelt wird nicht. Vogel friss oder stirb. Ich denke mal, dass du mit einem Baumwiesenbestand von zehn Ar um die 60 000 bis 80 000 Euro kassierst. Vielleicht auch mehr.«

»Na, wenn du da ein paar Are hast, kannst du echt Geld verdienen«, überlegte Maria laut.

»Das könnte aber auch bedeuten, dass wir jemand finden müssen unter alle den Verkäufern, der ein ziemlich großes Stück Land besitzt. Das heißt, es muss ihm richtig wehtun, dass er das Land nicht versilbern kann. Richtig?«, sah Christian Löffler sich in der Runde um.

Alle nickten.

»Dann brauchen wir doch bloß mal zu schauen, wer alles auf der Verkaufsliste steht«, bemerkte der Junior.

»Kann man die so einfach einsehen?«, fragte Berger.

Löffler nickte.

»Es geht um Mord. Ich denke schon, dass wir diese Informationen leicht bekommen. Und dann schauen wir uns die Verkaufskandidaten in aller Ruhe an.«

Berger lachte.

»Das ist ja wie eine Geschenkliste. Wir gehen einfach mal alle durch und am Ende haben wir den Richtigen. Hört sich doch gut an.«

Klaus Löffler winkte ab.

»So einfach ist das nicht. Da werden einige Eigentümer zusammenkommen. Und nicht nur die verschiedenen Besitzer sind das Problem, denn ganz häufig handelt es sich um Erbengemeinschaften. Da kommen dann pro Grundstück schon vier, fünf zusammen, die alle unterschreiben müssen oder die sich den Verkaufspreis aufteilen.«

»Hört sich nach viel Arbeit an mit ungewissem Ausgang«, meinte Stammler.

Die anderen grinsten. Stammler halt, mochten sie denken. Denn der war eher dafür bekannt, sich auch mal kleine Päuschen zu gönnen.

»Die Frage ist doch – und das macht mir Angst«, sagte Christian Löffler höchst bedächtig, »was passiert denn, wenn, sagen wir mal zehn Leute einem Verkauf nicht zustimmen. Sollen die dann alle umgebracht werden? Das wäre doch ein unvorstellbares Blutbad. Kann es wirklich einen Menschen geben, der so etwas fertigbringt?«

Klaus Löffler wiegte den Kopf.

»Meinst du das im Ernst?«, sagte er dann. »Schau mal den IS an, für die sind zehn Tote bei einem Anschlag eine Niederlage.«

»Ja«, warf nun Berger ein, »aber man kann das doch nicht vergleichen. Wir reden hier, nehme ich mal an, von einem stinknormalen Bürger aus Wurmlingen. Glaubt ihr wirklich, einer von dort kann sich jeden Tag die Kapelle angucken und dann solche Gräuel vollbringen?«

»Gerade deshalb, grad wegen der Kapelle.«

Alle schauten erstaunt auf Maria. Die wurde verlegen.

»Tut mir leid, ich wollte witzig sein. Ich meine, bei den Aussichten? Wenn das schiefläuft, geht es hier um einen unberechenbaren Killer.«

Löffler junior winkte ab.

»Das sind bisher nur Mutmaßungen. Als Erstes müssen wir herausfinden, ob es noch weitere Verweigerer gibt. Denn die sind ja wohl die Gefährdeten. Das heißt, morgen fahren wir nach Wurmlingen und holen uns eine Liste aller Beteiligten an diesem Grundstücksdeal. Dann schauen wir mal, wo wir ansetzen.«

»Vielleicht«, mutmaßte Klaus Löffler, »gibt es keinen mehr, der sich weigert. Möglicherweise hat der Killer schon die anderen eingeschüchtert. Und jetzt verkaufen alle.«

»Dazu müssen sie erst mal wissen, ob die Morde genau aus diesem Grund begangen wurden. Aber für die Bevölkerung ist doch der Zusammenhang überhaupt nicht nachvollziehbar.«

»Für die Wurmlinger vielleicht schon.«

»Glaube ich nicht. Aber sicher können wir natürlich nicht sein.«

»Und was ist«, fragte Maria Steinke, »wenn es niemand mehr gibt, der oder die nicht verkauft? Dann ist es ganz schwer, unter all den Betroffenen tatsächlich den Täter auszumachen. Die Mordserie ist dann wenigstens beendet.«

»Du meinst, es sollte weitergehen mit den Morden, damit wir den Täter eher finden? So kann nur eine Journalistin denken.« Christian Löffler schüttelte den Kopf.

»Nee, nee«, wehrte die sich, »ich sehe das ganz pragmatisch. Solange es noch Angriffsziele gibt, können wir die überwachen. Und damit kann es gelingen, den Täter vielleicht sogar bei der versuchten Tat zu ertappen. Das wäre doch perfekt, oder nicht?«

»Du hast dir zu viele Filme angesehen«, meinte Löffler. »Außerdem – wann geht das schon mal gut mit dem Überwachen? Es gibt da keine Filme in denen es klappt, das geht immer in die Hose. Und wenn es nicht mal im Film klappt …«

Alle versanken kurzfristig in ihren eigenen Gedanken.

»Was ist eigentlich aus dem Bruder geworden, dem Bauer-Bruder, der mal in Zwiefalten war und seitdem so gut wie verschwunden ist?«, fragte Berger plötzlich in die Runde.

Maria und der Senior guckten erstaunt und ratlos.

»Wer ist das denn?«, fragte Maria dann.

»Der zweite Sohn des ersten Opfers. Er ist irgendwie durchgedreht und dann verschwunden. Manchmal taucht er auf, dann wieder ab. Wir haben ihn bisher noch nicht gesprochen. Heim hat mal ein wenig recherchiert, aber so richtig raus kam dabei nichts.«

»Und was sollte er für ein Motiv haben?«, fragte Stammler. »Wenn man den Vater erschlägt, muss da einiges gewaltig schiefgelaufen sein.«

Es läutete an der Tür.

Hildegard war bereits zu Hause. Maria Steinke sprang auf und bewegte sich zur Haustüre. Löffler schaute erstaunt zu seinem Vater. Der zuckte bloß mit den Schultern, wohl, um ihm zu bedeuten: Was kann ich machen, wenn sie sich wie die Hausherrin aufführt?

Lautes Wortgeplänkel drang von draußen ins Esszimmer. Dann stand plötzlich ein Mann mitten im Raum. Hinter ihm Maria, die an seiner Lederjacke zog, um ihn aufzuhalten. Aber das scherte den Unbekannten nicht.

Alle im Raum starrten ihn an.

Er starrte zurück.

»Was willst du hier, Deniz?«, fragte Stammler in das Schweigen.

Dieser Deniz sah nicht gut aus. Gar nicht gut für seine vielleicht 25 Jahre. Er schwitzte, obwohl es draußen affenkalt sein musste. Und seine Augen schienen blutunterlaufen zu sein. Ganz offensichtlich ein Drogen- oder Alkoholfall, dachte Christian Löffler, während er Stammler und diesen Deniz betrachtete.

»Feiert ihr hier schön, Gerd? So eine richtige Sause. Wie heißt das noch Mal? Leichenschmaus, oder? Mit Wein und Gesang und edlen Speisen. Aber immer dann, wenn man so ein schönes Fest feiern will, muss vorher jemand sterben. Klar, heißt ja nicht umsonst Leichenschmaus.«

»Deniz, was willst du?«

Der Mann trat näher an den Tisch. Löffler spürte, wie sich seine Muskeln spannten. Als erwartete er, gleich in eine Auseinandersetzung zu geraten.

»Ich wollte nur sehen, wie der Mann trauert, der meine Schwester auf dem Gewissen hat.«

Stammler starrte ihn tonlos an.

»Ihre Schwester ist durch einen Unfall gestorben«, mischte sich Christian Löffler ein. »Sie war in unserem

Schwimmbeckenraum und ist auf dem glitschigen Boden ausgerutscht. Dabei fiel sie auf den Kopf und wurde ohnmächtig. Sie fiel ins Wasser und ist dort ertrunken. Das war für uns alle tragisch, nicht nur für Ihre Familie.«

»Aber der da«, rief Deniz und deutete auf Stammler, »war nicht da und hat nicht auf sie aufgepasst. Deshalb ist es doch bloß passiert. Meine Schwester konnte noch nicht mal schwimmen. Meine Eltern haben es ihr verboten und der lässt sie alleine neben einem Schwimmbecken. Einem Schwimmbecken, ich glaube es nicht.«

Er hatte sich in Rage geredet und sein Kopf hatte die Farbe eines glutroten Sonnenuntergangs angenommen.

Stammler meldete sich matt.

»Gülcin konnte schwimmen, sie hat es sich selbst beigebracht. Sie ging nach der Schule immer ins Hallenbad oder im Sommer ins Freibad. Alleine, damit keiner aus eurer Familie etwas bemerkt. Das hat sie mir selbst erzählt.«

Der Bruder stand da und vergaß, seinen Mund zu schließen. Die Überraschung nahm ihm etwas von seinem Anklageschwung.

»Na und, das Schwimmen hat ihr jetzt auch nichts mehr genützt«, kam es dann ziemlich lahm von seiner Seite.

Man sah ihm an, dass er das Ende seiner Kraft nun erreicht hatte.

Maria schob ihm einen Stuhl zu und Deniz ließ sich erschöpft auf ihn fallen.

Eine Weile standen oder saßen die anderen um den jungen Mann herum.

»Was ist denn mit der Beerdigung?«, fragte schließlich Stammler in die Stille, »kann ich da auch hingehen?«

Deniz sah erstaunt hoch.

»Willst du das denn, willst du da hingehen?«

Der Polizist nickte.

»Natürlich, wenn ich darf. Ich habe bloß keine Ahnung, wie das bei euch funktioniert, ich war noch nie bei einer türkischen Trauerfeier.«

Deniz beugte sich zu Stammler. Er tätschelte ihm die Hand.

»Das kriegen wir schon hin, mein Freund. Ich rede mit meiner Familie. Immerhin warst du Gülcins letzte große Liebe. Obwohl – Liebe weiß ich jetzt nicht. Aber sie wäre nicht mit dir zusammen gewesen, wenn du ihr nicht sehr viel bedeutet hättest. Da kannte meine Schwester nichts, halbe Sachen gab es nicht bei ihr.«

»Und wie verläuft so eine Beerdigung nun?«

Deniz konzentrierte sich.

»Ich muss da selbst erst mal nachdenken. Ich geh ja selbst fast bloß zu christlichen. Als Erstes muss sie innerhalb von 24 Stunden beerdigt werden. Geht nicht in Deutschland, denn da sind 48 Stunden Wartezeit vorgeschrieben. Und sie muss natürlich in muslimisch geweihter Erde liegen. Meine Familie guckt grad, ob es das gibt hier in Tübingen. Dann wird ihr Körper von den Frauen gewaschen, ein weiblicher Geistlicher, eine Hodscha, spricht Gebete. Anschließend wird sie im Sarg zum Grab gefahren, vorher aber spricht der männliche Hodscha Gebete. Eigentlich werden Muslime nur im Tuch beerdigt, ohne Sarg. Aber manche Friedhöfe erlauben das nicht. Mal sehen, wie das hier in Tübingen ist. Ihr Gesicht wird nach Mekka ausgerichtet. Und danach wird das Grab geschmückt, Unter uns – das gibt es eigentlich gar nicht im Islam, Aber weil es so schön aussieht, haben die Muslime hier es von den Christen geklaut.«

Stammler nickte stumm vor sich hin.

»Da geh ich mit«, sagte er dann leise.

»Gibt es hier mal was zu trinken?«, fragte Deniz und deutete auf seinen Hals. »Trauer macht durstig.«

Der Senior schob ihm ein Glas zu und schenkte etwas von dem Wein ein. Deniz nahm das Glas, ließ sich auf den Stuhl beim Tisch fallen und kippte sich den Wein in einem Schluck in den Rachen.

»Das ist aber Alkohol«, meinte Berger und deutete auf die Flasche Wein.

»Na, zum Glück«, antwortete der trauernde Bruder und schob ihr das Glas zu, damit sie zügig nachgoss.

»Oder meinten Sie wegen Moslem und so? Ich bin hier geboren, da nimmt man schon mal ein paar Unarten des Gastgebers an. Ich bin tolerant, verstehen Sie? Ich habe nichts gegen unverschleierte Frauen, ehrlich. Und auch ein gelegentliches Schlückchen kann nicht schaden.«

»Das nenne ich Integration«, meinte Berger und verdrehte die Augen, »ein Macho, der auf Verständnis macht. So was hat mir gerade noch gefehlt.«

»He, he«, meldete sich Deniz lautstark, »ich muss mich hier nicht von so einer Tussi anmachen lassen. Auch wenn du Polizistin bist, hast du nicht das Recht, mir …«

Stammler war blitzschnell aufgestanden, hatte einen Schritt auf Deniz zu gemacht und zog ihn an den Schultern nach oben. Dabei fiel das Weinglas zu Boden. Stammler schob den Mann in Richtung Türe. Auch wenn der sich halbherzig wehrte, gelang es dem Kommissar, ihn nach draußen, in den Flur und von da Richtung Haustüre zu stoßen. Die anderen hörten, wie Gülcins Bruder fluchte. Vermutlich fluchte er, denn er sprach türkisch und sie alle beherrschten diese Sprache nicht. Dann ein letzter Schrei, die Tür flog laut ins Schloss und Stammler kehrte zu den anderen zurück.

»Tut mir leid«, sagte er, »aber ich wusste nicht, dass der Kerl so ein Arsch ist. Es war vermutlich alles etwas viel für ihn – und dann noch der Alkohol. Morgen bedauert er seinen Auftritt ganz bestimmt.«

Die anderen winkten bloß lautlos ab: Was sollte man auch sagen?

»Wir sind aber mit unserem Thema noch gar nicht am Ende«, meinte Löffler senior in die Stille hinein. »Wir haben uns doch über die Möglichkeit unterhalten, dass wir den Täter kriegen, wenn wir wissen, welche Baumwiesenbesitzer ihr Grundstück nicht verkaufen wollen.«

»Nicht bloß Baumwiesenbesitzer – es muss jemand sein, dem mehr als nur eine Wiese gehört«, gab Christian Löffler zu bedenken, »denn wenn es sich bloß um ein einziges Grundstück handelt, kann man das isolieren und an den Rand drängen. Gibt es aber Eigentümer mit viel Grund oder solche, deren Grundstücke zentral im erwarteten Baugebiet liegen, nun ja, dann kommen wirklich Probleme mit der Erschließung auf die Stadt zu. Dann könnte die Stadt einfach sagen, macht euren Scheiß alleine, wir jedenfalls nehmen Abstand von dem Gelände, wir suchen was Neues.«

»Und dann gucken alle in die Röhre«, ergänzte der Senior.

»Aber dann ist es doch ganz einfach«, meinte Berger, »wir holen uns die Namen der beteiligten Personen, gehen alle durch und verhaften dann den Mörder.«

Löffler junior schaute verdutzt.

»Genau so machen wir es«, meinte er dann, »gehen Sie schon mal vor und holen ihn ab. Wer war es noch mal?«

Der Senior lenkte ein.

»Ganz so einfach ist das nicht«, meinte er zu der Kommissarin, »zuerst müssen wir uns mal alle Namen holen, die zu den Verkäufern gehören. Und dann wird es das Problem sein herauszufinden, wer unter den Verkaufswilligen tatsächlich zu einem Mord fähig ist. Und wer das Geld am Dringendsten benötigt. Und was ist mit den Alibis? Die müsst ihr alle überprüfen. Wenn ihr es mit Erbengemeinschaften zu tun habt, kann das ganz schön uferlos werden.«

Die drei Kommissare nickten stumm vor sich hin angesichts der Aussichten, sich durch eine Menge an Betroffenen zu fragen.

»Und oft«, fuhr der Senior gnadenlos fort, »wohnen die Eigentümer gar nicht mehr hier, sondern … was weiß ich … in Bremen … oder am Bodensee oder sonst wo. Also leicht wird das alles nicht. Aber dafür werdet ihr ja bezahlt.«

Er grinste.

»Immer nur Mord und Totschlag«, ertönte eine Stimme von der Türe her.

Alle Augen wandten sich in die Richtung, aus der sie kam.

Jessica stand da, ihren Schulrucksack lose um die Schulter gehängt.

»Es ist schon schwierig, in so einem Polizistenhaushalt an das Gute im Menschen zu glauben«, fuhr sie fort. »Und wenn dann der gesamte Anhang auch noch mitmacht und nach Tätern, Motiven und Spuren gräbt – dann komme ich mir langsam vor wie in einem Film.«

»Solche Filme kennst du ja gar keine«, sagte ihr Vater, »in denen, die du schaust, wird doch nicht mehr ermittelt, da wird gleich geschossen. Mit Panzerfäusten. Oder Raketen. Deine Filme haben doch gar keinen Text mehr.«

»Ach Papa, deshalb ist es ja so wohltuend, euch mal zu sehen, das ist wie ein Blick in die gute alte Zeit.«

Sie war währenddessen zu Christian Löffler gegangen und strich ihm über die Haare.

»Du machst mich alt«, jammerte der, »du solltest jetzt besser auf dein Zimmer gehen und Hausaufgaben machen.«

Jessica lachte glucksend.

»Es ist spät abends, jetzt gibt es keine Schule mehr, jetzt ist Chat-Time mit den Freunden.«

Damit drehte sie sich um und rauschte aus dem Raum.

»Trinken wir noch was?«, fragte Berger und schaute sich im Kreis um.

»Na ja«, meinte Stammler ohne zu zögern, »wenn ich schon dabei bin, dann mach ich auch weiter. Aber lasst mich nicht am Tisch einschlafen, das wäre entwürdigend.«

Christian Löffler stand auf und verschwand in der Küche. Als er zurückkam, hatte er zwei Flaschen Wein dabei, einen roten und einen weißen. Er stellte sie auf dem Tisch ab, dann holte er auf einem Tablett frische Gläser aus einer Vitrine, die an der Wand stand.

»Aber wenn ich jetzt hierbleibe und mit euch mittrinke, komme ich nicht mehr nach Hause«, meldete sich Monika Berger, »und mein Wagen steht ohnehin beim Präsidium.«

Der Senior winkte ab.

»Du übernachtest natürlich hier, dein altes Zimmer ist ja noch immer frei. Da hat sich nichts verändert. Den Weg dahin wirst du ja wohl in jedem Zustand finden, ansonsten begleite ich dich zur Tür.«

Sie lachte.

»Wenn das so ist – ich trinke den Roten.«

We gotta fight for your right to Paaaaartyyyyyy.«

Christian Löffler fuhr hoch und verwünschte die Beastie Boys, diesen Song und alle Partys der Welt. Es war gerade mal kurz nach acht Uhr und die Nacht war kurz gewesen. Er wusste nicht genau, wie kurz. Denn er konnte sich nicht erinnern, wann er zu Bett gegangen war. Aber sein Kopf, dieses Drücken und Pochen, sagte ihm, dass der Song auf seinem Smartphone ihn keinesfalls aus einem Erholungsschlaf geweckt hatte.

Er tastete sich an sein Mobiltelefon.

Auf dem Display erkannte er den Anrufer – Marek Bürger, der Oberstaatsanwalt. Er überlegte kurz, ihn einfach wegzudrücken und weiterzuschlafen. Andererseits, überlegte er, wenn Marek so früh anrief, war es etwas Wichtiges, und je eher er sich darum kümmerte, desto weniger Blödsinn konnte der Oberstaatsanwalt machen.

»Marek, was gibt es?«, fragte er ins Mikro.

Der für Bürger typische Jammerton klatschte an Löfflers Ohr, der das Gerät ein paar Zentimeter weghielt, weil er das Jammervolle so früh am Morgen nur gedämpft ertragen konnte.

»Christian, jetzt hat uns die Politik erreicht«, tönte es aus dem Hörer, »jetzt sind wir in einer Dimension angekommen, die uns alle Kopf und Kragen kosten wird. Jetzt ist alles zu spät. Nicht mal du kannst uns jetzt noch helfen.«

Der Kommissar ließ Bürger erst mal reden. Er kannte das von ihm – Luft ablassen, klagen, Selbstmitleid verbreiten. Irgendwann kam er dann zu einem Ende und hoffte auf Rettung durch Löffler.

»So«, meinte Löffler schließlich, als am anderen Ende nur noch stoßweises Atmen zu vernehmen war, »und jetzt sagst du mir mal, worum es überhaupt geht.«

Bürger holte vernehmlich noch einmal tief Atem, dann berichtete er.

Was er erzählte, lief letzten Endes darauf hinaus, dass in der heutigen Ausgabe der Tageszeitung ein Artikel auf der ersten Seite erschienen war, der die Morde an Bauer und Maisch eindeutig den Bewohnern einer Flüchtlingsunterkunft zurechnete, die sich schräg gegenüber vom SV-03-Sportgelände befand.

Es wurde wohl gefragt, ob sich unter den Bewohnern dort ein Serienkiller versteckte, der nach und nach die Tübinger

Bevölkerung um die Ecke brachte. Der Autor des Artikels bezog sich auf ein Insidergespräch mit der Polizei, konkret mit der Hauptkommissarin Monika Berger. Name des Autors: Klaus Niemeyer.

Löffler grinste stumm, als Bürger den Namen nannte.

Diese Kommissarin hätte dem Journalisten das alles unter dem Siegel des Vertrauens verraten. Die Überschrift dazu:

Was die Polizei vor uns geheim hält

Die Polizei könne jedenfalls genau beweisen, dass es Ausländer gewesen seien, die die Morde geplant und ausgeführt hätten – ein Ausländer oder mehrere, das würde sich noch zeigen. Die Staatsanwaltschaft habe auch bereits die Namen dazu, vermutlich habe es inzwischen erste Verhaftungen gegeben. Man habe den Ausweis eines Gambiers am Tatort gefunden. Das sei ja wohl Beweis genug, um den Fall jetzt vollständig aufzulösen.

»Ich habe doch keine Namen«, jammerte Marek Bürger, »ich habe gar nichts. Wie kommen die denn auf die Idee mit den Ausländern? Und was glaubst du, was das für Wellen schlägt? Grad in Tübingen, wo sie doch in einer Art Kokon leben und von blonden Professorentöchtern beschützt werden.«

Bürger machte eine kleine Pause, um Luft zu holen. Etwas schien ihn zu quälen. Mehrmals setzte er zum Sprechen an, doch jedes Mal endete es in einem Räuspern. Schließlich schien er sich durchgerungen zu haben.

»Sag mal, Christian«, begann er vorsichtig, »in dem Artikel steht auch, dass deine Tochter … ich meine Jessica …, dass man sie auch … angegriffen habe. Oder es probiert habe. Was ist da denn passiert? Kann ich helfen?«

Löffler sah ein, dass er jetzt eingreifen musste.

»Marek«, sagte er betont ruhig, »nichts davon ist wahr. Und nichts davon kann dieser Journalist beweisen. Wir kennen den gar nicht und niemand hat mit ihm gesprochen. Das alles hat er erfunden. Meine Tochter hatte übrigens niemals Probleme mit irgendwelchen Übergriffen, ob von Deutschen oder Nichtdeutschen.«

»Aber wie kommt dann dieser Bericht zustande? Jemand von der Presse muss doch mit euch gesprochen haben.«

»Eben nicht. Aber keine Angst, ich kläre das gleich, ich rede mit der Presse und dann wird sich das alles aufklären.«

Heftiges Atmen am anderen Ende.

»Beeil dich«, tönte es dann, »die sozialen Medien platzen sonst aus allen Nähten. Von wegen Tübingen sei jetzt die Stadt mit den kriminellsten Migranten. Dabei haben sie ja gar keine Tübinger umgebracht, sondern Rottenburger. Vergiss bloß nicht, darauf hinzuweisen.«

Damit trennte der Staatsanwalt die Verbindung.

Löffler ließ sich auf sein Bett zurückfallen. Er fühlte sich unwohl. Er hätte die Sache zwischen Berger und diesem Niemeyer niemals zulassen dürfen. Aber sie hatte ihn überrumpelt und er hatte versäumt, intensiv über die Folgen nachzudenken. Was immer jetzt auf ihn und die Polizei zukam – er musste mit den Wölfen heulen. Das hieß, das Spiel der Kollegin mitspielen. Alles andere wäre purer Selbstmord. Die Mordkommission stünde da wie ein Haufen Kindergartenkinder. Oder, noch schlimmer: als eine Horde Durchgeknallter, die mit Schicksalen anderer Menschen spielten.

Dabei stimmte das in dem Fall sogar.

Bloß konnte er das nicht zugeben.

Na schön, dachte er und erhob sich ruckartig aus seinem Bett, packen wir die Sache an. Aufschieben lässt es sich ohnehin nicht mehr.

Nach dem Duschen zog er sich rasch an, dann marschierte er über den Flur, klopfte an Bergers Zimmer und wartete. Sollte sie doch dabei sein, wenn er versuchte, die Situation zu retten.

Berger öffnete in ihrem T-Shirt bis über die Knie, auf der Brust das Emblem des Youtube-Kanals Pip-der-Rip mit leuchtender Flamme und einem eingekreisten Kürzel »PDR.«

»Wo bin ich?«, fragte die Kommissarin.

»Wo immer Sie sind – stehen Sie auf, Ihr Niemeyer ist jetzt an der Reihe. Wir müssen die Suppe von gestern auslöffeln.«

Mit einem Schlag war sie hellwach. Sie grinste übers ganze Gesicht.

»Wir haben ihn«, sagte sie.

»Oder er uns, wie man es nimmt.«

»Ich komme gleich, warten Sie in der Küche, ich dusche nur noch schnell.«

Damit schlug sie die Türe zu und Löffler ging einen Stock tiefer ins Frühstückszimmer. Dort hatte Hildegard schon den Tisch gedeckt. Sie selbst saß auf einem Stuhl am Fenster und las in der Zeitung. Sie schaute auf, als der Kommissar ins Zimmer trat.

»Schöns Schlamassel«, sagte sie und deutete auf ihre Tageszeitung. »Aber dass man die Jessica auch schon angegriffen hot – des war mir neu. Des arme Mädle. Warom hot mir denn koiner was gsagt?«

»Weil das alles Unsinn ist, deshalb. Ich kläre das gleich mit der Redaktion, dann haben wir wieder Ruhe.«

»Na hör mol, die könnet des doch nicht erfinde. Obwohl – Lügenpresse kommt net von ungefähr, oder? Also mir wär des scho recht, wenn es net stimme tät, des sag ich dir. So, ond jetzt setz dich hin, do steht was zu esse und Kaffee isch au fertig.«

Sie stand auf, legte ihm die Zeitung hin und verschwand in der Küche oder sonst wo im Haus. Hildegard hatte nämlich die Angewohnheit, stets an unerwarteter Stelle in der Villa aufzutauchen – wie ein Hausgeist.

Christian Löffler ging den Artikel durch, der die erste Seite schmückte. Es gab ein Archivfoto von ihm, außerdem eines von Monika Berger und vom Flüchtlingsheim beim Bahngelände.

Beim Lesen machte er sich Notizen.

Als Berger schließlich zu ihm stieß, reichte er ihr die Zeitung. Während sie las, trank er Kaffee und aß eine Butterbrezel.

»Tja, so wollten wir es doch«, sagte Berger schließlich und ließ die Zeitung sinken.

»Nicht dass ich mich jetzt vom Acker mache – aber meine Idee war es nicht. Das Ganze könnte unangenehm groß werden. Ich rede jetzt sofort mit dem Chefredakteur, wir müssen da ganz schnell einen Deckel darüberlegen.«

»Kennen Sie den Redakteur denn?«

Der Kommissar schüttelte den Kopf.

»Nicht privat, ich habe ihn nur bei offiziellen Anlässen getroffen. Aber das ist vielleicht auch besser so.«

Er suchte sich die Telefonnummer aus dem Impressum heraus und rief an. Die Zentrale verband ihn mit dem Chefredakteur Sven Hamberger.

»Sie haben Glück, dass ich so früh schon hier bin«, empfing der den Kommissar, »eigentlich ist bei uns neun Uhr Deadline. Aber mit dem, was Sie uns bieten, habe ich mir gedacht, es ist besser, ich bin vor Ort.«

»Nun mal langsam, Herr Hamberger, nicht wir bieten Ihnen etwas, sondern Sie scheinen hier gewaltig danebenzuliegen. Ihr Aufmacher stimmt hinten und vorne nicht, kein Wort ist wahr davon. Und vor allem – Sie haben überhaupt keine Beweise für irgendetwas, das in dem Artikel steht.«

Löffler schaltete den Lautsprecher des Telefons ein.

Hamberger seufzte.

»Mit so etwas habe ich gerechnet. Aber mein Journalist hat alles hieb- und stichfest gemacht.«

Der Kommissar lachte betont laut. Und etwas gehässig.

»Na, dann beginnen wir mal mit der Nachricht, dass meine Tochter belästigt worden sei. Davon weiß ich nichts, sie weiß nichts darüber und die Kollegen ebenso wenig.«

»Wir wissen aber, dass es stimmt. Ihre Kommissarin Berger hat es dem Kollegen Niemeyer genau so erzählt. Im Originalton, sozusagen.«

»Herr Hamberger«, sagte Löffler, wobei er mit dem Redakteur wie mit einem störrischen Kind redete, »Ihr Niemeyer hat die Kollegin doch noch nie getroffen. Die beiden haben nicht miteinander geredet, sie kennen sich nicht einmal.«

»Hoho, jetzt werden Sie aber komisch, Herr Hauptkommissar. Ich kenne präzise Ort und Zeit des Treffens, wir können uns das ja von Zeugen bestätigen lassen.«

»Ja, das könnten Sie. Aber es gibt keine Zeugen, weil das Treffen nie stattfand.«

Hambergers Stimme war jetzt anzuhören, dass er ärgerlich wurde.

»Wir sollten das gleich gemeinsam machen, denke ich«, meinte er, »wie wäre es, wenn wir uns gleich im ›Il Truffatore‹ im französischen Viertel treffen. Dort wird man sich an unsere beiden sicher erinnern.«

»Ach, da sollen sie sich getroffen haben? Wann denn genau? Denn Sie sollten wissen, dass ich die letzten Tage fast ständig mit meinen Mitarbeitern verbracht habe, wir haben immerhin zwei Morde aufzuklären.«

»Wenn Sie sie schützen, nützt das gar nichts. Das werden Sie schon noch erkennen. Was ist nun mit dem Truffatore?«

Der Kommissar dachte nach. Berger nickte ihm zu.

»Ja, warum nicht. Aber nicht sofort, um diese Zeit werden sie noch nicht geöffnet haben. Rufen Sie den Eigentümer doch an und machen Sie einen Termin für elf Uhr. Wir werden da sein. Und bringen Sie Ihren Niemeyer mit, dann haben wir alle Akteure an Bord.«

»Gut, dann bis elf Uhr.«

Das Telefonat war beendet. Berger nickte anerkennend.

»Gut, ich freue mich auf das Treffen. Und auf das dumme Gesicht Niemeyers.«

»Ist mit dem Wirt und dem Kellner alles besprochen? Ich will keine böse Überraschung erleben.«

Die Kommissarin nickte.

»Ich habe mit Salvatore geredet. Der Chef, Augusto, war nicht da. Aber er wird das sagen, was sein Kellner ihm erzählt. Ich kenne beide gut, das ist kein Problem. Außerdem – wir sind die Polizei.«

Löffler packte die Zeitung zusammen und legte sie in die Mitte des Tisches, den Artikel zuoberst gelegt, damit er denen, die später kamen, sofort ins Auge fiel.

»Lassen wir Stammler ausschlafen, ich kann ihn in seinem gegenwärtigen Zustand nicht brauchen. Und wir beide kümmern uns jetzt um die Namen der willigen und unwilligen Grundstücksverkäufer.«

»Und woher erhalten wir die?«

»Na, von der Ortsverwaltung in Wurmlingen natürlich. Das hat mir mein Vater erzählt. Die kümmern sich nämlich darum, dass alle verkaufen, und wenn das geklappt hat, melden sie sich in Rottenburg bei der Verwaltung und die machen dann den Rest.«

»Rest?«

»Ja. Kaufen und entwickeln und dann wieder zurückverkaufen an die, die wollen, oder den Rest an Bauinteressenten weitergeben.«

»Na dann mal los.«

Auf der Wurmlinger Ortsverwaltung, die mittlerweile vom alten Rathaus in der Bricciusstraße in die neue Dorfmitte verlegt worden war, saß der Verwaltungsleiter hinter seinem PC-Bildschirm. Das Fenster seines ebenerdigen Arbeitszimmers im neuen Verwaltungsgebäude lag zum Vorplatz hin. So mussten die Kommissare nur gegen die Scheibe klopfen und der Mann öffnete ihnen.

Mit ihrer Erklärung war es kein großes Problem, die Unterlagen über den Stand der Verkaufsgespräche zu bekommen.

Berger und Löffler setzten sich ins Sitzungszimmer und gingen die Akten durch. Seit über einem Jahr liefen die Verhandlungen bereits. Eine Erbengemeinschaft mit acht Beteiligten musste dabei zu einem Einverständnis zum Verkauf gebracht werden. Viele derer, die eines der Grundstücke besaßen, wohnten schon lange nicht mehr in dem Ort. Da bedurfte es regelrechter Detektivarbeit, um deren Wohnort ausfindig zu machen. Wieder andere hatten hartnäckige Verhandlungen vom Nein zum Ja zum Verkauf gebracht. Das Problem: Am Quadratmeterpreis gab es nichts zu deuteln, nichts zu verhandeln, keine Möglichkeit, darüber auf die Eigentümer einzuwirken. Der Preis war festgeschrieben, basta.

Letzten Endes zeigte sich, dass nur noch zwei Grundstücksbesitzer sich weigerten, ihre Wiesen freizugeben.

Abzüglich der beiden Ermordeten, bei denen der aktuelle Stand noch unklar erschien. Aber auf Nachfrage beim Verwaltungsstellenleiter ergab es sich, dass die Hinterbliebenen und damit die Erben bereits signalisierte hätten, mit ihnen sei ein Verkauf zu machen.

»Der Ortsvorsteher hat sich gleich nach den Todesfällen darum gekümmert«, hieß es, »wir sind ohnehin schon im Verzug.«

Nur die beiden anderen weigerten sich beharrlich, ihre Wiesen herzugeben.

»Dabei könnten sie das Geld gut gebrauchen, aber es sind Querulanten und da kennen die keine Grenzen«, meinte der Verwaltungsstellenleiter traurig.

Die Kommissare schrieben sich die Daten der beiden heraus. Dann ließen sie sich eine Liste aller Verkäufer mit Namen und Anschriften ausdrucken. Die Querulanten riefen sie an. Sie waren bei der Arbeit. Aber sie waren auch bereit, sich gegen zwölf Uhr – der eine eine Stunde später, der andere »in meiner wohlverdienten Mittagspause, dass des klar isch, gell« – mit den Polizisten in Tübingen zu treffen.

Sie machten sich auf den Weg ins französische Viertel.

Niemeyer und sein Chef Hamberger warteten schon.

Inzwischen freute Löffler sich auf die Begegnung. Das konnte eine spannende Herausforderung werden. Vor allem konnte er es kaum erwarten mitzuerleben, wie der Journalist versuchte sich herauszuwinden und dennoch am Ende der absolute Verlierer sein würde.

Berger mittlerweile war sich nicht mehr so sicher, dass

das alles eine gute Idee war. Sie hatte die Befürchtung, dass sie mit dem Feuer gespielt hatte. Die Sache mit den Geflüchteten war kein Spaß. Möglicherweise war sie über das Ziel hinausgeschossen. Andererseits: Wenn dieser Trottel von Niemeyer so einen Mist tatsächlich schrieb – ohne weitere Recherchen –, dann sollte er auch dafür geradestehen.

Sie fanden eine Parklücke direkt vor dem Ristorante.

»Wie die Fugger in Augsburg«, meinte Berger und deutete um sich herum auf die Häuser, »klein, putzig, eng. Und Pflanzen zur Tarnung.«

»Die Fugger hatten keine Hochhäuser.«

»Hochhäuser? Welche Hochhäuser? Die Bienenwaben hier?«

Sie stießen die Türe auf und traten ins »Il Truffatore« ein.

Vor dem Tresen standen Niemeyer und Hamberger, auf der anderen Seite Salvatore und Boris Cavani, der zweite Chef des Lokals.

Alle schüttelten sich die Hände. Dann schlug Boris vor, dass sie sich an einen Tisch setzen.

»Na schön«, eröffnete Löffler das Gespräch, »hier also soll das alles seinen Lauf genommen haben. Wann genau soll das denn gewesen sein? Herr Niemeyer, Sie müssten das doch präzise wissen.«

Niemeyer sah aus wie aus dem Ei gepellt. Anzug, Krawatte, Lederschuhe passend zur dunkelblauen Hose.

»Das tu ich auch. Es war gestern genau um viertel nach zwölf Uhr. Mittagszeit. Ich wollte gerade etwas essen, als ich Ihre Kollegin hier traf. Und zwar genau hier im Restaurant, an dem Tisch dort«, deutete er hinter sich.

»Und was geschah dann?«

Niemeyer grinste.

»Dann erlag die Dame meinem Charme und sie hat mir alles brühwarm zu Ihren Ermittlungen erzählt. Brühwarm.

Und detailliert. Mit Namen. Orten. Alles. Und exakt das habe ich in meinem Artikel wiedergegeben.«

»Wieso sollte eine Hauptkommissarin Ihnen, einem Journalisten, das erzählen?«

Niemeyer schaute auf seinen Chef. Doch der fand ein Staubkorn auf seinem Ärmel, mit dem er sich beschäftigte.

»Nun ja«, stammelte der Journalist, »ich habe möglicherweise vergessen, das zu erwähnen. Es könnte sein, dass ich mich für etwas anderes ausgegeben habe.«

»Das«, mischte sich Hamberger ein, »ist ein Trick in unserer Branche. Undercover-Ermittlungen, sozusagen. Das ist legal. Und legitim, angesichts der ungeheuerlichen Informationen, die mein Kollege hier dadurch erhalten hat.«

»Was sagen Sie dazu, Frau Kollegin«, fragte Löffler zu Berger gerichtet.

Die zuckte mit den Schultern. Die reine Unwissenheit.

»Tja, was soll ich sagen, ich kenne den Mann ja nicht einmal. Und gestern war ich ja gar nicht hier, wir waren doch alle zusammen in Wurmlingen bei der Familie der ermordeten Frau. Und danach im Präsidium. Wir alle gemeinsam. Zum Essen gab es gar keine Zeit. Also, der Herr hier muss etwas verwechseln. Oder vielleicht hat man ihn in die Irre geführt.«

Hamberger winkte Salvatore her, der noch immer am Tresen stand.

»Sagen Sie, Sie haben doch gestern hier gearbeitet. Richtig?«

Salvatore nickte.

»Und haben Sie den Mann hier«, er deutete auf Niemeyer, »gesehen, als er zum Mittagessen da war?«

Salvatore schüttelte den Kopf.

»Wie bitte«, rief Niemeyer empört und sprang auf, »das ist doch eine Lüge. Natürlich war ich da, was erzählen Sie denn. Herr Hamberger, da läuft etwas gegen uns, das ...«

Hamberger erhob sich aus seinem Stuhl und drückte den Journalisten zurück an seinen Platz.

»Nun mal ganz ruhig, Niemeyer.«

Salvatore räusperte sich.

»Ich meinte nur, dass der Herr hier nicht gegessen hat. Er ist vorher gegangen.«

»Und die Frau?«, fragte Hamberger schnell.

»Die auch.«

Hamberger triumphierte.

»Na also«, stieß er euphorisch hervor und klopfte gleichzeitig Niemeyer auf die Schulter, während der strahlte vor Überlegenheit, »damit haben wir die Sache ja geklärt. Tja, Frau Berger, jetzt haben Sie ein Problem. Ich würde ja vorschlagen ...«

Salvatore hatte ebenfalls weitergesprochen, aber der Chefredakteur hatte nicht zugehört. Doch auf ein Wort reagierte er plötzlich. Es klang wie »Irrtum« oder »Täuschung.« Er hielt inne und sah Salvatore an.

»Was sagten Sie gerade?«

Der Kellner stöhnte.

»Ich sagte«, und er betonte jedes Wort wie bei einem Schwerhörigen, »dass die Frau zwar ebenfalls nicht gegessen hat, dass es aber ein Irrtum ist, wenn Sie annehmen, dass es diese Frau hier ist. Es war nämlich eine andere.«

Hamberger schaute verdutzt.

Niemeyer bekam große Augen. Es schien, als sehe er das Unheil auf sich zukommen.

»Das glaube ich nicht«, zeterte sein Chef. »Das kann nicht sein, Sie alle ziehen hier eine Show ab. Sie wollen uns in die Pfanne hauen, das ist reine Polizeiwillkür.«

»Ich habe es ja gleich gesagt, Herr Hamberger«, pflichtete sein Journalist ihm bei, »die drehen was gegen uns. Aber da wehren wir uns, damit kommt ihr nicht durch.«

Löffler blieb ganz ruhig.

»Nun mal zurück zur Sachebene, meine Herren«, besänftigte er die beiden aufgebrachten Pressemenschen, »das lässt sich doch bestimmt ganz einfach lösen.«

Er wartete, bis er die Aufmerksamkeit aller am Tisch hatte.

»Herr Hamberger«, begann der Hauptkommissar, »wie gut kennen Sie denn Ihren Mitarbeiter, den Herrn Niemeyer? Seit wann schreibt er denn für Ihr Blatt?«

Hamberger sah den Mitarbeiter an. Dachte nach.

»Ich kenne ihn fast gar nicht, er ist neu gekommen. Ist sozusagen noch in der Probezeit. Stand einfach da und wollte für uns schreiben. Als freier Mitarbeiter. Vorher war er in Berlin, das hat man mir gesagt.«

»Was soll das denn jetzt?«, mischte sich Niemeyer ein. »Soll hier über mich zu Gericht gesessen werden?«

»Wie steht der Mann denn politisch?«

»Politisch? Das weiß ich nicht. Ist doch egal, solange er gut schreibt.«

»Aber Herr Hamberger«, meinte Löffler mit Gram in der Stimme, »er hat Ihnen einen Bärendienst erwiesen mit dem Artikel heute. Wieso haben Sie denn nicht nachrecherchiert? Bei dem heiklen Thema? Denn eines kann ich Ihnen versichern: Von all dem, was der Mann geschrieben hat, ist nicht ein Wort wahr. Nicht eines. Und Sie haben jetzt eine Titelseite mit Schwachsinn gefüllt. Ihr Image ist jetzt ziemlich, verzeihen Sie, dass ich es so ausdrücke: am Arsch.«

Hamberger hatte einen feuerroten Kopf.

»Das müssen Sie mir erst beweisen, dass wir mit unserem Bericht danebenliegen«, rief er, »Sie wollen doch bloß ablenken, weil es Ihnen nicht in den Kram passt, was wir der Öffentlichkeit preisgeben.«

Löffler lächelte.

»Herr Hamberger, wir geben eine eigene Pressekonferenz und dann werden wir dort die Ermittlungsergebnisse bekannt geben. Aber eines kann ich Ihnen bereits jetzt versichern: Weder kommen Flüchtlinge darin vor, noch Vergewaltigungen, noch irgendwelche Gambier und schon gar nicht meine Tochter. Und wir haben das auch zu keinem Zeitpunkt behauptet. Vielleicht hat man Ihren Superjournalisten hereingelegt, vielleicht passt es ihm aber auch ins politische Kalkül, Ausländer zu Tätern zu machen. Vielleicht sollten Sie mal in der Vergangenheit des Herrn Niemeyer forschen. Aber mir ist das eigentlich egal. Was Sie aber ganz dringend machen sollten, und zwar umgehend auf allen Medienkanälen, die Ihnen zur Verfügung stehen – dementieren Sie und werfen Sie schleunigst Ihren Niemeyer den Kollegen zum Fraß vor. Und vielleicht will auch die Staatsanwaltschaft und der Presserat noch etwas von Ihnen.«

Der Chefredakteur saß als Häufchen Elend vor ihnen. Er schlug seine Hände vor das Gesicht.

»Ich weiß nicht, was mit mir los gewesen ist, als ich diesen Artikel abgesegnet habe«, jammerte er laut, »meine Gier war zu groß, diesen Insider-Scoop zu landen. Ich habe meine gesamte Professionalität einfach vergessen und in den Gully gespült. Und das wegen dem da.«

Er stand schlagartig von seinem Stuhl auf und stürzte sich auf Niemeyer. Er würgte den Mann, der nach hinten fiel und mit dem Rücken unter dem Tisch auf dem Boden lag. Berger eilte ihm zu Hilfe, löste Hambergers Hände vom Hals des Journalisten und hielt sie fest.

»Ganz ruhig bleiben«, wirkte sie auf den Chefredakteur ein, der immer wieder versuchte, nach dem Hals Niemeyers zu greifen, »machen Sie sich nicht unglücklich, der Kerl ist es nicht wert.«

Bald war Hamberger zu erschöpft, um noch weiter zu kämpfen, und blieb einfach auf dem Boden sitzen.

Salvatore und Boris hatten während der ganzen Zeit kopfschüttelnd zugeschaut.

»Wegen solcher Abenteuer bin ich Wirt geworden«, meinte Boris, »das gibt es nur in der Gastronomie.«

Er grinste Löffler an.

Berger kniete über Niemeyer und sah ihm ins Gesicht. Dann lächelte sie.

»Knock-out würde ich sagen«, flüsterte sie ihm zu.

»Du Drecksweib«, sagte der Mann, noch immer keuchend. »Das musst du mir büßen, das sage ich dir.«

»Pass auf, dass du nicht in den Knast kommst. Deine Karriere bei der Presse dürfte jedenfalls vorbei sein. Versuch es doch mal mit Immobilien.«

Damit stand sie auf und ließ Niemeyer liegen.

»Und wie geht es jetzt weiter?«, fragte Hamberger.

»Hab ich Ihnen doch schon gesagt«, antwortete Löffler, »Sie dementieren und schieben alles auf den Kollegen am Boden hier. Gehen Sie in Sack und Asche – und vor allem halten Sie die Polizei da raus. Wir sind die Guten, damit das klar ist. Am besten geben Sie das ganze Durcheinander, das der Kerl hier angerichtet hat, noch heute in den sozialen Medien weiter. So kommen Sie am schnellsten ins öffentliche Netzwerk.«

»Aber geben Sie mir wenigstens einen Tipp, einen einzigen, mit dem ich einen Punkt machen kann. In welche Richtung ermitteln Sie, gibt es Verdächtige, was könnten denn die Motive für die Morde sein?«

Löffler dachte einen Augenblick nach.

»Es geht um Immobilienspekulationen. Im weitesten Sinne. Vermuten wir. Konkrete Spuren gibt es keine.«

Hamberger wiegte den Kopf hin und her.

»Viel ist es zwar nicht, aber immerhin …«

»Und was ist mit Ihrem Schreiberling hier? Was passiert mit ihm?«

»Genau«, krächzte der vom Boden, »was passiert mit mir? Bin ich jetzt das Bauernopfer?«

Berger trat dazu.

»Das würde mich auch interessieren«, meinte sie, »immerhin war ich die Leidtragende. Mich hat er in die Öffentlichkeit gezerrt und benutzt. Ohne öffentliche Entschuldigung geht da gar nichts, Herr Chefredakteur. Sonst gehe ich nämlich zur Staatsanwaltschaft, zum Presserat und was weiß ich noch.«

Hamberger winkte rasch ab.

»Ja, ja, alles was Sie wollen. Ich kümmere mich darum. Und was diesen Niemeyer hier betrifft – ich empfehle ihm eine Umschulung. Denn dass er jemals wieder etwas schreiben wird, kann ich mir nicht vorstellen.«

Als Berger und Löffler das Ristorante verließen, nickten sie kurz Boris und Salvatore zu.

Die beiden nickten zurück.

Und lächelten.

Es war nicht weit zu fahren zum »Herzog Ulrich« in der Südstadt. Das Traditionslokal befindet sich in der Nähe des Landestheaters. Hier wollte Gert Brummer seine Mittagspause verbringen. Draußen auf der schwarzen Tafel stand mit Kreide das Tagesmenü: Linsen mit Spätzle und Saitenwürstle. Im Sommer gibt es eine Pergola zum Draußensitzen, jetzt war diese allerdings noch zugeschneit.

»Wie sieht der Mann denn aus?«, fragte flüsternd Monika Berger, als sie in die warme Gaststube eintraten.

»Weiß ich auch nicht«, gab Löffler zurück, »ich habe vergessen, mir ein Bild oder eine Beschreibung zu besorgen.«

»Wie sind wir zwei bloß Hauptkommissare geworden?«

Löffler schaute sie entrüstet an, dann lachte er. Er ging zum Tresen. Dort stand ein Mann mit runder Brille und schenkte Getränke ein.

»Guten Tag«, sagte er zu dem Mann, »wir suchen Herrn Brummer, Gert Brummer. Er ist Gast bei Ihnen und wir wollen ihn hier treffen. Aber leider wissen wir beide nicht, wie er aussieht.«

»Alle Menschen streben von Natur nach Wissen«, antwortete der Mann und goss ein Glas Wasser ein.

Berger schaute verwirrt.

»Wir suchen Herrn Gert Brummer«, wiederholte sie dann.

»Formulieren sie das doch als Frage, dann kann ich Ihnen antworten. Bisher stellen Sie bloß Aussagen in den Raum, mit denen ich nichts anfangen kann.«

Berger seufzte ergeben.

»Wie Sie wollen. Können Sie mir sagen, ob Gert Brummer hier im Lokal sitzt – ja oder nein? Und wenn er hier sitzt – welcher Gast ist es? Präzise genug?«

Der Mann strahlte.

»Perfekt. Gert Brummer ist der Mann, der alleine gleich links vom Eingang sitzt. Er hat ein Weißbier vor sich stehen und stochert etwas gelangweilt in seinem Salat herum. Hätte ich doch das Tagesmenü genommen, denkt er jetzt gerade vermutlich.«

»Ach, Gedankenleser sind Sie auch?«

»Aber nein, ich mach das Lokal hier bloß schon viele Jahre. Da weiß man so einiges. Wenn Sie zu meinem

Stammgast werden und Sie einige Abende hier hereinkommen, dann weiß ich in kürzester Zeit alles über Sie.«

Löffler verdrehte die Augen.

»Können wir jetzt?«, fragte er. »Dem Brummer wird der Salat kalt. Und mir platzt bald die Geduld.«

»Bis heute Abend dann«, rief der Wirt ihnen noch nach.

An Brummers Tisch zogen beide Kommissare Stühle zu sich her und setzten sich so, dass der Wurmlinger zwischen ihnen saß. Der schaute erst nach links, dann nach rechts, dann nahm er seine Gabel, spießte ein hellrot-blasses Stück Tomate auf und schob es sich in den Mund. Ganz ruhig kaute er und schien die beiden am Tisch gar nicht mehr wahrzunehmen.

Das schien den Polizisten ebenfalls aufzufallen, denn die räusperten sich abwechselnd, um auf sich aufmerksam zu machen.

Keine Reaktion.

»Was ist das für ein Kaspertheater«, unterbrach Christian Löffler schließlich energisch dieses merkwürdige Spiel, »wir sind hier, um mit Ihnen etwas wegen dieser Baulandgeschichten in Wurmlingen zu besprechen, und Sie benehmen sich jetzt gefälligst.«

Mitten im Kauen hielt Brummer inne. Er hob den Kopf und schaute beide Kommissare an, als habe er jetzt erst ihre Anwesenheit wahrgenommen.

»Ist ja schon gut«, meinte er dann, »ich wollte mich bloß nicht beim Essen stören lassen.«

»Dann sollten wir auf das Präsidium gehen, in den Verhörraum«, sagte Berger ganz leise, »dort sind wir ganz sicher ungestört. Wollen Sie gleich bezahlen oder erst in ein paar Tagen, wenn wir Sie wieder rauslassen?«

Die leere Drohung saß.

»Nun werden sie bloß nicht komisch«, reagierte der

Mann unvermittelt und schob seinen Teller beiseite, »ich will ja helfen. Aber sagen Sie mir doch mal wie. Am Telefon habe ich das nicht ganz kapiert.«

Nun seufzte die Kommissarin ziemlich ungnädig.

»Sie haben das sehr wohl kapiert. Und jetzt stelle ich Ihnen mal ein paar Fragen, gemeinsam mit meinem Vorgesetzten. Das hier ist Hauptkommissar Christian Löffler, ich bin Monika Berger.«

»Fragen Sie, fragen Sie. Mein Essen kann ja nicht kalt werden. Also nicht noch kälter.«

»Na schön«, eröffnete Berger, »Sie sind doch einer derer, die ihr Grundstück nicht verkaufen wollen. Das Grundstück, das die Gemeinde erwerben will, um es danach erschließen zu lassen. Außer Ihnen gibt es nur noch einen, der sich weigert.«

»Klar, ich weiß, die Bea Knaller, die will auch nicht. Die anderen Schlappschwänze sehen doch bloß die Kohle oder fügen sich, weil die Staatsgewalt dahintersteht. Aber mir ist das scheißegal, ich brauch das Geld nicht. Und der Staat ist mir auch wurscht.«

»Was ist mit Solidarität mit den anderen?«

»Das Wort kann ich nicht mal buchstabieren.«

Berger schüttelte den Kopf.

»Sie wohnen alle in einem Dorf, da hält man doch zusammen. Sie brauchen das Grundstück nicht wirklich, oder? Pflanzen Sie das an oder betreiben Sie Obstanbau im großen Stil? Oder ist es wirklich bloße Gehässigkeit, die Sie das Land nicht verkaufen lässt?«

»Das geht Sie gar nichts an. Sagen Sie mir lieber, worüber wir hier reden.«

Löffler schnippte ein Stück Papier, das er von der Serviette abgerissen und zusammengeknüllt hatte, in Brummers Salat.

»Oh, das tut mir aber leid«, sagte er lächelnd, »wie ungeschickt. Das können Sie jetzt nicht mehr essen. Aber jetzt haben wir wenigstens Zeit, um uns mal eingehend zu unterhalten. Zum Beispiel könnten Sie mir sagen, ob man Ihnen in letzter Zeit mal ein Angebot gemacht, das Sie eigentlich nicht ablehnen können. Ein Angebot für Ihr Grundstück, wohlgemerkt.«

»Im Gegenteil, man hat mir ein Angebot gemacht, das ich ablehnen musste. Das der Stadt nämlich. Ich lass mir doch nicht vorschreiben, wann ich zu welchem Preis an wen verkaufen muss. Ich doch nicht. Schon gar nicht von den blöden Wurmlingern.«

»Sie sind doch auch Wurmlinger.«

»Ja, aber man hat mich und meine Familie immer schlecht behandelt. Das fing mit dem Weinberg an, den wir jahrelang betrieben haben. Als es nicht mehr ging, lag er brach. Mein Vater war alt, meine Mutter krank und ich im Beruf. Da ging nix mehr mit Anbau. Weinberge sind hart, da gehst du nicht eben mal hin und zupfelst die Trauben ab. Und als der Berg langsam zuwuchs mit all dem Gestrüpp und Gras, kam eines Tages eine Delegation Weingärtner und hat uns klar gemacht, dass wir den Berg entweder wieder anbauen oder ihn hergeben müssen. Gezwungen haben sie uns. Anders kann man das nicht sagen. Und jetzt haben wir keinen Weinberg mehr.«

»Es gibt Regeln. Das gilt auch für Weinberge.«

Brummer wischte den Einwand Bergers mit der Hand beiseite.

»Das nächste war unser Baugesuch. Wir wollten einen Flachbau, das wäre perfekt gewesen. Pustekuchen, das haben die abgelehnt. Ortsbildsatzung. Satteldach. Alle Architektenpläne für die Katz. Aber einem anderen Wurmlinger haben sie genau das erlaubt, was man uns verboten hat.«

»Ach, Sie armer Kerl, jeder will Ihnen Böses. Okay, nun sagen Sie mal – ist irgendjemand an Sie herangetreten und hat Sie bedroht, wenn Sie das Grundstück nicht verkaufen? Gab es Hinweise auf Druck, auf Erpressung, irgendwas?«

Brummer schwieg tatsächlich eine Weile, überlegte und vergaß kurzfristig, wie böse die Wurmlinger Welt zu ihm gewesen war und immer noch ist.

»Nein«, schüttelte er dann den Kopf, »gesagt hat keiner was zu mir. Also, ich meine, gefragt und gebeten haben mich schon einige. Aber denen habe ich den Mittelfinger gezeigt. Aber sagen Sie mal – warum ist das alles denn so wichtig? Wenn ich nicht verkaufe, dann suchen die sich halt ein anderes Gebiet. Oder sie klammern meine Äcker aus und erschließen den Rest.«

»Nein«, klärte Berger ihn auf, »so einfach ist das nicht. Es gibt kaum ein Gebiet um Wurmlingen, das sich als Baugelände eignet. Und wenn es keines gibt, kommen keine Einwohner dazu und vor allem keine Unternehmen, kein Gewerbe, keine Arbeitsplätze. Sie verstehen schon: Gewerbesteuer, Arbeitsplätze, so was alles. Und genau das verhindern Sie mit Ihrer Haltung.«

Brummer lachte laut.

»Sie quatschen genau das Gleiche wie die Typen von der Stadt. Oder wie unser Ortschaftsrat. Sind Sie sicher, dass Sie von der Polizei sind und nicht zur Lobby der Häuslesbauer gehören? Haben Sie mir eigentlich Ihre Ausweise gezeigt?«

Damit schnippte er den Papierfetzen aus seinem Salat, schnappte sich die Gabel und aß weiter.

Die Polizisten saßen da wie bestellt und nicht abgeholt.

Löffler fühlte sich unbehaglich, gedemütigt und, nun ja, verarscht von dem Typen, der in aller Ruhe seinen Salat in sich hineinstopfte. Natürlich hätte er ihm gerne die Soße über den Kopf geleert oder ihm die Gabel in die Hand gerammt. Aber das hätte irgendwie auch nichts an seiner miesen Laune geändert.

Okay, aber eines gab es noch zu tun.

»Die Bea Knaller, Sie wissen schon, die auch nicht verkauft – haben Sie eine Ahnung, warum die nicht bei der Sache mitmacht?«

Brummer kaute auf einer Tomate herum und überlegte. Aus den Mundwinkeln lief ihm ein Faden mit Tomatensaft, aber das kümmerte ihn nicht. Erst als er auf den Tisch tropfte, schnappte er sich eine Serviette und rieb sich den Mund ab.

»Weil sie spinnt«, sagte er schließlich. »Bea ist einfach durchgeknallt, die dürfte gar nicht frei herumlaufen. Sie ist eine von denen, die immer eine große Klappe haben, aber nie was machen. Seit der Schule erzählt sie allen Leuten im Ort, dass sie eine Weltreise macht, jahrelang. Und sich dann in der Südsee niederlässt. Zur Fasnet kam sie im Baströckchen mit nix drunter und bloß einem Schal um die Brust geschlungen. In den Haaren hatte sie Blumen, die waren vereist. Bei 15 Grad minus kein Wunder. So lief sie die Bricciusstraße entlang, mitten unter den Wurmlinger Randlmäx und den Bajas-Figuren. Mit Sandalen. Das war eine Show.«

Er schwieg und genoss ganz offensichtlich die Erinnerung an jenen denkwürdigen Fasnetsumzug.

»Soweit ich weiß, hat sie erst zugestimmt, ihre Grundstücke zu verkaufen. Die hat sie nämlich von ihrer Mutter geerbt. Eines Tages rief ein Unbekannter die ganzen Eigentümer an und erzählte denen, dass dort Flüchtlingsheime gebaut würden und Hochhäuser. Die meisten Deppen haben das geglaubt und ihre Zusagen wieder zurückgezogen. Die Knaller auch.«

»Hat man Sie auch angerufen?«, fragte Berger.

»Kein Kommentar.«

Löffler zog Brummer, der mit der Gabel im Salat stocherte, den Teller weg.

»Waren Sie der Anrufer?«

Der Mann stieß mit der Gabel ins Leere. Dann schaute er Löffler an und grinste.

»Ein wenig Freude im Leben sollte man sich schon gönnen.«

Löffler kochte innerlich. Selten ließ er sich im Job von seinen Emotionen überrennen. Aber der Typ ihm gegenüber stellte ihn auf eine harte Probe.

»Das hier sage ich jetzt ohne Zeugen: Sie sind eine Ratte. Am liebsten würde ich Ihnen etwas anhängen. Aber leider ist das nicht strafbar, was Sie hier veranstalten.«

Brummer hatte einen roten Kopf bekommen.

»Es geht Sie gar nichts an, was ich in meiner Freizeit mache«, keuchte er und begann plötzlich zu schwitzen. Er nahm die Serviette und wischte sich übers Gesicht.

Er ist eine arme Sau, dachte der Hauptkommissar, und solche armen Säue suchen immer welche, die noch ärmere Säue als sie selbst sind. Und wenn sie ganz verzweifelt sind, dann tun sie anderen Menschen Böses an. Brummer wäre vielleicht sogar ein Verdächtiger, überlegte Löffler weiter, aber er hat kein Motiv. Sein Hass auf alles um ihn herum bringt keine Baumwiesenbesitzer um. Solche armen Säue wie Brummer sind für eine solche Tat ohnehin zu feige.

»Wir vermuten«, übernahm die Kommissarin nun das Reden, »dass die beiden Morde an den Wurmlingern, an Bauer und Maisch, mit diesen Grundstücksverkäufen zusammenhängen. Können Sie sich das vorstellen?«

Brummer war überrascht.

»Mit den Grundstücken? Wieso das denn?«

Er dachte kurz nach und fuhr dann fort:

»Ach, ich verstehe, Sie denken, dass jemand die um die Ecke bringt, die nicht verkaufen. Aber ich lebe ja auch noch und ich verkaufe nicht. Ich kann mir nicht vorstellen, dass jemand von denen, die da mit Grundstücken dabei sind, so ein Blutbad anrichtet. Das ist ja krank. Total irre.«

»Wer bekommt denn Ihre Grundstücke, wenn Sie mal tot sind?«, fragte Löffler.

»Wenn ich mal tot bin? Keine Ahnung, ich habe keine Verwandten mehr.«

»Keine Tanten, Onkels, Brüder oder Schwestern? Gar niemand mehr? Oder wenigstens ein Testament? Eines, in dem steht, wem Sie alles hinterlassen.«

»Alles?«

»Na, Ihre Vermögenswerte. Und die Grundstücke natürlich, die werden ja einiges wert sein.«

»Ja, schon. Aber jetzt haben Sie mich auf dem falschen Fuß erwischt. Wer bekommt denn mein Erbe, wenn ich keine Hinterbliebenen habe? Wissen Sie das denn?«

»Der Staat. Das Finanzamt Baden-Württemberg in Ihrem Fall.«

Das brachte nun sogar den Wurmlinger zum Schweigen und Nachdenken.

»Dann wird es wohl Zeit«, sagte er schließlich, »dass ich ein Testament schreibe. Es kann ja wohl kaum sein, dass ich diesem Scheißstaat mein Hab und Gut hinterlasse. Da gebe ich ja lieber alles meinem Hund.«

»Sie haben einen Hund?«

»Nein, habe ich nicht. Aber hätte ich einen, wäre er mein Nachlassverwalter. Na, wie finden Sie das?«

»Kindisch.«

»Das wird man wohl im Alter, habe ich mir sagen lassen. Aber ich habe eine bessere Idee. Ich vermache alles dem FC Bayern München. Das sind die einzigen, die mich nicht enttäuscht haben. Oder wenigstens ganz selten. Genau, das mache ich. Ist das mal eine Idee: Mein Erbe kriegt ein Fußballverein.«

»Sie müssen aufpassen«, meinte Berger nach einer kurzen Pause, »dass das nicht schneller der Fall ist, als Sie denken.«

»Wieso das denn? Ich bin kerngesund.«

»Wenn wir richtig liegen, dann ist jeder gefährdet, der sein Grundstück nicht verkauft. Und viele bleiben nicht mehr übrig. Sie und Bea Knaller, das war es auch schon.«

Der Mann starrte eine Weile vor sich hin.

»Na und«, meinte er schließlich, »ich habe keine Angst. Und außerdem kann ich mir nicht vorstellen, dass es diesen Verrückten wirklich gibt. Kam da nicht ein Artikel in der Zeitung heute, nach dem ein Geflüchteter dringend tatverdächtig ist? In der Ecke sollten Sie mal suchen. Solche Typen sind zu allem fähig.«

»Sie meinen, ein Syrer oder ein Afghane hat einen Hass auf alle Wurmlinger und löscht sie nach und nach aus? Ja, das wäre ein perfider Plan. Von Damaskus nach Wurmlingen – und dann den Rest der Welt.«

Brummer fuchtelte mit seiner Gabel ganz aufgebracht vor Bergers Gesicht herum, ehe diese einfach nach ihr griff und sie dem Mann aus der Hand nahm. Aber der schien das überhaupt nicht zu registrieren.

»So wie Sie das sagen, klingt das natürlich blöd. Aber ich bitte Sie – eine Frau, bei Nacht an einem einsamen Ort, in der Nähe eine Flüchtlingsunterkunft. Das riecht ja förmlich nach … nun ja … nach Übergriff … von ausländischer Seite.«

Löffler schüttelte den Kopf. Fassungslos. Ungläubig.

»Genau, Herr Brummer. Und da passt auch, dass Bernd Bauer, ein älterer Mann, tagsüber beim Lauftraining auf dem Gelände einer Sportanlage getötet wurde. In der Nähe einer Flüchtlingsunterkunft. Unübersehbar die Parallelen.«

Brummer schwieg. Er schien beleidigt zu sein.

Berger schaute zu Löffler hin, der nickte. Beide erhoben sich. Brummer blickte zu ihnen hoch. Es sah aus, als erwache er aus einem tiefen Tagtraum.

»Passen Sie auf sich auf, Brummer«, meinte Löffler, »der Bauplatzkiller ist noch nicht am Ende. Konzentrieren Sie sich darauf, eher jedenfalls als auf irgendwelche rassistischen Parolen. Der, der das mit dem Wurmlingern angefangen hat, kommt jedenfalls weder aus Syrien noch aus einem anderen arabischen oder afrikanischen Land.«

»Es ist ein Killer, den Sie vermutlich sogar kennen«, ergänzte Berger.

»Und er natürlich auch Sie. Sozusagen Wurmlinger unter sich.«

Brummer schüttelte unbestimmt den Kopf.

»Sie spinnen doch.«

Berger hielt den Daumen nach oben.

»Viel Glück beim Überleben.«

Dann machten die beiden Polizisten sich auf den Weg zum Auto.

Und zu Bea Knaller.

Über die Neckarbrücke fuhren sie die Mühlstraße hoch. Oben bog Löffler, der selbst fuhr, verkehrswidrig links ab und fuhr in der Altstadt an der Alten Mensa vorbei. Gegenüber der Altstadtkneipe »Boulanger« war eine Parklücke frei. Löffler steuerte sie an und stellte den Wagen ab.

»Nur für Anwohner«, sagte Berger und zeigte auf ein Verkehrszeichen.

»Wir sind die Polizei. Wir sind die Guten.«

»Aber freie Parkplätze gibt es trotzdem nicht für uns, nicht einmal strafzettelresistent sind wir.«

Sie marschierten gemeinsam zur Kornhausstraße. Dort, auf der rechten Seite, befand sich das »X«, so etwas wie ein Wahrzeichen Tübingens. Dabei ist es bloß ein Imbiss. Einer, der bekannt ist über die Grenzen der Unistadt hinaus. Es gibt einen Straßenverkauf und man kann sich ins Lokalinnere setzen. Selbst einen ersten Stock hat das Lokal.

Das »X« wird zu jeder Tages- und Nachtzeit von den Gästen angesteuert. Die Currywürste oder die Hamburger haben eine einmalige Qualität. Das ist der perfekte Snack zwischendurch, wenn die Kneipengänger während ihrer Sitzungen in den Altstadtbeizen ein Hüngerlein verspüren. Zwischen zwei Bieren kann man sich rasch mal einen kleinen Cheeseburger, vielleicht auch ein Schaschlik reinziehen und dann weiterzechen. Aber auch die Massen an Touristen, die die Stadt Hölderlins besuchen, stehen während eines Stadtrundgangs gerne mal Schlange am Imbiss. Denn Zeiten, in denen sich lange Trauben wartender Kunden vor dem Imbiss bilden, sind Bestandteil des Kults des »X«. Das gehört sozusagen zur ekstatischen Vorfreude auf die Wurst.

Jetzt, in der Kälte des Winternachmittags, standen gerade mal drei Männer und eine Frau an der Durchreiche zur Straße. Es hatte angefangen, leicht zu schneien.

Die beiden Polizisten steuerten die Frau an, die vor einem Pappteller mit Salat stand. Als die beiden neben ihr standen, schob sie den Teller beiseite, wischte sich mit einer Papierserviette über den Mund und lächelte sie an.

»Das sind ja mal zwei hübsche Polizisten. Hat man Sie extra für mich ausgesucht oder sehen inzwischen alle Cops aus wie aus dem Modejournal?«

Die zwei Männer neben ihnen hatten sich bei dem Wort Polizisten zu dem Trio hingedreht. Sie beobachteten neugierig, was sich da in ihrer Nähe tat.

»Sollen wir nicht reingehen?«, bot Löffler der Frau an.

»Sollten wir uns nicht erst mal vorstellen? Ich bin Beatrice Knaller und wie heißen Sie beide? Sie sind doch kein Paar, oder?«

»Ich bin der Erste Polizeihauptkommissar Christian Löffler und das hier«, er deutete auf seine Kollegin, »ist die Hauptkommissarin Monika Berger. Und jetzt könnten wir ja reingehen, wenn es Ihnen nichts ausmacht.«

Die Frau trat einen Schritt zurück.

»Das macht mir aber was aus. Ich will da nicht rein. Im Innern ist die Küche, da sind die Grills. Der Geruch setzt sich in meiner Kleidung ab, das will ich nicht.«

»Aber es schneit und wir frieren, wenn wir uns noch lange im Freien aufhalten.«

»Ich friere nicht. Was mit Ihnen ist, geht mich nichts an. Außerdem wollen Sie etwas von mir, Sie haben mich angerufen, nicht umgekehrt.«

Jetzt erst musterte Löffler die Frau etwas genauer. Was er sah, war eine etwas dickliche Endvierzigerin mit einem leicht aufgedunsenen Gesicht. Medikamente oder Alkohol, dachte er spontan. Sie wirkte irgendwie … beleidigt. Ja, beleidigt, so, als nehme sie alles Elend der Welt persönlich. Dennoch wurde er den Gedanken nicht los, sie reite auf dieser Mitleidsmasche und versuche die anderen Menschen in einen Sog zu ziehen, der ihr nützte.

Ach, mein misstrauisches Polizistenhirn, dachte Löffler schnell.

»Wenn wir hierbleiben, friert Ihr Salat zu hartem Eis«, sagte Berger und wies mit dem rechten Zeigefinger auf den Teller hin.

»Mir egal, ich hätte den sowieso nur aus Protest gegessen.«

»Protest? Was für ein Protest?«

Sie deutet vage auf das Gebäude neben sich, auf das »X«.

»Gegen den Genuss dieses ganzen Fleisches hier. Schauen Sie sich das mal an, das ist doch die reinste Tierverwertungsstelle. Außer Beilagen gibt es hier nur Teile, die mal zu Tieren gehört haben. Die armen Viecher. Dabei habe ich das früher nicht mal beachtet. Das, mit den Tieren und dem Fleisch. Aber seitdem hier in Tübingen die Proteste laufen gegen die Tierversuche und die Affenversuche oben auf dem Sand oder beim Max-Planck-Institut – seitdem denke ich immer an die toten Augen der Viecher, wenn ich mir ein Stück Fleisch in den Mund schiebe. Also esse ich Salat und denke mir dabei, dass ich jetzt dasselbe esse wie die Tiere, die ich jetzt nicht mehr esse. Das ist ein ganz neues Lebensgefühl.«

»Na schön«, resignierte Berger, »dann schlage ich vor, wir gehen während unseres Gesprächs ein paar Schritte durch die Stadt und unterhalten uns dabei. Und wir passen auf, dass wir auf keine Tiere treten, die in den Ritzen der Pflastersteine leben.«

»Verarschen kann ich mich alleine, Sie blöde Kuh«, schrie Knaller die Polizistin an.

Sie nahm ihren Teller mit dem Salat und warf ihn Berger vor die Füße. Dann stand sie zitternd vor Zorn vor ihr und schien ernsthaft zu überlegen, ob sie der Polizistin eins aufs Maul geben sollte.

Nachdem sie sich offensichtlich dagegen entschieden hatte, entspannte sich ihr ganzer Körper und sie lächelte erst Berger, dann Löffler an, als sei nichts passiert.

Ich habe recht mir ihr, dachte Löffler zufrieden, sie ist nicht das nette, naive Frauchen, als das sie sich hier präsentiert. Die wandelt knapp am Rande des Wahnsinns und ist vermutlich völlig unberechenbar.

»Frau Knaller«, wurde der Hauptkommissar dann sachlich, »wir kommen wegen Ihres Grundstücks in Wurmlingen. Sie haben dort Äcker und Wiesen, die für ein Baugebiet gebraucht werden, aber Sie wollen nicht verkaufen. Sie und Brummer sind die einzigen, an denen das ganz Projekt noch scheitern könnte.«

Die Frau trat einen Schritt zurück.

»Kommen Sie etwa von der Stadt und wollen mich zwingen zu verkaufen? Arbeitet die Polizei jetzt mit der Verwaltung zusammen und will mich zwingen, meine Äcker zu verkaufen?«

Die Leute am Nebentisch starrten die drei weiterhin an. Kino in der Mittagspause. Eine Crime-Story zur Currywurst.

»Lassen Sie uns von hier weggehen«, sagte Berger nun energischer, »wir müssen uns in Ruhe unterhalten.«

»Ich gehe nirgendwo hin. Wer weiß, was Sie mit mir anstellen, wenn wir erst mal unter uns sind. Das ist mir zu gefährlich.«

Löffler hatte genug von dem Theater.

»Nun hören Sie mal zu«, sagte er, »Sie gehen jetzt mit uns oder ich lasse Sie von den Kollegen mit Blaulicht und in Handschellen abholen. Widerstand gegen die Staatsgewalt. Ihre Entscheidung. Aber bitte sofort.«

Es rumorte in der Wurmlingerin. Das Gesicht wirkte noch zerknautschter, als sie ihre inneren Kämpfe damit nach außen trug.

»Na gut, ich gebe nach. Ungern. Aber gegen das Gesetz und seine Vertreter kann man nicht kämpfen, wenn man alleine ist.«

Zu dritt stapften sie durch das leichte Schneetreiben,

gingen in Richtung Krumme Brücke zur Ammergasse. Die beiden Kommissare hatten Knaller in die Mitte genommen.

»Hören Sie«, begann Löffler mit der Unterhaltung, »es geht um das Baugebiet in Wurmlingen, bei dem Sie Ihre Äcker nicht verkaufen wollen. Deshalb könnte es sein, dass das ganze Vorhaben platzt. Es gab ursprünglich vier Eigentümer, die nicht verkauft haben. Zwei davon sind tot. Wir halten das für keinen Zufall. Das haben wir auch Gert Brummer gesagt. Er will noch immer nicht verkaufen, obwohl wir ihn auf die Gefahr hingewiesen haben.«

Die Frau hatte ruhig zugehört. Auch nachdem Löffler schwieg, sagte sie nichts. So gingen die drei durch den Schnee die Ammergasse entlang zum Haagtor.

»Haben Sie gehört, was mein Kollege gesagt hat?«, fragte Berger, weil die Frau keine Anstalten machte, einen Ton von sich zu geben.

Die blieb stehen, stemmte die Arme in die Hüften und schaute die beiden Polizisten abwechselnd an. Dann lächelte sie plötzlich.

»Ich hab mir doch gleich gedacht, dass der wahnsinnige Brummer stur bleibt. Der ist einfach zu blöde, um Angst zu haben. Das war schon in der Schule so. Immer dann, wenn es darum ging, einen Blödsinn zu machen, haben sie den Brummer damit beauftragt. Einmal ist er auf den Dachfirst des Schulgebäudes geklettert für eine Blechmedaille, die einer im Müll gefunden hat. Ihm haben sie gesagt, es sei eine originale olympische Medaille. Total blöde der Typ.«

Stumm gingen sie weiter.

»Hat sich denn jemand bei Ihnen gemeldet wegen des Verkaufs?«, fragte Berger, »jemand, der Sie drängen wollte zum Verkauf.«

»Klar, die Leute von der Stadt und der Verwaltung. Der Ortsvorsteher. Ein paar Wurmlinger, die gesagt haben, ich solle gefälligst verkaufen.«

»Hat man Sie bedroht?«

»Nein.«

»Und warum verkaufen Sie nicht?«

»Keine Ahnung.«

»Aber es muss doch Gründe geben. Immerhin kriegen Sie eine ganz schöne Stange Geld dafür. Oder brauchen Sie das Geld nicht?«

Sie schaute irritiert.

»Natürlich brauche ich das Geld. Irgendwie. Also nicht so dringend, aber halt … irgendwie. Wie man eben so Geld braucht. Für das Leben. Zum Atmen. Zum Ruhig-Schlafen. Na ja, das Übliche halt.«

»Dann wäre so ein Verkauf doch perfekt.«

»Aber ich habe viel mehr Spaß, wenn ich nicht verkaufe. Die ganzen Anrufe, die Gespräche, die Streitereien, Schmeicheleien und die Besuche von Leuten, die ich seit Jahren nicht gesehen habe. Zum letzten Mal in der Grundschule. Das hat doch auch was, oder etwa nicht?«

Sie grinste die Polizisten neckisch an. Irgendwie hat ihr Blick etwas Irres, dachte Löffler. Er musste die Augen abwenden. Etwas hinter den Pupillen Knallers bereitete ihm Unbehagen.

»Können Sie sich denn jemanden vorstellen, der oder die so weit gehen würde, einen anderen umzubringen, bloß damit seine Nachkommen, also seine oder ihre Erben, verkaufen? Gibt es so jemanden unter all den Gütlesbesitzern?«

Knaller dachte nach. Währenddessen drehten sie um, marschierten zurück, am »Ammerschlag« vorbei, dessen Fensterläden noch geschlossen waren um diese Uhrzeit. Die Kultkneipe machte erst am späten Nachmittag ihre

Türen auf. Immerhin hatte an ihrem Tresen zum Beispiel schon mal Rory Gallagher nach einem Konzert in Böblingen sich zugeschüttet. In den alten Tagen waren im Inneren des »Ammerschlags« Kurzfilme gedreht und viel Bluesmusik einer riesigen Sammlung Vinyl-Platten aufgelegt worden – noch heute spielen regelmäßig Bands dort. Die Eigentümerin Jutta lädt regelmäßig zu Jam-Sessions von Musikern ein, die einfach ihre Instrumente mitbringen und dann gemeinsam loslegen.

»Ich könnte mir schon vorstellen«, antwortete Knaller schließlich, »dass die Bauers ihren Vater umgelegt haben. Die sind doch beide nicht ganz dicht. Und Geld brauchen die allemal, nachdem der Alte sich mit der Bulgarin abgesetzt hat. Das hat denen ganz schön zugesetzt. Und ihr Vater war denen schon immer egal. Haben Sie denn denen ihr Alibi überprüft?«

Berger wurde verlegen.

»Wir haben uns bereits um die beiden gekümmert«, sagte sie schließlich, und suchte dabei den Blick Löfflers, »keine Angst, wir machen unseren Job zu 100 Prozent.«

»Und? Haben sie ein Alibi?«

Berger zögerte.

»Das kann ich Ihnen nicht sagen. Und das geht Sie auch gar nichts an. Das ist Polizeigeheimnis. Datenschutz.«

Knaller grinste.

»Also nix mit Alibi. Na, dann haben Sie ja Ihren Mörder.«

Jetzt griff Löffler ein.

»Nun reden Sie mal keinen Quatsch. Oder sind Sie vielleicht der Meinung, sie hätten auch Anna Maisch um die Ecke gebracht? Ein Geschwisterpaar als Serienkiller? Klingt gut für den Boulevard und die sozialen Medien – ist aber Unsinn.«

Knaller behielt ihr Gegrinse bei.

»So wie Sie reagieren, wissen Sie gar nichts. Punkt. Und jetzt brauchen Sie mich, um Infos zu holen, weil Sie keinen Schritt weiterkommen. Richtig?«

»Nehmen Sie sich nicht so wichtig«, übernahm nun wieder Berger, »wir machen mit Ihnen eine ganz normale Routinebefragung. Also noch mal: Haben Sie, abgesehen von den Geschwistern, einen Verdacht, wer hier dauernd Leute umbringt?«

»Nein.«

»Nein?«

»Genau. Ich habe keine Ahnung, wer hier so durchdreht. Aber eines weiß ich genau – ich verkaufe nicht, und wenn es mich das Leben kostet. Und zwar einfach aus Trotz.«

»Der Trotz ist Ihnen Ihr Leben wert?«, fragte nun Löffler erstaunt. »Wenn wir richtig liegen, werden alle die umgebracht, die sich weigern, ihre Grundstücke zu verkaufen.«

»Dabei verstehe ich das ohnehin nicht«, fuhr Berger fort und es sah so aus, als denke sie laut nach. »Wozu lässt man denn eine nutzlose Baumwiese vor sich hindümpeln, wenn man stattdessen beim Verkauf etliche Tausender einstreichen kann. Das ist doch Schwachsinn. Am Ende muss man bloß die faulen Äpfel einsammeln und entsorgen, während die anderen, die, die verkauft haben, mit dem Cabrio vorbeirasen und eben mal locker herauswinken.«

Knaller grunzte leise vor sich hin. Das war wohl ihre Art zu lachen.

»Das ist doch das Schöne«, meinte sie dann, »dass man sich von so einem Denken freimacht und der Gesellschaft ein Schnippchen schlägt. Sie mit Ihrem kleinbürgerlichen Denken, Frau Kommissarin, werden nie die Wonnen erleben, die es einem bereitet, wenn einen die anderen anheulen und anbetteln und man sie einfach mit einem Fingerschnippen ins Leere laufen lässt. Man weiß, am liebsten würden sie einem an die Gurgel gehen, aber trauen tut sich niemand. Außer der merkwürdige Killer, der hier inzwischen für Lücken in der Ablehnungsfront sorgt. Da kommt einer her, drückt dem anderen einen Elektroschocker an den Hals und weg ist der. Oder die. Ist natürlich irgendwie auch konsequent.«

»Schön«, reagierte Berger, »dass der Killer Ihre Sympathien hat. Dann muss er sich nicht unverstanden fühlen.«

Beatrice Knaller lächelte.

»Die Underdogs haben immer meine Sympathie.«

Inzwischen waren sie vor der ehemaligen »Weinstube Göhner« angekommen, einem alten Traditionslokal in der Tübinger Unterstadt. Es war noch geschlossen. Nicht nur heute, sondern auch während der kommenden Wochen. Der Wirt, Helmut Kress, hörte auf, ging in Rente. Damit, überlegte Löffler ein bisschen wehmütig, verlässt das nächste Original das Tübinger Altstadtschiff. Dabei war der Mann nicht eigentlich wegen seiner schwäbischen Küche bekannt. Viel eher war er in den Blick der Öffentlichkeit geraten, als der damalige Oberbürgermeister Tübingens, Hans Gmelin, ihn höchstpersönlich in Handschellen hatte abführen lassen. Seine Vergehen: Er war homosexuell. Die liberale Kleinstadt war eben nicht immer liberal, schon gar nicht in den Sechzigern des vergangenen Jahrhunderts. Löffler fragte sich, was Kress wohl davon hielt, dass seine Nachfolger das Lokal nun »Wirtshaus zum tänzelnden Pony« nannten. Er selbst konnte über den Namen nur den Kopf schütteln. Nein, witzig fand er das nicht.

Berger schaute Knaller neugierig an.

»Wo waren Sie eigentlich in der Nacht des Mordes an der Maisch? Also so gegen 22 Uhr? Nur mal der Vollständigkeit halber. Sie wissen schon: Alibi.«

Wieder grunzte die Wurmlingerin ihr Lachen.

»Klar, müssen Sie fragen, Ich sage es Ihnen auch. Ich war nämlich zu Hause und habe mir meine Serie angeschaut. Alleine. Serien kann ich nur alleine gucken, da will ich nicht gestört werden.«

»Serie? Welche Serie denn?«

»Ich bin gerade bei der fünften Staffel auf Amazon von ›Good Wife‹.«

»Hat man Sie nicht wenigstens mal kurz besucht? Oder jemand hat Sie angerufen?«

Knaller schüttelte den Kopf.

»Ich weiß«, sagte sie, »der Klassiker. Ein Alibi, das keiner bestätigen kann. Aber mal Gegenfrage: Wieso sollte ich einen von denen umbringen? Die Maisch zum Beispiel. Für mich ist das doch sinnlos, es sei denn, ich wäre eine Psychopathin.«

»Sie wohnen doch oben in der Haaggasse, richtig?«, fuhr Berger hartnäckig fort.

Die Frau nickte.

»Wieso sind Sie weggezogen aus Wurmlingen?«

Die Frau schaute irritiert. Dann blickte sie traurig auf die Kommissarin.

»Sie waren doch schon mal in Wurmlingen, oder?«, sagte sie dann. »Da sollten Sie aber wissen, dass ein Mensch wie ich nicht dort leben kann. Ich bin eine Freidenkerin, eine, die keine Grenzen respektiert und die deshalb auch alleine vom täglichen Anblick der Kapelle auf dem Berg da oben erschlagen wurde.«

»Man wollte Sie also loshaben, oder?«

Knaller schwieg.

»Wieso wollte man Sie loshaben?«

»Ich habe immer noch ein Zimmer in Wurmlingen. Man wird mich nicht los. Und außerdem bin ich freiwillig gegangen.«

Berger lächelte. Sie hatte richtig geraten. Der alte Trick: Einfach mal im Nebel stochern, irgendwas wird man schon dabei treffen.

»Grinsen Sie nicht so blöd. Wenn Sie ohnehin schon Bescheid wissen, dann ist es eine Sauerei, mich hier auflaufen zu lassen.«

Nun übernahm Löffler wieder, dem das Ganze zu sehr aus dem Ruder lief.

»Wir kennen ja nur eine Seite«, stocherte er weiter, »was sagen Sie denn dazu? Was haben die anderen Ihnen denn angehängt?«

Knaller sah ihn misstrauisch an. Aber sein treuherziger Blick schien ihr Vertrauen einzuflößen.

»Man hat mich regelrecht aus dem Dorf gemobbt.«

»Man? Wer ist man?«

»Na, alle halt. Alle, die ich kannte, und viele, von denen ich nicht mal den Namen wusste. Alle haben sie auf mich eingeschlagen.«

Sie schwieg, starrte vor sich auf den Boden mit den Schneeflocken, die langsam eine Decke über die Straße legten.

»Ich hatte ein Verhältnis mit einem Fußballer. Mit dem besten Fußballer in dem Team. Aber der war verheiratet. Das war mir aber egal. Und ihm auch. Wir haben uns immer bei mir zu Hause getroffen. Er schlich sich vom Garten heran und kam über den Keller ins Haus. Manche haben es vielleicht sogar gewusst, aber keiner hat was gesagt.«

Sie schwieg. Dachte nach. Versuchte sich zu erinnern.

»Das war aber vorbei, als ich schwanger wurde. Als man gesehen hat, dass ich schwanger bin. Als mein Bauch dicker wurde und sich alle fragten, wo das Kind herkommt, wenn ich doch gar keinen Mann habe. Und keinen festen Freund.

Getuschelt haben die alle. Damals, vor 20 Jahren oder so, war ein uneheliches Kind auf dem Land noch immer ein Thema, um sich darüber das Maul zu zerreißen.«

»Ach, hören Sie doch auf«, mischte sich Berger ein, »das kann ich mir überhaupt nicht vorstellen. Der Ort ist doch bloß einen Steinwurf von Tübingen weg, da hat doch bestimmt etwas abgefärbt.«

Knaller grinste.

»Der Ort ist aber auch einen Steinwurf von Rottenburg weg. Und da herrschen andere Sitten. – Aber ist auch egal. Das Ganze wäre vielleicht auch nicht ganz so schlimm geworden, wenn Olaf – so hieß der Kicker – weiterhin seine Tore geschossen hätte. Hat er aber nicht. Und irgendwann kam dann auch raus, dass er der Vater des Kindes ist. Seine Frau hat alle aufgewiegelt gegen mich. Gegen uns. Ihr Vater ist auch noch einer der größten Arbeitgeber im Ort. Das war es dann für mich. ›Alte Nutte‹ oder ›verkommenes Stück‹ waren noch die netteren Beschimpfungen. Beim damaligen Bäcker wurde mir nichts mehr verkauft, im Lokal wurde ich nicht bedient, und wenn ich durch den Ort ging, wechselten die anderen die Straßenseite, wenn sie mir begegnet sind. Dann hat man mir den Job gekündigt. Aber Olaf hat trotzdem keine Tore geschossen. Und die Mannschaft ist nicht aufgestiegen. Daran war dann ich schuld.«

Inzwischen waren sie vor dem »Boulanger« angekommen. Sie waren die Lange Gasse hoch geschlendert und beim Collegium rechts eingebogen.

»Dann, eines Abends, war ich auf dem Weg in die Uhlandhalle. Dort gab es damals Schwangerensport. Nachdem ich mich dort angemeldet hatte, waren alle Wurmlingerinnen ausgetreten. Gerade noch eine Türkin und eine frisch Hinzugezogene aus Lübeck machten mit. Und ich. In der Lindenstraße kam plötzlich ein Auto aus einer Querstraße.

Es war schon dämmerig, aber das Auto hatte kein Licht. Es fuhr direkt auf mich zu, auf den Gehsteig hinauf. Am Bein und an der Hüfte hat es mich erwischt und ich fiel hin, kullerte auf die Straße. Dann machte sich der Wagen davon.«

Sie hielt inne. Die beiden Polizisten beobachteten sie. Sie war in Gedanken ganz offensichtlich in die Zeit zurückgekehrt, erlebte den Unfall gerade noch einmal. Obwohl es eigentlich kein Unfall gewesen war. Sondern ein klarer Anschlag.

»Ich habe mich nicht schwer verletzt«, setzte die Frau ihre Erzählung fort, »aber das Kind habe ich verloren. Wahrscheinlich war das ohnehin das Ziel der ganzen Sache. Es kam nie heraus, wer da am Steuer gesessen hat. Ich habe das Ganze zwar der Polizei gemeldet, aber was sollten die schon machen? Und ganz ehrlich – am Ende ist es doch ohnehin egal, wer da gefahren ist oder wer dafür verantwortlich war. Als ich dann das nächste Mal dem Olaf begegnet bin, hat er mich nicht einmal mehr angeschaut. Zwei Jahre später hat seine Frau ihn verlassen, weil er seine Hände nicht von den Frauen und dem Alkohol lassen konnte. Heute ist er Alkoholiker in Stuttgart. Sagt man. Keine Ahnung, ob das stimmt. Ich jedenfalls glaube es.«

Die drei hielten vor Löfflers Wagen an. Es schneite noch immer ganz leicht.

»Danach habe ich mich vom Acker gemacht. Ade Wurmlingen. Und wenn ich jetzt ein paar ärgern kann, die ihre Äcker verkaufen wollen, und es nicht geht, weil ich nicht mitspiele – umso besser. Das ist wenigstens ein bisschen Genugtuung. Ich bin so ein Mensch, der nichts vergisst und nicht vergibt.«

»Sagen Sie mal«, fragte Berger, ehe die Frau zurückging zum »X« oder wo immer es sie hinzog, »was passiert denn mit Ihren Grundstücken, wenn Ihnen etwas zustößt?«

»Sie meinen, wenn man mich umbringt? – Nun ja, so richtige Nachkommen habe ich eigentlich nicht.«

»Testament?«

»Ich? In meinem Alter? Das wäre ja wie das eigene Todesurteil. Da kann ich mich ja gleich vom Schlossturm stürzen.«

»Tja, in dem Fall geht alles, was Sie besitzen an den Staat. Ein klein wenig davon auch an Wurmlingen. Wenn Sie das unbedingt so wollen – bitte, es ist Ihre Entscheidung.«

Beatrice Knaller schaute Berger bestürzt an.

»So habe ich das noch nie betrachtet«, stieß sie dann etwas atemlos hervor. »Aber klar, da muss ich etwas unternehmen. Da hat sich das Gespräch mit euch ja doch noch gelohnt. So, aber jetzt muss ich gehen, ich habe noch Yogakurs heute.«

Berger zupfte sie am Ärmel.

»Und die Bedrohung? Haben Sie keine Angst, dass es Ihnen gehen könnte wie den beiden anderen? Wollen Sie nicht doch verkaufen?«

Knaller zuckte zurück.

»Sind Sie irre? Ich verkaufe doch jetzt nicht mehr, nachdem ich mich so lange geweigert habe. Da mache ich mich doch lächerlich. Da kann ich ja morgens nicht mehr in meinen eigenen Spiegel gucken. Keine Angst, ich weiß mich schon zu verteidigen, sehen Sie mal.«

Mit einem Ruck zog sie Berger über die Schulter und warf sie vor sich auf den mittlerweile schneebedeckten Boden. Geistesgegenwärtig hatte die Kommissarin sich zusammengerollt, als sie auf dem harten Steinboden aufkam. Das half ihr dabei, sich bei dem Aufprall nicht zu verletzen. Trotzdem blieb sie benommen auf dem Boden liegen und stöhnte leise.

Löffler reagierte, so schnell er konnte. Dennoch war es ihm nicht gelungen, den Angriff aufzuhalten. Dafür kam der zu unerwartet und völlig ohne Vorankündigung.

Mit einem Satz war er auf Knaller zugesprungen, stieß sie mit der Faust heftig gegen den Wagen hinter ihr. Sie prallte auf die Kühlerhaube und rollte dann zu Boden.

Löffler sah nach ihr. Sie bewegte sich. Versuchte, auf die Beine zu kommen. Schwer verletzt war sie jedenfalls nicht.

Dann wandte der Kommissar sich seiner Kollegin zu.

»Was ist mit Ihnen?«, fragte er und griff nach ihrer Hand. »Können Sie aufstehen? Versuchen Sie es, ich halte Sie.«

Er zog an Bergers rechtem Arm.

Die Kommissarin stöhnte noch einmal. Dann kniete sie sich hin. Löffler zog heftig und die Polizistin kam auf die Beine. Sie lehnte sich gegen das Auto und rieb sich die Schulter.

»Mist«, sagte sie, »das tut ja höllisch weh. Ich bin auf die Schulter gefallen, auf dieses Knöchelchen, das weh tut. Ausgerechnet.«

Sie hörten leise Schmerzlaute neben sich. Als sie sich umwandten, sahen sie Bea Knaller auf allen vieren zu ihnen herkriechen. Als sie direkt vor ihnen kniete, nahm sie offensichtlich alle Kräfte zusammen und zog sich an Löfflers Bein hoch. Als sie stand, atmete sie eine Weile schwer, während die beiden Polizisten sie schweigend beobachteten. Sie strich sich über die Stirn. Sie hatte etwas Blut am Finger. Es stammte von einer kleinen Wunde am Kopf.

»Sind Sie nicht ganz dicht?«, fragte Berger schließlich.

Sie konnte ihre Wut nicht mehr zurückhalten.

»Ich? Warum ich? Ihr Bullen habt mich doch zu Boden geschleudert und mir fast das Genick gebrochen. Das wird ein Nachspiel haben, das sage ich euch.«

Sie wedelte mit dem blutigen Finger vor den Gesichtern der Polizisten herum.

Selbst Löffler war nun einigermaßen baff. Diese Dreistigkeit hatte selbst er noch nicht erlebt. Aber er fing sich zügig.

Die Erfahrung zeigte: Aufregen brachte da gar nichts. Entweder war die Frau völlig durch den Wind und unberechenbar. Oder sie war extrem schlau und drehte die Geschichte sehr geschickt zu ihren Gunsten.

Wie auch immer – es lohnte sich nicht, einen Kleinkrieg mit der Frau zu beginnen. Sie hatten zwei Mordfälle zu lösen.

»Ich würde meinen«, sagte er zu Bea Knaller, »es handelt sich um ein Remis. Und jetzt sollten wir uns verabschieden. Wir haben es alle eilig.«

»Moment«, mischte sich da Berger ein. »eine Sache muss noch geklärt werden. Nämlich Ihr Alibi. Sonst kommen Sie hier nicht weg.«

Knaller musste wohl den Eindruck haben, dass Berger zu allem entschlossen war, wie sie da, noch immer mit hektischer Rotfärbung auf den Backen, breitbeinig vor ihr stand.

So seufzte die Frau erst mal.

»Das haben Sie mich vorhin doch schon mal gefragt.«

Dazu grinste sie, nun ja – verschlagen.

»Und wissen Sie noch, was Sie geantwortet haben?«

»Mich legen Sie nicht rein. Mal abgesehen davon, dass es ja auch nichts zum Reinlegen gibt bei mir. Also: zu Hause, Fernseher, Good Wife, kein Besuch. Ende.«

Danach stapfte sie durch die dünne Schneedecke wieder Richtung Altstadt.

Löffler zuckte mit den Schultern, als Knaller nicht mehr zu sehen war.

»Da kann man nichts machen«, sagte er, »solche Leute und solche Gespräche muss man aus seinem Gedächtnis löschen. Das ist der reinste Datenmüll.«

Berger deutete auf Löfflers Auto. Seine Augen folgten ihrem Zeigefinger. Dann, leicht unter dem Schnee hervorlugend, sah er das Knöllchen für Falschparker. Er ging hin, zerknüllte es und warf es achtlos auf den Gehsteig.

»Ich habe Sie gewarnt«, sagte seine Kollegin.

»Rechthaberin.«

Sie setzten sich in den Wagen, der schon etwas eingeschneit war.

Löffler startete nicht sofort. Er hatte einen Finger an die Schläfe gelegt. Das war sein Zeichen für: Ich denke nach, und das, worüber ich nachdenke, ist von enormer Wichtigkeit für die gesamte Menschheit. Mit dem Satz hatte ihn schon sein Großvater immer aufgezogen.

»Was ist denn los«, fragte Berger nach einiger Zeit ungeduldig, »sind Sie zur Eisstatue eingefroren?«

Er schüttelte langsam den Kopf.

»Nein, das nicht, aber irgendetwas an dem, was die Knaller gesagt hat, war merkwürdig.«

»Was denn?«

»Gerade daran versuche ich mich zu erinnern. Aber es will mir nicht einfallen. Ich bin kurz davor. Blöde Onomatomanie.«

»Blöde was?«

»So sagt man, wenn einem etwas auf der Zunge liegt.«

»Dann sagen Sie es doch. Wozu denn dieses blöde Wort. Zum Angeben?«

»Wir fahren«, sagte er plötzlich und startete den Motor, »wenn ich nicht mehr daran denke, wird es mir wieder einfallen.«

»Komische Logik«, brummte Berger.

»Alltagserfahrung.«

»Onomato-sonstnochwas. Angeberei.«

Es wird Zeit, die Sache zu einem Ende zu bringen.

Aber wer weiß – vielleicht muss das gar nicht das Ende sein. Es gibt noch andere, von dem hier nicht Betroffene, denen ich die Pest an den Hals wünsche.

Also den Tod.

Hat man sich erst einmal daran gewöhnt, ist so ein Verbrechen gar keine große Sache mehr. Ich weiß nicht, ob es daran liegt, dass das Gewissen sich so langsam aus einem verabschiedet und man am Ende nur noch Haut und Knochen ist. Also so eine Art Roboter, der einfach bloß funktioniert. Ja, das könnte schon sein. Wenn ich bloß daran denke, dass ich vor dem ersten Mal, also vor Bauer, die ganze Nacht nicht schlafen konnte, weil ich wusste, dass ich ein Unrecht geplant hatte und dass es gegen alle Regeln Gottes und die der Gesellschaft verstößt.

Ich bin der Kirche nun nicht gerade tief verbunden. Aber meine Gottesdienststunden habe ich alle abgesessen, schon in der Schule fing das ja an. Und was die Gesellschaft betrifft und ihre Regeln – daran hält sich doch sowieso keiner mehr. Da wird aus allen Hüften gegeneinander geschossen – sinnbildlich, im Netz und auf den Straßen. So what? Da sind meine Opfer ja gar nix dagegen. Alleine schon quantitativ. Aber auch qualitativ. Bei meinen Leichen fällt ja nicht mal richtig auf, dass sie überhaupt fehlen. Man vermisst sie eigentlich nicht. Im Gegenteil: Ich könnte mir vorstellen, dass ich von so manchem ein kleines Augenzwinkern des Einverständnisses bekommen würde. Oder vielleicht sogar unverhohlenen Beifall. Das macht mir meinen Gang durch die Hindernisse, die ich beseitigen muss, deutlich einfacher.

Gert Brummer zum Beispiel. Wenn es den erwischt, ist das doch ein Segen für alle.

Ich bin sicher, niemand ist mir böse, wenn ich ihn einfach verschwinden lasse. So eine unsympathische Lusche.

Falls das überhaupt jemand bemerkt. Na ja, vielleicht hat er ja eine Katze. Die wird sich vielleicht fragen, wo der Mann bleibt, der ihr immer das Fressen bringt. Aber Katzen finden schnell ein neues Zuhause.

Ich muss mir nur einen guten, einen sehr guten, eigentlich einen Tatort mit Charisma überlegen. Die blaue Bahn mit Bauer war in Ordnung, da konnte man nichts sagen. Die andere Sache hinter der Paul-Horn-Arena war irgendwie schmucklos. Ohne Ausstrahlung. Lieblos vielleicht sogar.

Da wollte ich es halt schnell hinter mich bringen.

Aber jetzt, mit ein wenig Erfahrung mehr, kann man solche Dinge eher zelebrieren. Ich will ja auch etwas davon haben.

Einfach so daherkommen, das Messer in einen reinstecken oder ihm den Schädel einschlagen – okay, aber völlig ohne Seele. So geht das nicht noch mal. Und ich muss an die Polizei denken. Die müssen ja auch Spaß haben beim Lösen ihres Falles. Ich meine, eine Leiche aus einem Flussbett ziehen oder aus einem Müllcontainer holen, ist eine Sache – aber einen schönen Tatort antreffen, der auch mal etwas ungewöhnlich sein darf, das muss doch auch für die Kommissare etwas Besonderes sein. Etwas, wovon sie zu Hause erzählen können. Und die Presse dürfte auch ihre Freude daran haben. Ich werde zur Ein-Personen-Entertainment-Maschine, wenn das so weitergeht.

Wenn schon Brummer, dann sollte sein letzter Blick auf etwas gerichtet sein, was ihm sein Leben lang Freude gemacht hat. Was das sein könnte, kann man im Garten vor seinem Haus immer wieder sehen, wenn er am Wochenende oder auch mal während der Woche seine Fahne hochzieht. Die FC-Bayern-Fahne. Das scheint ihm etwas zu bedeuten. Daran will ich auch denken, wenn ich seine letzte Stunde einläute. Nun ja, nicht gerade Stunde, aber immerhin die letzten Sekunden, in denen er noch wahrnehmen kann, was um ihn herum geschieht.

Ich sollte mich langsam in Gang setzen.

Ich muss den Elan der bisherigen Erfolge mitnehmen.

Da bringt sich doch gleich viel beschwingter um.

Na gut, ich packe es dann mal an.

Berger und Löffler trafen bei ihrer Ankunft im Präsidium auf Marek Bürger. Der Oberstaatsanwalt wurde so langsam zum Dauergast in Löfflers Abteilung. Er saß auf der Bank vor dem Büro. Ganz wie ein Zeuge, der vorgeladen worden war. In der Hand hatte er sein Smartphone und schien die Welt um sich herum vergessen zu haben.

Löffler hielt den Zeigefinger vor den Mund, um Berger absolute Ruhe zu signalisieren. Dann ging er langsam, schleichend und geräuschlos zu Bürger hin. Er sah ihm über die Schulter.

Bürger zockte. Fortnite hieß das Spiel, ein aktueller Renner, allerdings doch eher im Schüler- als im Oberstaatsanwaltsbereich. Der ins Spiel vertiefte Bürger nahm nichts um sich herum wahr.

Löffler klatschte laut in die Hände. Der Oberstaatsanwalt zuckte zusammen, das Smartphone fiel ihm aus der Hand auf den Boden. Wie in Zeitlupe bewegte er den Kopf nach oben. Er entdeckte Löfflers Gesicht und schien langsam vom Virtuellen ins Reale zurückzukehren.

»Oh, hast du mich erschreckt«, murmelte er, bückte sich, hob das Mobiltelefon auf und steckte es in seine Jacketttasche.

»Was verschafft mir die Ehre, dich schon wieder hier sehen zu dürfen?«

Bürger musste einen Augenblick nachdenken. Dann fiel es ihm wieder ein.

»Die Sache mit dem Zeitungsfritzen. Du hast das wohl irgendwie hingekriegt. Ich würde gerne eine Pressekonferenz einberufen und das alles klarstellen. Du weißt schon: So ein Flüchtlingsthema und dann auch noch die Anmache einer Kommissarstochter und das alles erstunken und erlogen – das schreit ja förmlich nach Öffentlichkeit. Und du musst da mitmachen.«

»Mitmachen?«

»Ja, genau, du und Jessica tretet mit mir zusammen vor die Presse und erklärt, dass das alles niemals stattgefunden hat, was in der Zeitung stand. Außerdem will ich diesen Niemeyer haben, der muss vor aller Welt zugeben, dass er beschissen hat. Dann geht er vor Jessica in die Knie und bittet sie um Vergebung. Vor den Kameras und den Journalisten. Vielleicht weint er sogar ein wenig dazu. Ja, genau, Weinen, das muss sein. Und deine Tochter vergibt ihm dann durch Handauflegen auf seinen gebeugten Hinterkopf. Wie findest du das?«

Löffler war baff.

Er kannte Marek ja schon seit vielen Jahren. Doch mit diesem Vorschlag überraschte er ihn tatsächlich. Er fragte sich, ob er verpasst hatte, wann Bürger damit begonnen hatte, völlig durchzudrehen. Doch dann fiel ihm ein, dass er schon immer so gewesen war und dass man einfach Geduld haben musste mit ihm.

»Sei mir nicht böse, Marek«, sagte ruhig, »aber ich kann Jessica so einer Situation nicht aussetzen. Stell dir mal vor, deine Tochter müsste das durchmachen. Ist sie nicht fast so alt wie Jessica?«

Der Oberstaatsanwalt bewegte den Kopf hin und her.

»Nun ja«, sagte er dann, »die Veranstaltung müsste auch ohne Jessica funktionieren. Aber versprich mir, dass du mitkommst und mich begleitest. Alleine jedenfalls stehe ich das nicht durch. Nicht bei dem Thema.«

Der Kommissar tätschelte Bürgers Schulter.

»Klar, Marek, kein Problem. Besprich das erst mal alles mit Hamberger von der Zeitung, dann gib mir Bescheid, wann ich kommen soll.«

Bürger nickte erleichtert.

Langsam trottete er Richtung Ausgang. Berger und Löffler schauten ihm hinterher. Er blieb stehen. Dann drehte er sich zu den beiden um. Er winkte Löffler. Der setzte sich in Marsch und ging zu dem Oberstaatsanwalt hin.

»Hast du noch was vergessen«, fragte der Kommissar.

»Hör mal gut zu, Christian«, sagte Bürger leise und berührte sein Gegenüber leicht an der Schulter, »das hast du diese Mal wieder gerettet. Wie meistens. Auf dich ist Verlass. Aber es kann auch mal schiefgehen. Und das wollen wir beide nicht, oder?«

Dabei sah er Löffler direkt an.

»Was willst du mir sagen, Marek?«

Der kicherte vor sich hin.

»Ich will dir sagen«, fuhr er fort, »dass du auf deine Kollegin aufpassen solltest. Sich mit der Presse anzulegen ohne Not und mit Verdrehungen und Inszenierungen – kein guter Plan. Am besten sollte sie nicht saufen, wenn sie einem Pressemann gegenübersitzt. Und am allerbesten: Klappe halten, egal, wem sie gegenübersitzt. Klär das mit ihr.«

Dann drehte er sich um und verschwand hinter der Glastür, die in den anderen Trakt führte.

Löffler ging zurück zu Berger.

»Was wollte er denn«, fragte diese.

»Er weiß Bescheid wegen Niemeyer. Sie sollten sich in Zukunft etwas zurückhalten – beim Saufen und beim Quatschen. So etwa hat er sich ausgedrückt.«

Sie schwieg.

»Und, wird er etwas unternehmen?«, fragte sie.

»Nein, warum sollte er? Die Sache ist geregelt, wir sind davongekommen mit Ihrem privaten Rachefeldzug. Aber Bürger hat recht – so was darf nicht noch mal passieren.«

Berger nickte.

»Ich weiß«, murmelte sie, »das war echt Mist von mir. Aber irgendwie … ich weiß nicht … ich fühle mich zurzeit nicht so gut … keine Ahnung warum.«

»Wenn jeder, der sich scheiße fühlt, Mist baut, dann würden wir von Misthaufen erdrückt. Also keine Ausreden. Aber ich habe auch Schuld, ich hätte Sie zurückhalten sollen. Ich habe nicht nachgedacht. Also lassen wir die Sache, ziehen wir das Pressegespräch noch durch und gut war's. Punkt.«

Als sie durch die Bürotür traten, sahen sie Stammler an seinem Schreibtisch sitzen. Er hatte einige Aktennotizen vor sich. Vor ihm, auf dem Bildschirm, war eine Landkarte mit dem eingezeichneten Baugrund in Wurmlingen. Zumindest sollte das Gebiet, das schwarz umrandet war, einmal Baugrund werden.

»Was machst du denn hier?«, fragte Berger erstaunt.

Löffler verschwand derweil in seinem Büro.

»Ich kann jetzt nicht alleine zu Hause bleiben. Sonst hau ich mir bloß eine Flasche Wodka rein. Aber dann wird mir schlecht und ich muss kotzen. Das erspare ich mir, deshalb bin ich hier.«

»Und was machst du da?«

Er deutete auf den Bildschirm.

»Ich habe mir mal die ganzen Bauplanunterlagen besorgt. Zumindest das, was im Falle eines Falles möglich ist.

So eine Art provisorische Planung. Das macht man immer so, ehe man ins Detail geht. Es gibt ja noch Umlegungen der Grundstücke, bis man ein zusammenhängendes Baufeld hat. Erst dann macht so eine Planung Sinn.«

»Und was kam dabei heraus?«

»Unsere beiden Kandidaten, die nicht verkaufen, haben jeweils zentrale Stücke in diesem ganzen Areal. Brummer hat hier ein Riesenteil im Süden, das sich nach außen entwickelt. Und diese Bea Knaller – was für ein Name, ist der echt? – hat vier große Baumwiesen direkt im Zentrum. Ohne die beiden geht also nichts.«

»Vielleicht überlegen sie es sich ja noch anders.«

Stammler lächelte.

»Das müsste aber richtig schnell passieren. Denn morgen läuft die Frist ab, da entscheidet sich, ob das Projekt weiterverfolgt wird oder ob man es einstellt. Also müssen morgen alle signalisiert haben, dass sie verkaufen. Oder eben nicht.«

»Und, was willst du damit sagen?«

Stammler wandte sich Berger zu.

»Ich will damit sagen, dass unsere beiden Querulanten höchst gefährdet sind. Vorausgesetzt, dass unsere Theorie mit den Morden wegen dieser Grundstücke zutrifft.«

»Personenschutz?«

»Wenn du mich fragst – ja. Also weniger Schutz als Überwachung.«

»Du meinst, wir sollten sie als Lockvögel einsetzen? Ohne dass sie es wissen? Sie beobachten und hoffen, dass der Killer zuschlägt und wir ihn auf frischer Tat ertappen?«

»Ja, so in etwa.«

Berger tippte sich an die Stirn.

»Du spinnst wohl, das können wir nicht machen. Wenn da was schiefgeht, ist die Frau oder Mann tot und uns schießt man auf den Mond. Ohne Raumanzüge.«

Löffler tauchte plötzlich unter der Türe auf.

Er blieb schweigend stehen und starrte einfach in den Raum.

»Was ist denn mit Ihnen los?«, fragte Berger nach weiteren schweigsamen Sekunden.

Löffler stellte sich zu den beiden Kollegen.

»Sie erinnern sich doch«, begann er und schaute dabei die Kollegin an, »dass ich nach dem Gespräch mit der Knaller so ein komisches Gefühl hatte. Irgendwas war mir doch aufgefallen, aber ich wusste nicht genau, was es war. Jetzt ist es mir wieder eingefallen.«

Er schwieg.

Erwartungsvoll schauten ihn die anderen an.

»Nun machen Sie es nicht so spannend«, tönte es aus dem Dschungel in der Ecke. Heims Stimme klang wie aus einer anderen Welt. »Wenn es der Sache dient, sollten wir schnell handeln.«

»Na schön, ich hatte meinen Auftritt«, sagte der Hauptkommissar, »dann mal zum Thema. Wir hatten uns über den Mord an der Halle unterhalten, erinnern Sie sich?«

Berger nickte.

»Dann sagte Knaller, jemand hätte der Toten einen Elektroschocker an den Hals gehalten. Wissen Sie das noch?«

»Ja, weiß ich. Na und?«

»Na und? Was heißt na und? Woher, verdammt noch mal, weiß die Knaller von dem Elektroschocker! Das taucht in keiner Nachricht auf, nur in einem einzigen Bericht und den kennt keiner außer uns hier und Markus, der Gerichtsmediziner. Oder irre ich mich da?«

Sie alle schauten sich gegenseitig an. Selbst Heim war einen Schritt aus ihrem Dickicht getreten.

»Sind Sie sicher?«, fragte Stammler nach einer Weile des Schweigens nach.

Löffler nickte.

»Ja, er hat recht, ich erinnere mich auch. Aber ich habe mir nichts dabei gedacht«, stimmte Berger ihrem Chef zu.

»Und was schließen wir daraus?«, tönte Heim aus ihrer Ecke.

»Das ist einfach«, meinte Löffler, »denn von dem Schocker kann nur der Mörder wissen oder er hat es Knaller gesagt oder sie hat es beobachtet – und damit auch den Killer gesehen.«

Stammler meldete sich.

»Warum sollte sie es uns verheimlichen, wenn sie etwas beobachtet hat? Das macht keinen Sinn. Ihr Schweigen macht nur Sinn, wenn sie sich selbst schützt. Das heißt, sie ist die Mörderin.«

»Oder sie will den wahren Mörder erpressen«, warf Heim von hinten ein.

»Glauben Sie wirklich, sie würde das Risiko eingehen?«, fragte Löffler. »Denn die Person hätte ja bereits zwei Morde begangen. Ein dritter wäre da bloß die Kür. Und Knaller wüsste das, die Frau ist schlau und verschlagen, davon konnten wir uns ein Bild machen.«

Der Hauptkommissar schwieg. Die anderen schauten ihn an. Offensichtlich warteten sie darauf, dass er sagte, wie es weiterging.

»Das Problem ist«, dachte Löffler laut nach, »dass die Zeit drängt. Falls wir richtig liegen, ist jetzt Gert Brummer in Gefahr. Die Zeit läuft ab und Knaller ist gezwungen, schnell zu handeln. Also heute. Jetzt. Das heißt, wir müssen uns um Brummer kümmern. Stammler, rufen Sie ihn an, ich rufe Knaller an.«

Stammler ließ sich von Heim die Nummer geben, Löffler suchte bei sich im Telefonbuch Knallers Eintragung. Es klingelte, aber niemand meldete sich. Dann schaltete sich die Mailbox ein. Er versuchte es noch ein zweites und drittes Mal. Immer mit demselben Ergebnis.

Stammler winkte ihm hektisch zu.

»Ich habe Brummer hier, er will mit Ihnen reden.«

Löffler ließ sich das Telefon reichen.

Schon nach dem ersten Satz war klar, dass Gert Brummer völlig betrunken war. Er lallte und war nur schwer zu verstehen. Löffler stellte auf Lautsprecher. Seine zwei Kollegen drängten sich um ihn, um alles verstehen zu können. Aber außer einem verschwurbelten »Gnamgerganhftethtre« drang zunächst nichts Zusammenhängendes aus dem Lautsprecher. Die drei Polizisten schauten sich an, warteten. Langsam schälten sich Worte, Sätze heraus, mit denen die Kommissare etwas anfangen konnten.

»Nicht schon wieder die Polizei«, interpretierten die Kommissare, »langsam werde ich umzingelt. Jetzt lasst mich bloß mal in Ruhe.«

»Herr Brummer«, sagte Löffler eindringlich und betonte dabei jedes Wort, »Sie müssen mir gut zuhören. Sie sind …«

»Ich habe es satt, dass man mich sogar anruft. In meiner Freizeit.«

»Herr Brummer«, Löffler verdrehte die Augen, während er weitersprach, »Herr Brummer, sie müssen jetzt ganz vorsichtig sein, Denn wir …«

»Verstehen Sie mich nicht, kapieren Sie nicht, was ich Ihnen sage? Ich will nicht mit Ihnen reden.«

»Hören Sie jetzt einfach mal zu, es ist wichtig. Also, die Sache ist, dass …«

»Dafür verklage ich Sie. Wegen Nachstellung. Oder ist das schon Mobbing? Da müsste ich jetzt mal einen Profi fragen, denn …«

»Nun halten Sie, verdammt noch mal die Schnauze«, brüllte Berger ins Mobiltelefon, »behalten Sie den Schwachsinn bei sich und hören Sie zu.«

Schweigen am anderen Ende.

Die Kommissare schauten sich stumm an, lauschten, warteten.

»Herr Brummer«, fragte Löffler dann ganz vorsichtig, »sind Sie noch da?«

»Ja.«

»Gut. Denn wir müssen mit Ihnen reden.«

»Ja.«

»Kann ich?«

»Ja.«

»Schön, Es geht um Folgendes – wir vermuten, dass Beatrice Knaller etwas mit den Morden zu tun haben könnte. Und wir vermuten außerdem, dass Sie im Augenblick in großer Gefahr sind. Deshalb schlagen wir vor, Sie kommen am besten hierher ins Präsidium, da sind Sie am sichersten.«

»Ich gehe in kein Polizeipräsidium. Da kommt man nie wieder heraus.«

»Aber Herr Brummer, es ist nur zu Ihrem Besten. Kommen Sie her, wir passen auf Sie auf.«

»Nie im Leben. Kommen Sie doch zu mir.«

»Wohin? Zu Ihnen nach Hause?«

Brummer lachte.

»Nie im Leben, in mein Haus kommt kein Bulle. Nein, ich schaue nachher Champions League, Bayern München gegen Paris St. Germain. Ich gehe in den Pavillon in der Rheinlandstraße. Da kann man Sky gucken. Und rauchen. Und ein paar Drinks gibt es da auch. Wenn Sie mich also treffen wollen – da bin ich.«

Er trennte das Gespräch.

Löffler steckte sein Mobiltelefon ein.

»Und nun?«, fragte Stammler.

»Wir gehen Fußball gucken, was sonst«, sagte der Hauptkommissar, schlüpfte in seinen Mantel und verließ den Raum.

Berger und Stammler folgten ihm.

Ich kenne doch diesen besoffenen Uhu.

Und seine ständigen Wege.

Einer wie er weicht davon nicht ab, weil er sich sicher fühlen muss. Alles was neu ist, ist für ihn eine Bedrohung. Deshalb sind seine Wege immer dieselben. So ist Brummer auch langsam in den Alkohol abgedriftet. Na, mir kann das egal sein, spielt ja eh bald keine Rolle mehr.

Das Leben ist schon merkwürdig. Unglaubliche Kapriolen, die es manchmal schlägt. Da gehst du mit einem ewig lange gemeinsam in die Schule und ein paar Jahre später bringst du ihn um die Ecke. Aber ein seltsames Kind war Brummer ja schon damals. Ich glaube, er hatte da schon keine richtigen Freunde. Wie auch, der blöde Besserwisser. Und wenn man ihm widersprach, drehte er völlig durch. Sogar bei den Lehrern. Einmal ist er auf den Mathelehrer, den Siebenberg, losgegangen, weil der ihm gesagt hatte, dass seine Lösung Quatsch sei. Da wollte Brummer den tatsächlich würgen. Obwohl Siebenberg zwei Köpfe größer war. Ist dem Brummer völlig egal gewesen.

Ein Spinner halt. Schon immer gewesen.

Und ein Querulant. Das sieht man am besten mal wieder bei den Baugrundstücken. Klar, dass er nicht verkauft. Das hätte ich vorhersagen können. Beleidigte Leberwurst. Nachtragend. Mit dem kann man auch nicht reden oder ihn gar überzeugen. Vollkommen irrational der Typ.

Na, mir kann das jetzt egal sein. Lange gibt es den ja nicht mehr. Dafür sollte ich einen Orden kriegen.

Und was der immer für einen Mist erzählt, von wegen er sei ganz alleine, keine Familie und so weiter. So ist das gar nicht, das wird bloß gerne vergessen. Der hat nämlich eine Schwester. Bloß kam die damals schon ins Heim, nach Tübingen. War eine ganz Wilde. Kam dann auch nie mehr nach Hause. Kaum war sie volljährig, ist sie verschwunden. Bloß ich hatte immer Verbindung mit ihr. Ich wollte das so. Die hat mir so gefallen. Ihr Leben. Das Ungestüme. Der war alles egal. Sie hat mit zwölf Jahren schon gesoffen und geraucht. Und Typen angemacht. Die dachten alle, die wäre viel älter, bei ihrer Oberweite.

Na egal, jedenfalls hat nie mehr jemand ein Wort über die gesagt. Die ist einfach aus der Welt verschwunden. Dabei war sie in Hamburg. War lange im Puff da. Dann hat einer sie rausgeholt. Und jetzt wohnt sie seit 25 Jahren in Mannheim. Ich weiß das genau, denn ich habe mit ihr gesprochen. Ich hatte immer Kontakt. Mal mehr, mal weniger. Ist ja auch egal. Wichtig ist bloß: Sie erbt das Zeug vom Brummer und sie verkauft das Zeug dann auch. Die Wiesen, meine ich.

Jetzt muss ich bloß noch dafür sorgen, dass sie auch erbt.

Brummer muss weg.

Viel Zeit bleibt ja auch nicht mehr.

Die Kommissare stiegen in den Wagen.

»Was machen Sie hier, Stammler?«, fragte der Hauptkommissar, als dieser einsteigen wollte. »Ich glaube nicht, dass Sie fit sind für so einen Einsatz.«

Stammler warf sich auf den Rücksitz.

»Klar bin ich das. Ich kann jetzt doch nicht im Büro sitzen und am PC spielen. Und außerdem sind wir doch ein eingespieltes Team, oder?«

Berger lächelte.

»Na gut«, meinte Löffler, »aber kein Risiko, Sie halten sich schön hinten, falls wir in eine gefährliche Situation kommen.«

»Gefährlich?«, fragte Berger, während der Hauptkommissar sich in Richtung Derendinger Straße orientierte. »Wenn wir richtig liegen, reden wir von einer Frau, die sogar schon etwas älter ist und, ehrlich gesagt, nicht gerade besonders kräftig wirkt. Da ist ja die Gefahr größer, dass ich über meine eigenen Beine stolpere, als dass sie uns was antun könnte.«

Löffler konzentrierte sich auf den Verkehr. Er raste Richtung Schlossbergtunnel, das Lokal befand sich auf der anderen Seite des Schlossberges.

»Wir beobachten den Brummer auch nur«, erklärte der Hauptkommissar, als sie im Tunnel fuhren, »und wenn uns was auffällt, müssen wir reagieren.«

»Ehrlich gesagt«, meinte Stammler, »glaube ich nicht, dass sich da was tut. Ich meine, wie sollte so eine Frau – falls es sich tatsächlich um unsere Verdächtige handelt –, wie sollte also so eine Frau den Brummer anfallen? Außerdem ist der doch unter Menschen, wenn er sich den Kick am Fernseher reinzieht, Also, das sind mir zu viele Wenns und unausgegorene Ideen. Aber immer noch besser Fußball gucken als blöd rumsitzen.«

Der Wagen fuhr auf der Rheinlandstraße, die Richtung Unterjesingen führte. Kurz hinter der Tankstelle bogen sie rechts ab in die Herrenberger Straße. Sie fuhren an den Rückteil der Tanke und suchten einen Parkplatz. Gleich daneben war ein Prüfstand des TÜV Süd. Dort war es dunkel.

Feierabend. Löffler stellte den Wagen vor deren Ausfahrt ab.

»Und jetzt?«, fragte Berger, nachdem ihr Chef den Motor ausgestellt hatte.

»Warten. Wir warten. Aber jemand muss immer Brummer im Blick haben. Einer von uns. Oder am besten wir alle. Gehen wir ins Lokal. Da suchen wir uns einen Platz, der etwas abseits liegt. Dort sieht uns keiner, aber wir haben alle unter Beobachtung.«

Berger sah Stammler an. Sie verdrehte die Augen.

»Ich hasse Fußball«, sagte sie. »Ich kann mir so ein Spiel nicht anschauen, da wird mir übel.«

»Nehmen Sie ein Buch mit«, antwortete Löffler, »oder kaufen Sie an der Tankstelle vorne eine Zeitschrift. Eine, mit ganz vielen Geschichten über Könige und Prinzessinnen. Vielleicht eine kleine Story über Meghan, den neuen englischen Superstar. Eine abgetakelte Schauspielerin, die gerade noch den Absprung in den Adel geschafft hat, bevor sie als abgehalfterte Ex-Serienschauspielerin kleine Gastrollen annehmen muss. Jetzt hat sie jeden Tag die Hauptrolle, sobald sie bloß aus dem Fenster ihres Palastes in London guckt. Und dann noch schwanger. Das Königreich tobt.«

Berger und Stammler schienen beide höchst überrascht.

»Was ist denn mit Ihnen los?«, fragte Stammler schließlich, »haben Sie Aversionen gegen abgetakelte Schauspielerinnen oder gegen den Adel allgemein?«

»Ach«, winkte Löffler ab und grinste, »da ist nur der Gaul mit mir durchgegangen. Der Fall hier zehrt, es wird Zeit, dass er zu einem Ende kommt. Also los, gehen wir in die Kneipe.«

Als sie eintraten, mussten sie sich erst einmal an den Zigarettenqualm gewöhnen. Dicht hingen die Rauchschwaden in dem großen Raum, der am nördlichen Ende von einer mächtigen Bar beherrscht wurde. Zwei, drei große Bildschirme waren an den Wänden angebracht. Egal aus welcher Perspektive und egal, wo man im Lokal einen Sitzplatz bekam – der ungestörte Blick auf das TV-Display war garantiert. Abgesehen von den Rauchschwaden. Aber da ohnehin ein Großteil der Gäste rauchte, hatten die sich bestimmt schon längst an diese Atmosphäre gewöhnt. Durch den Nebel erkannte Berger, dass in der Sitzecke zur Rheinlandstraße hin noch Plätze leer waren. Sie gab ihren Kollegen ein Zeichen und sie folgten ihr.

Der Platz war perfekt.

Ihr Blick ging geradewegs auf die große Leinwand über der Bar. Außerdem hatte man von dieser Stelle aus den gesamten Innenraum des Lokals im Blick. Sofern es gelang, den Qualm der Zigaretten zu durchdringen.

Die drei setzten sich an den Tisch. Blickrichtung Leinwand. Die Teams waren gerade dabei, den Rasen zu testen, und spielten sich ein paar Bälle zu. Jede Nation auf ihrer Hälfte des Spielfelds. Der Sprecher sagte gerade, dass das Stadion mit 80 000 Zuschauern gefüllt sei. Dann das bei der Begegnung an diesem Ort Unvermeidliche: Der Moderator erinnerte an das Länderspiel der Franzosen gegen Deutschland im Pariser Stadion vor ein paar Jahren. Damals drangen Schüsse und Explosionsgeräusche von Paris übers Fernsehen in jede Wohnstube, in der das Gerät an jenem Abend eingeschaltet war. Das Attentat von Paris geht in die Geschichte als einer der furchtbarsten Terrorangriffe in der jüngeren Geschichte ein. 130 Menschen starben. Über 600 wurden teilweise schwer verletzt. Attentäter schossen wahllos bei einem Rockkonzert im Bataclan-Theater auf die Besucher.

Am 15. November 2015 war das, sagte der Sprecher.

Löffler erinnerte sich an den Tag. Auch damals hatte er

das Spiel angeschaut. Und er hatte die Detonationen gehört. Er kannte das Bataclan, er hatte dort schon selbst Konzerte besucht. Er erschrak, als er Bilder aus dem Inneren mit den Leichen sah.

Die Spieler verschwanden vom Platz, um sich in der Kabine den letzten Schliff zu holen. Die Kellnerin rauschte am Tisch der drei Kommissare vorbei.

»Komme gleich«, rief sie ihnen über den Rücken zu.

Berger stieß gleichzeitig Stammler und ihren Chef Löffler an.

»Da drüben sitzt er«, sagte sie leise und deutete mit dem Kinn auf eine Stelle neben dem Eingang.

Tatsächlich saß dort auf einem gemütlichen Sofa Gert Brummer vor einem Weißbier. Er blätterte in einer Zeitschrift und schaute gelegentlich auf den Bildschirm gegenüber, um den Anstoß zum Match nicht zu verpassen. Vor ihm lag sein Smartphone, das er von Zeit zu Zeit in die Hand nahm und kontrollierte.

Die Bedienung tauchte am Tisch der Polizisten auf.

Sie bestellten Apfelschorle für alle.

»Kein Wodka für dich?«, fragte Berger lächelnd und stieß Stammler gegen den Ellbogen.

»Ich bin im Dienst, auch wenn es nicht so aussieht. Jedenfalls bin ich nicht krankgemeldet.«

Als die Getränke kamen, war gerade Anstoß zum Spiel.

Berger hatte sich mittlerweile eine Zeitschrift vom Stapel geholt, der in einem Regal neben der Tür zur Küche aufgebaut war. Sie zeigte demonstrativ, was sie vom Fußball hielt. Aber weder Stammler noch Löffler beachteten ihre so offen gezeigte Abneigung gegen diesen Sport. Beide nippten an ihrer Apfelschorle und schauten immer wieder Richtung Brummer. Doch der war ganz gefangen von dem Spiel der beiden Top-Teams.

Als die Franzosen in Führung gingen, jubelten die Bayern-Hasser unter den Gästen. Brummer saß stumm vor seinem Bier. Er schien keinen in dem Lokal zu kennen. Zu spät war ihm, dem Bayern-Fan, aufgefallen, dass er inmitten von Fans der Pariser saß. Deutsche Fans, keine Franzosen. Vermutlich waren es aber eher Zuschauer, die den Münchnern die Niederlage wünschten, gleichgültig gegen welches Team auch immer. Trotzdem: Für Brummer schien das eindeutig Feindesland zu sein. Man sah ihm auch auf die Entfernung deutlich an, dass er sich unwohl fühlte. Und dass er sauer war.

Er starrte auf das Smartphone, das vor ihm lag. Brummer nahm es in die Hand und hielt es sich ans Ohr. Eine Weile schien er nur zuzuhören. Dann sprach er selbst, ohne den Blick vom Bildschirm und vom Fußballspiel zu nehmen, und pfefferte anschließend das Gerät heftig auf den Tisch zurück. Die anderen am Tisch schauten ihn überrascht an. Er ignorierte sie.

Nach einer Weile schossen die Bayern ein Tor. Ausgleich. Brummer war halb aufgestanden, hatte die Hand zur Faust geballt und schwang diese hin und her. Dabei schaute er sich triumphierend um. Als wolle er kontrollieren, dass auch wirklich alle im Raum jubelten. Man merkte ihm die Enttäuschung an, als er herausfand, dass doch etliche Gäste sich über den Ausgleich ärgerten.

Berger war inzwischen hinter ihrer Zeitschrift verschwunden. Ganz demonstrativ zeigte sie allen, dass sie sich hier fehl am Platz fühlte. Oder, anderes ausgedrückt, dass alle um sie herum auf dem Holzweg waren mit ihrer Fußballleidenschaft.

Brummer hatte erneut das Smartphone am Ohr. Heftig rollte er beim Sprechen mit den Augen. Dann schien er regelrecht ins Gerät zu blaffen. Noch heftiger entsorgte er es dieses Mal auf dem Tisch neben seinem Bierglas.

Stammler stieß seinen Chef an und deutete auf den Beobachteten.

Aber Löffler hatte ihn nicht aus den Augen gelassen und alles mitverfolgt.

»Da ist jemand sehr hartnäckig«, sagte er.

»Und Brummer ist ziemlich genervt.«

Berger blickte auf.

»Redet ihr über das Spiel?«

Die beiden anderen schauten sich entsetzt an.

»Es gibt nichts Schlimmeres«, sagte Stammler dann, »als mit Fußballhassern zusammen ein Spiel anzuschauen. Nur die Ahnungslosen sind noch schlimmer. Das Allerschlimmste ist, wenn beides zusammenkommt.«

Löffler grinste.

Berger schaute von einem zum anderen. Dann winkte sie genervt ab und vertiefte sich erneut in ihre Zeitschrift mit den News zu allerlei B-, C- und D-Promis.

Der Schiedsrichter pfiff ab.

Halbzeit.

Die Zuschauer in der Kneipe standen auf, vertraten sich die Füße, gingen zu den Toiletten, schoben sich rüber zur Bar für einen kleinen Zwischentrunk oder schüttelten einfach die Gliedmaßen aus. Fußballgucken ist harte Arbeit. Mental, aber auch physisch.

Auch die beiden Polizisten lehnten sich in ihren Sitzen zurück. Berger stand mitten im Raum und schaute sich eher überrascht um. Der Raum bebte vor Stimmengewirr. Der Wirt hatte Musik angestellt und den Ton am TV-Gerät stumm geschaltet. Es herrschte ein Durcheinander wie auf einem Jahrmarkt.

Er kam als Einziger durch die Eingangstüre nach draußen, den anderen in der versifften Bude war es wohl zu kalt.

Wenn ich diese Fresse sehe, könnte ich sie anspucken.

Früher schon, als ich ihn noch regelmäßig auf der Straße oder bei Dorfveranstaltungen gesehen habe. Ich empfand ihn schon immer als unangenehm. Das hat sich gesteigert. Inzwischen empfinde ich ihn als lästig und verzichtbar.

Ich spüre schon, dass ich mich förmlich darauf freue, ihm den Garaus zu machen. Mehr jedenfalls als bei den anderen. Die standen mir bloß im Weg. Aber Brummer – das ist eine Sache, die ans Gefühl geht. Wenn er weg ist, fühle ich mich insgesamt besser. Ich empfinde den Kerl wie einen Dorn in meiner Seite. Er ist einer, der immer den Kleinen und Wehrlosen wehtat. Alle hackten auf ihm herum, weil er in Gottes Namen eben der im Ort war, auf dem man herumhackte. Jeder Ort hat so einen. Aber der bei uns, Brummer, hackte weiter, er fand eigene Opfer. Alles das, was ihm andere antaten, gab er weiter.

Zum Beispiel an mich.

Als ich beim Baggersee nackt badete, erwischte er mich. Ich war dabei, meinen Körper zu entdecken. Dazu gehörte auch Nacktbaden ganz früh an einem Sommermorgen, ehe die üblichen Badegäste kamen. Als ich das Ufer hoch krabbelte, nachdem ich eine Viertelstunde geschwommen war, fand ich meine Kleidung nicht mehr. Nur ein paar Badelatschen hatte man zurückgelassen. Hatte Brummer zurückgelassen. Denn der stand etwa 50 Meter entfernt am Radweg und winkte mir zu. Mit meinen Kleidern, hoch erhoben. Über seinem Kopf schwenkend. Später hatte er sie achtlos vor unserer Haustüre abgelegt.

Vielleicht könnte man das, was ich heute tun werde, als späte Rache bezeichnen. Vielleicht als etwas überzogene

Rache. Aber nein, meine Tat hat rein geschäftliche Hintergründe. Die kleine, profane Rache ist nur angenehmes Beiwerk.

Brummer trat aus der Tür.

Er war Nichtraucher. So war es für ihn eine Erlösung, von dem Qualm im Lokal ins Freie zu treten und die kalte, frische Luft einzuatmen. Auch wenn er sich von dem Anlass gestört fühlte.

Was wollte diese blöde Schlampe bloß von ihm? Dabei tat sie so geheimnisvoll am Telefon. Natürlich kann er sich schon denken, was sie von ihm will.

Verkaufen soll er. Er ist der letzte Mohikaner.

Aber ohne mich, dachte er. Ich kneife doch nicht jetzt, in der Phase. Jetzt, wenn die alle kochen vor Wut. Alleine der Gedanke daran trieb ihm das Blut durch den Körper. Da war es ihm egal, dass es unter null Grad hatte, er bloß im dünnen Pullover vor dem Lokal stand und der Ostwind eisig kalt durch die Stadt am Neckar brauste.

Verdammt, dachte er, wo bleibt diese dumme Tussi bloß? Ich jedenfalls hole mir keine Erkältung, bloß weil ich mal nett sein will. Warum, überlegte er, habe ich mich eigentlich dazu überreden lassen, hier draußen in der Kälte zu stehen, obwohl am Ende nichts dabei für mich herausspringt.

Es schneite wieder stärker.

Brummer wurde von einem Scheinwerferlicht geblendet, das auf der Rheinlandstraße Richtung Tunnel fuhr. So, dachte er, jetzt reicht es mir, ich gehe rein, die Alte kann mich mal.

Gerade als er sich umwendete, um zur Eingangstür ins Lokal zurückzugehen, hörte er eine Stimme. Wie von weiter Ferne drang sie durch das Schneegestöber.

»Brummer, hier bin ich«, hörte er.

Er schaute sich um. Drehte sich einmal um die eigene Achse.

Dann entdeckte er ein schwaches Leuchten auf dem Platz vor der Ausfahrt der TÜV-Süd-Garage. Es war der Schein einer Smartphone-Taschenlampen-App. In ihrem Schein sah er die Frau neben einem Auto stehen, das dort geparkt hatte. Zumindest dachte er, dass es eine Frau ist. Die Größe und die Figur, die sich unter dem Mantel abzeichnete. Die Frau winkte ihm zu.

Langsam bewegte er sich in ihre Richtung.

Leise seufzte er vor sich hin. Inzwischen waren seine Schultern und das Gesicht nass und feucht von dem Schnee. Was für einen Mist mache ich hier bloß, dachte er. Trotzdem ging er weiter in Richtung Taschenlampe.

Dann stand er vor ihr.

Das Grinsen in ihrem Gesicht wirkte hinterhältig. Und unecht. Vor allem aber hatte es etwas Bedrohliches.

Brummer schreckte vor diesem Blick zurück.

Aber er reagierte zu spät.

Sagt mal«, sagte Stammler plötzlich, »wo ist eigentlich dieser Brummer hin? Für einen Toilettenbesuch ist er schon reichlich lange unterwegs.«

Berger blickte von ihrer Zeitschrift auf.

»Da haben wohl manche vor lauter Fußball gucken vergessen, wieso wir eigentlich wirklich hier sind.«

»Und andere spielen beleidigte Leberwurst und spielen Etepetete von wegen schmutziger Männersport – und vergessen, warum sie eigentlich hier sind. Jedenfalls nicht, um Klatschblätter zu lesen.«

Löffler schien ernsthaft sauer zu sein. Das schien auch Berger sofort zu bemerken, denn sie schloss die Zeitschrift und warf sie wie achtlos neben sich auf den Tisch.

»Ändert nichts an der Frage«, wiederholte Stammler, »und die heißt: Wo ist Brummer?«

Alle drei erhoben sich aus ihren Stühlen und schauten von dieser erhöhten Position aus durchs Lokal. Keiner entdeckte eine Spur vom Gesuchten.

»Wo war er denn zuletzt?«, fragte Berger.

»Er saß einfach da, an seinem Platz, und hat das Spiel geguckt.«

»Aber er wurde angerufen«, warf Löffler ein und schaute dabei auf Stammler. Der nickte.

»Stimmt«, sagte Stammler dann, »mehr als ein Mal. Und der Anruf schien ihm nicht geschmeckt zu haben.«

»Was ist, wenn er sich mit dem Anrufer in der Pause trifft?«

»Oder mit der Anruferin?«

»Das wäre frech. Richtig dreist.«

»Wir haben Druck aufgebaut«, meinte Stammler nachdenklich, »durch unsere Nachricht mit dem Verkaufsende. Im Grunde bleibt danach nur noch der Tag morgen, um zu einem Abschluss bei den Grundstücksverkäufen zu kommen. Also muss der Täter oder die Täterin handeln.«

Löffler nickte.

»Los«, sagte er und griff nach seiner Jacke, die über dem Stuhl hing, »wir müssen raus und Brummer suchen. Und zwar schnell. Sie, Stammler, schauen in die Toilette, wir warten vor der Tür.«

»Wir haben Mist gebaut«, sagte Stammler, während er neben seinem Chef durchs Lokal drängte, Richtung Toilette.

Löffler schaute ihn kurz an, dann stieß er die Eingangstür auf. Draußen blieb er stehen, wartete, bis seine Kollegin ebenfalls im Freien war.

»Los, weit kann Brummer nicht sein.«

»Sollten wir nicht auf Stammler warten, vielleicht ist der Kerl ja tatsächlich auf der Toilette. In der Halbzeitpause kann es schon mal einen Engpass geben.«

»Nicht bei den Männern, die hier haben etliche Pissoire und Toiletten, da muss keiner so lange warten. Da müsste er schon in die Pissrinne gefallen sein.«

Stammler kam aus dem Lokal gestürmt.

»Da ist weit und breit kein Brummer«, sagte er leicht stöhnend, »er ist ganz sicher nicht mehr im Lokal, da wette ich.«

»Na schön«, sagte Löffler, »dann teilen wir uns auf. Wir durchsuchen die ganze Gegend um die Kneipe herum. Wer etwas findet, ruft laut. Die anderen kommen dann dazu. Sie, Berger, durchkämmen den Nordteil bis rüber zu der Gärtnerei.«

Die lag auf der anderen Straßenseite der Herrenberger Straße.

»Sie, Stammler, gucken Richtung Stadtmitte, immer die Herrenberger Straße entlang. Ich nehme den Teil zur Rheinlandstraße hin und im Bereich der Tankstelle. Los jetzt.«

Die drei stoben auseinander, jeder von ihnen hatte die Taschenlampen-App seines Smartphones eingeschaltet.

Da liegt der Kerl also vor mir.

Ganz schön gezuckt hat er, als ich ihm den Elektroschocker an den Leib gepresst habe. Und geguckt hat der erst. Als könne er das alles nicht verstehen. Tut er wahrscheinlich auch nicht, Muss er auch nicht. Er muss bloß kapieren, dass sein letztes Stündchen geschlagen hat. Das ist mir schon wichtig. Das ist der Teil meiner Rache. Er sollte zumindest wissen und auf sich zukommen sehen, dass er gleich sterben wird. Die Angst muss er schon noch aushalten, ehe es ins Jenseits geht. Klingt schlimm, wenn ich so denke, ich weiß. Aber irgendwie auch abenteuerlich. Abgebrüht. Mir gefällt das so. Ich gefalle mir so.

So, und jetzt kommt das Hässliche an meiner Arbeit. Aber es macht ja Sinn, und deshalb verliert es etwas von seiner Hässlichkeit. Alles, was einen Grund hat, einen Sinn, besitzt eine gewisse Schönheit. Und alleine schon deshalb stehe ich gerne hier vor diesem Mann auf dem Boden, den ich gleich töten werde. Ich habe mir etwas Besonderes ausgedacht dieses Mal. Ich nehme ein Messer. Das ist vielleicht nicht besonders schön, wenn es wegen dem Blut eine Sauerei gibt. Aber darum muss ja ich mich nicht kümmern. Das können die Notärzte, oder wer immer da an den Tatort kommt, regeln. Ein sauberer Stich ins Herz. Ich hoffe bloß, ich treffe gleich. Das soll ja wenigstens ein wenig professionell ausschauen. Pfusch darf da nicht sein. Dazu ist die Sache zu ernst.

Wenn ich nur daran denke, was die Polizei und die Presse aus dem Dreck in der Faust gemacht haben. Dabei hat das nichts, gar nichts zu bedeuten. Zumindest nicht bei Bauer. Beim zweiten Mord, okay, da wollte ich mir einen Spaß machen. Woher Bauer diesen Erdbatzen in der Hand hatte – na, vom SV-Gelände natürlich, woher denn sonst. Im Todeskampf irgendwie ausgerissen. Mir soll es recht sein. Soll die Polizei sich doch lächerlich machen.

Okay, ich sollte zu einem Ende kommen. Sonst kommt noch jemand vorbei und stört mich.

Zuerst dachte Stammler, er irre sich. Es sei nur eine Täuschung. Die Dunkelheit in der Ecke zwischen den Bäumen zur Straße und dem TÜV-Süd-Gebäude war fast undurchdringlich. Dann, als er ein, zwei Schritte näher kam, sah er, dass tatsächlich eine Person sich über eine andere beugte. Er richtete seine Taschenlampen auf die Stelle. Nur Umrisse waren erkennbar.

»Hallo«, rief er, »was machen Sie da? Wer sind Sie?«

Die Person, die gebeugt stand, richtete sich auf. Unter der Kapuze war das Gesicht nicht zu erkennen. Das Schneetreiben tat das Seine dazu, um die Sicht zu verstellen.

Stammler trat noch einen Schritt näher.

Die Gestalt blieb bewegungslos stehen.

Stammler sah im Schein der Lampe, dass das Dunkle auf dem Boden ganz sicher der Körper eines Menschen war. Er lag einfach da, ohne eine Regung.

»Was machen Sie hier«, fragte Stammler, »und wer ist das auf dem Boden? Hat sich jemand verletzt? Warum liegt da jemand?«

Die Gestalt trat einen Schritt auf den Polizisten zu. Sie war kleiner als Stammler, viel kleiner. Dennoch blieb dieser erst mal stehen, wollte nichts riskieren. Doch als sein Gegenüber ebenfalls stehen blieb, bewegte er sich wieder vorwärts.

Er sah im Schein der Lampe etwas aufblitzen. Dann kam ein Schatten über ihn. Die Person hatte ein, zwei schnelle Schritte gemacht und stand direkt vor Stammler. Der bemerkte zwar, dass der Arm der Person nach hinten schwang, ausholte, Schwung nahm. Aber er stand starr da, unfähig sich zu bewegen. So sah er die Hand mit dem blitzenden Gegenstand auf sich zukommen. Doch es gelang ihm nicht einmal mehr, den Arm zum Schutz nach oben zu ziehen. Er spürte nur einen stumpfen Druck auf seine Brust, dazu ein schmatzendes Geräusch. Dann taumelte er rückwärts und fiel zu Boden. Die Person vor ihm setzte nach, stand über ihm. Erst da löste sich etwas in ihm und er hörte einen langen, lauten, qualvollen Ton aus seinem Mund kommen.

Die Person vor ihm holte ein weiteres Mal mit dem Gegenstand in der Hand aus, stieß damit nach vorne und traf ihn noch einmal. Er spürte, wie das blitzende Gerät durch seine Haut drang. Seine Schulter klappte nach hinten. Noch einmal schrie es in ihm. Drang nach draußen. Wie der Schrei eines sterbenden Tieres.

Löffler zuckte zusammen.

Es war ein Schrei, der ihm durch Mark und Bein ging. Er konnte es sich nicht erklären, aber für ihn stand unmittelbar fest, dass es Stammlers Stimme, Stammlers Schrei war. Er orientierte sich. Woher genau kam dieser Schrei? Wohin war Stammler noch mal gegangen, um nach Brummer zu suchen? Herrenberger Straße. Richtung Innenstadt.

Löffler rannte zur Tankstelle zurück. Er war die Rheinlandstraße entlanggegangen. Stammler musste sich also genau auf der anderen Seite des Hauses befinden, in dem die Kfz-Prüfstelle untergebracht war. Der Hauptkommissar hastete am Hintereingang des Lokals vorbei, sah einen Schatten auf sich zukommen. Er hielt die Arme weit vor sich, um einen Aufprall abzuschwächen.

Es war Berger.

»Haben Sie das gehört?«, fragte sie atemlos, als sie nur wenige Zentimeter vor Löffler bremste.

»Stammler.«

»Mist. Wo ist er?«

Löffler rannte zur Herrenberger Straße, hinein in die Dunkelheit des rückwärtigen Teils des Hauses. Plötzlich stolperte er über einen Gegenstand auf dem Boden. Er strauchelte, aber er fiel nicht. Berger rannte hinter ihm her. Sie hatte ihr Smartphone-Licht auf den Boden gerichtet.

»Da liegt einer«, rief sie ihrem Chef zu.

Der hatte sich berappelt, stand sicher und schaute hinter sich. Tatsächlich erkannte er im Licht der Lampe einen menschlichen Körper. Der Kegel von Bergers Smartphone folgte dem Körper über die Füße, über den Unterleib, die Brust bis zum Gesicht.

»Das ist Brummer«, rief Berger. »Wo ist Stammler?«

Löffler sah sich um, versuchte die Dunkelheit zu durchdringen. Auch Berger war stehen geblieben und sah sich um.

Sie lauschte.

Auch Löffler hielt den Atem an.

Ein leises Stöhnen kam aus der Ecke, in der der große Baum zur Straße hin stand. Berger leuchtete mit dem Smartphone in diese Richtung. Auf dem mit Schnee bedeckten Boden sah man Fußspuren. Schleifspuren. Kriechspuren.

Blutspuren.

Beide Kommissare gingen nebeneinander her in die dunkle Ecke. Vorsichtig. Tastend.

Dann sahen sie es.

Wieso ist da bloß dieser Kerl aufgetaucht.

Wollte der zum Pinkeln in die Ecke und ist dabei auf uns getroffen? Aber egal warum er plötzlich vor uns stand – ich konnte doch nicht zulassen, dass er alles zerstört. Er hat mich dabei überrascht, wie ich gerade diesen Brummer bearbeitet habe. Ich musste schnell reagieren.

Als ich den Typ vor mir stehen sah, musste ich nicht lange nachdenken. Wäre auch nicht möglich gewesen. Da war Geschwindigkeit gefragt. Entschlossenheit. Ja, Gnadenlosigkeit. Es ging um mich. Wenn es um die eigene Haut geht, darf man nicht zaudern. Zauderer sind Verlierer.

Ich stieß mit dem Messer heftig gegen die Brust des Mannes. Die Klinge rutschte ab. Wahrscheinlich traf ich eine Rippe. Da gibt es kein Durchkommen. Da rutscht das Messer halt ab in die Weichteile. Das gab einen Klang wie beim Einstechen in eine Wassermelone. Nicht angenehm, ehrlich gesagt. Aber darüber konnte ich mir keine Gedanken machen.

Als ich noch mal zustieß, kam dieser schreckliche Ton aus dem Mund des Kerls.

So etwas hatte ich noch nie zuvor gehört. Ein Todesschrei würde ich sagen. Obwohl der ja noch lebte und ich auch beim zweiten Mal nicht so recht dahin traf, wo ich wollte. Es war auch einfach zu dunkel.

Dann schrie der Mann noch mal. Ich bekam eine regelrechte Gänsehaut.

Er kroch auf dem Boden weg von mir. Rüber, in die Dunkelheit. Und hinterließ eine Blutspur. Ich wischte mit dem Fuß etwas Schnee darüber. Ich wollte das jetzt nicht sehen. Außerdem – warum starb der Kerl nicht einfach?

Und dann auch das noch.

Weitere Stimmen. Alle hier in der Nähe. Und näher kommend. Wie bei einem Betriebsausflug. Für mich gab es da keinen Fluchtweg, weil ich in einer Art Hof war mit nur einem Zugang. Und da standen plötzlich zwei Schatten, die sich gegen die Straßenlampen und die Beleuchtung vor der Kneipe abhoben.

Sie sahen mich nicht gleich. Dann aber kamen sie immer näher. Das Licht, mit dem einer der beiden den Boden ausleuchtete, war eine Smartphone-Lampe. Als sie einmal nach oben wanderte, erkannte ich ein Gesicht.

Die Bullen. Alle beide. Wie, zum Teufel, kamen die ausgerechnet in diese Gegend? Läuft da etwas gegen mich? Ich war wie gelähmt. Ich hatte nie ans Scheitern gedacht. Das war völlig ausgeschlossen. Ich hatte etwas begonnen, das ein gutes Ende verdient hatte. Risiko lohnt sich, oder?

Als der Mann, dieser gut aussehende Bulle, auf mich zukam, holte ich aus und rannte dann mit der Klinge nach vorne auf ihn zu.

Jetzt war alles egal.

Berger schrie auf.

»Achtung, sie hat ein Messer.«

Löffler reagierte automatisch. Er bewegte den Körper zur Seite und warf die Arme in die Höhe. Dabei rutschte er auf dem Schneeboden leicht aus. Dadurch duckte er sich weg. Er spürte, wie das Messer an seinem Hals vorbei ins Leere stieß. Ein Lufthauch nur, was er fühlte. Die Angreiferin stürzte nach vorne, berührte Löfflers Fuß und fiel zu Boden. Ehe sie sich wieder aufraffen konnte, saß Berger auf ihrem Rücken und drückte sie auf die Erde. Die Frau fuchtelte mit ihrer Hand und dem Messer um sich, sodass Berger sie loslassen musste, um nicht von der Klinge getroffen zu werden.

Währenddessen hatte sich Löffler an die Frau, an Beatrice Knaller, herangeschlichen. Mit dem Fuß trat er gegen ihre Hand und das Messer flog in die Nacht hinaus. Es lag irgendwo unter der Schneeschicht. Berger trat neben Löffler, wollte ihm helfen. Aus dem Augenwinkel bemerkte sie eine schnelle Bewegung Knallers und sprang mit einem mächtigen Satz zurück. Dadurch entging sie knapp dem Elektroschocker.

Auch Löffler war zurückgetreten.

Er hielt Abstand zu Knaller, die sich mühsam vom Boden erhob.

»Das alles wegen ein bisschen Grasland und wegen dem Geld?«, fragte Löffler.

»Schnauze, Bulle, das verstehst du nicht.«

»Nein. Muss ich auch nicht. Aber jetzt ist es aus. Jetzt war alles umsonst. Das muss doch wie ein Abgrund sein für Sie, in den Sie jetzt fallen und nie wieder herauskommen.«

Lauernd sah Knaller den Polizisten an.

»Wenn ich Sie beide noch erwische, dann war gar nichts umsonst. Kommen Sie nur her, holen Sie mich, dann sehen Sie, was passiert.«

»Ich glaube, ich kümmere mich um Verstärkung. Oder denken Sie, ich bin so blöde und riskiere jetzt noch etwas?«

Die Frau schwieg. Sie schien sich etwas auszudenken. Mit einem plötzlichen Ruck rannte sie, den Elektroschocker vor sich herhaltend, auf Löffler zu. Der wollte nach hinten ausweichen und stolperte dabei über den Körper Brummers hinter sich.

Er fiel hin.

Knaller war über ihm.

Löffler sah plötzlich Bergers Gesicht über sich auftauchen. Und er sah auch den Eisenstab, den sie schwang und der auf seinen Kopf zielte. Abwehrend hob er die Hände nach oben, vor sein Gesicht. Er schloss die Augen und wartete auf den Schlag. Auf den Schock.

Ergeben und ohne Hoffnung.

Nichts passierte.

Ein Schrei ertönte. Neben sich hörte er, wie etwas zu Boden krachte.

Ein Stein. Ein Körper.

Kurz hielt er noch die Augen geschlossen. Nichts sehen, nichts hören, nichts mitbekommen. Alles, von dem ich nichts weiß, existiert auch nicht, dachte Löffler.

Dann vernahm er einen Ton, den ein Mensch macht, wenn er kriecht. Er schaute neben sich, sah nach dem Ton, der von der Seite her zu ihm drang. Ein ausgestreckter Arm legte sich über ihn. Am Ende des Arms, in einer Hand in einem Handschuh, blinkte ein Stück Stahl. Ein Messer. Es bewegte sich in Richtung seiner Kehle. Löffler rollte sich zur Seite. Dabei spürte er, wie die Schneide des Messers seine Schulter ritzte. Durch den dicken Stoff seiner Winterjacke drang der Messerstahl.

Löffler rollte weiter, weg von dem Messer und der Hand, die es umschloss. Er kam auf die Beine. Stand wacklig. Stützte sich an einer kleinen Mauer ab, die das Nachbargrundstück vom Hof abgrenzte.

Auch die andere Person, Knaller, stand auf. Noch immer hatte sie das Messer in der Hand. Gebückt griff sie nach dem Elektroschocker. Doch mit großer Wucht schlug plötzlich eine Eisenstange gegen den Unterarm der Frau. Mit einem Schmerzensschrei ließ sie das Messer fallen. Sie fiel auf die Knie. Ein weiteres Mal krachte der Stab auf sie herab. Dieses Mal traf er den Rücken und streckte so die Frau völlig nieder.

Löffler sah, wie Berger, den Eisenstab in der Hand, sich über Knaller beugte. Dann schaute sie zu ihm.

»Alles in Ordnung?«, fragte sie.

Er nickt stumm.

Berger stieß Knaller mit der Fußspitze in die Seite. Sie stöhnte. Berger trat mit ihrem Schuh das Messer über den

Hof, außer Reichweite der Frau. Den Elektroschocker hob sie auf und musterte ihn genau.

»Damit kann man viel Unheil anrichten«, sagte sie nachdenklich. »Mit dem Ding hat sie ihre Opfer schachmatt gesetzt und dann umgebracht.«

Löffler stand nun neben ihr.

»Stammler«, sagte er plötzlich, »was ist mit Stammler? Und mit Brummer? Unser Kollege lag vorhin doch noch da drüben, wir müssen uns um ihn kümmern. Passen Sie auf die Knaller auf, ich gehe zu den beiden.«

Er eilte zu der Stelle, an der er zuvor zuerst Brummer und dann Stammler gesehen hatte. Zuerst stieß er auf Brummer. Der lag auch dem Boden, um ihn herum, im hellen Schnee gut sichtbar, eine Blutlache. Löffler kniete nieder und fühlte den Puls.

Nichts.

Der Mann war tot.

Löffler stand auf und ging in den dunkleren Teil des Hofes. Er öffnete seine Smartphone-Lampe. In ihrem Schein erkannte er Stammlers Körper. Er fühlte die Halsschlagader. Ja, sie pumpte, der Kollege lebte. Auch um ihn herum waren Blutlachen verteilt. Eine Spur zog sich ein paar Meter lang. Das war der Weg, den Knaller ihn gezogen und den er gekrochen war.

Löffler rief den Notarzt.

»Aber sofort, der Kollege ist schwer verletzt.«

Inzwischen kam Berger zur Fundstelle Stammlers. Sie trieb eine humpelnde Knaller mit dem Eisenstab vor sich her.

»Warum geht sie so komisch?«

»Ich habe ihr mit dem Stab hier die Knöchel poliert.«

Löffler schaute misstrauisch.

»Sie wollte fliehen, da musste ich mich wehren. Ich habe sie gerade noch am Fuß erwischt.«

»Sie hat mich geschlagen, einfach so«, jammerte Knaller und deutete auf ihren Fuß.

Berger schlug mit dem Eisenrohr auf ihr Knie. Knaller schrie auf vor Schmerz und kippte in den Schnee.

»Sehen Sie«, meinte Berger zu Löffler, »sie wollte es schon wieder probieren.«

»Sehen Sie zu, dass Sie sie nicht umbringen, wir brauchen sie noch.«

»Wozu?«

»Na, was ist ein schneller Tod gegen einen auf Raten im Knast?«

Sie sahen das Blaulicht des Rettungswagens. Er raste die Herrenberger Straße entlang, bog mit Karacho in die Einfahrt und kam kurz vor den beiden Polizisten zum Stehen. Der Notarzt sprang aus dem Wagen.

»Wo ist er?«

Löffler deutete neben sich auf den Boden.

»Es war ein Messer. Helfen Sie ihm, er hat viel Blut verloren.«

Der Arzt nickt nur, während seine Kollegen eine Liege herankarrten.

»Hier ist ja noch einer«, sagte der Kollege des Arztes.

»Der ist tot«, antwortete Löffler.

»Sind Sie Arzt oder was, dass Sie das so einfach sagen können?«

Löffler zuckte bloß mit den Schultern.

»Manche Dinge sind einfach so, wie sie sind.«

»Ach, Philosoph sind Sie auch noch?«

Löffler stand nun direkt neben dem Helfer.

»Und ich bin auch noch jemand, der dir gleich in die Fresse haut, wenn ich noch einen Ton höre. Ist das angekommen?«

Der Mann trat einen Schritt zurück.

»Ist schon gut, ich meine ja bloß.«

»Machen Sie Ihren Job und halten ansonsten die Klappe.«

Mittlerweile war ein zweiter Notarztwagen angekommen. Die Mitarbeiter stiegen aus und kümmerten sich um Brummer. Knaller lag noch immer wimmernd auf dem Boden.

»Was ist mit der?«, fragte einer der Ärzte und deutete auf die am Boden Liegende.

»Die nehmen wir mit, die hat nichts, die simuliert bloß.«

»Auch recht«, sagte der Mann.

Löffler packte Knaller am Arm und zog sie mit einem Ruck hoch. Sie schrie. Er schob sie Richtung Helligkeit, zu seinem Auto hin, das nur ein paar Meter entfernt am Werkstattausgang stand.

»Was wollen Sie eigentlich von mir?«, keuchte Knaller und versuchte, sich dem Griff Löfflers zu entwinden.

»Wenn Sie das noch einmal fragen, zerschmettere ich Ihren Arm mit diesem Eisenrohr hier«, sagte Berger ganz ruhig, schwenkte allerdings das Rohr hin und her.

»Ich habe mich nur verteidigt«, fuhr die Frau nach ein paar Sekunden fort, »es war dunkel, ich habe nicht gesehen, dass Sie Polizisten sind.«

Berger holte aus und ließ das Rohr auf den rechten Arm Knallers prallen. Man hörte, wie ein Knochen zerbrach. Knaller schrie markerschütternd. Als Löffler bemerkte, dass ein Notarzt zu ihnen kommen wollte, wehrte er ihn ab, gab mit dem Winken seiner Hand zu verstehen, er brauche keine Unterstützung.

Knaller war in die Knie gegangen, aber Löffler zog sie wieder hoch, brachte sie zum Stehen. Zwar schwankte sie hin und her, aber der Hauptkommissar achtete darauf, dass sie nicht hinfiel.

»Fahren Sie mit Stammler ins Krankenhaus«, sagte er zu Berger, »ich kümmere mich um die da. Wenn Sie dabei sind, kommt sie nicht lebend im Polizeipräsidium an. Aber ich will, dass sie ihre Strafe bekommt.«

Berger nickte. Sie reichte Löffler das Rohr, aber der schüttelte den Kopf. Achtlos ließ die Kommissarin es zu Boden fallen. Dann stieg sie zu den Notärzten in den Wagen, ehe diese sich mit Stammler auf den Weg ins Universitätsklinikum machten. Löffler schaute dem Wagen nach. Dann schob er Knaller auf die Rückbank seines Wagens, schloss ihre Hände mit Handschellen zusammen und fuhr ins Präsidium.

Sie saßen alle auf einer Bank vor der Intensivstation im Klinikum der Universität. Stammler lag dort bereits seit zwei Tagen. Sogar der Oberstaatsanwalt und Markus Kürner, der Gerichtsmediziner, hatten immer wieder nach dem Schwerverletzten geschaut.

Löffler war in den Verhörpausen vorbeigekommen. Er brachte sie auf den neuesten Stand zu den Aussagen Knallers.

»Sie hätte weitergemacht mit ihren Morden, auch über dieses Baulandprojekt hinaus«, berichtete Löffler, »das hat sie genauso gesagt. Sie hat Lust an der Sache bekommen, meinte sie. Und man hätte ihr so viel Böses angetan – das sollte endlich mal gerächt werden.«

»War das bei ihr reine Mordlust? Rache, wegen alter Geschichten?«, fragte Jessica.

Ihr Vater schüttelte den Kopf.

»Nein, sie hatte einen Plan. Sie hat ihre Grundstücke zurückgehalten, damit man sie nicht verdächtigt. Wenn dann alle aus dem Weg geräumt sind, dachte sie, dann hätte sie so getan, als habe sie Angst und wolle nur schnell verkaufen, um nicht auch noch umgebracht zu werden. Dann wäre sie aus dem Schneider gewesen – außer Verdacht und ihr Gelände zu Geld gemacht. Clever.«

»Ja, das schon. Aber irgendwie hat sie dann wohl einen Blutrausch gekriegt, oder?«

»Hat man sie denn psychiatrisch untersucht?«, fragte Löffler senior.

»Noch nicht intensiv. Aber unsere Psychologin von der Abteilung hat mit ihr gesprochen. Wir wissen nicht genau, ob sich eine Anklage durchhalten lässt. Entweder verbringt sie den Rest ihres Lebens in der Klapse oder im Gefängnis.«

»Fast hätten wir Brummer retten können«, sagte Berger, »wenn wir bloß ein bisschen aufmerksamer gewesen wären. Wir wussten doch, dass er in Gefahr war. Deshalb waren wir doch bei dem bescheuerten Fußballspiel.«

Löffler nickte stumm.

Das war der Gedanke, der ihn nachts nicht schlafen ließ.

Hatten sie versagt? Hätten sie sich mehr um Brummer kümmern müssen? Ihn enger beobachten? Aber wer hätte ahnen können, dass in der Halbzeitpause eine Killerin auftaucht und ihm die Kehle aufschlitzt?

Dennoch – er fühlte sich schuldig

Das sagte er zwar keinem – aber er wusste es, das reichte.

Der Arzt kam heraus.

Sofort sprangen die beiden Kommissare, Löffler senior, Maria Steinke und Jessica auf. Der Arzt kam zu ihnen. Er schaute ernst.

»Es gab Blutungen der inneren Organe. Die Stiche waren außerordentlich tief, das sagte ich Ihnen schon. Es ist schwierig für uns, diese Einblutungen zu stoppen. Wir haben uns entschlossen, Ihren Kollegen in ein künstliches

Koma zu versetzen. Dann müssen wir warten, mehr können wir im Augenblick nicht tun.«

Alle schwiegen für einige Augenblicke.

»Wie stehen die Chancen?«, fragte Löffler.

Der Arzt blickte in die Runde.

»Nicht gut. Aber es gibt Hoffnung.«

Damit verschwand er wieder hinter der Tür zur Intensivstation.

Alle Anwesenden blieben stumm.

»Und was machen wir jetzt?«, fragte Löfflers Tochter.

»Nichts«, sagte ihr Vater und setzte sich auf die Bank, »gar nichts.«

Werner Bauknecht

ist in Tübingen geboren. Nach dem Abitur studierte er in München Soziologie, BWL und Politik. Danach arbeitete er als Videoproduzent, dann als Referent beim Sparkassenverlag. Seit 2000 ist er freiberuflicher Autor und Journalist. Seine Theaterstücke werden bundesweit gespielt. Mit seiner Familie wohnt er in Rottenburg. Er schreibt für Zeitungen und Zeitschriften, schwerpunktmäßig für das »Schwäbische Tagblatt«. Seine zweite Leidenschaft, nach dem Schreiben, ist das Laufen. Er wurde vielfacher Deutscher Meister vom Marathon bis zum Berglauf. »Tübinger Bluterde« ist bereits der fünfte Regionalkrimi von Werner Bauknecht mit Kommissar Christian Löffler. Die Arbeit am nächsten hat schon begonnen.

Dieser Kriminalroman spielt an realen Schauplätzen. Alle Personen und Handlungen sind frei erfunden. Sollten sich dennoch Ähnlichkeiten mit lebenden oder verstorbenen Personen ergeben, so sind diese rein zufällig und nicht beabsichtigt. Manche Personen allerdings gibt es tatsächlich – sie wissen Bescheid, dass sie in diesem Buch vorkommen.

Postfach 16 42 · 72706 Reutlingen

Titelbild: © Fotolia
Gestaltung: PMP Agentur für Kommunikation, Reutlingen
Lektorat: Elga Lehari-Reichling
Satz: Uhl + Massopust, Aalen
Druck und Bindung: CPI books GmbH, Leck
Printed in Germany
ISBN 978-3-96555-028-5

Am Rande Tübingens wird eine tote Frau gefunden – mit einem Hammer verstümmelt. Die Kommissare beginnen zu ermitteln, aber es gibt keine heiße Spur. Während die Polizei unter der Führung von Hauptkommissar Christian Löffler ratlos vor dem Fall steht, gibt es eine zweite Leiche. Wieder wird das Opfer mit einem Hammer grausig zugerichtet. Auch hier tappen die Ermittler im Dunkeln. Das Morden geht weiter, am Ende erkennen Löffler und sein Team, dass manche Taten nicht aufzuhalten sind. Denn das Böse taucht immer dort auf, wo man es nicht erwartet. Auch wenn es gelingt, den Täter zu stellen – am Ende stehen alle als Verlierer da.

ISBN 978-3-88627-646-2

Ein toter Chemieprofessor, erstochen. Ein Junge nach Drogenkonsum im Koma. Ein Kleinkrimineller totgespritzt im Alten Botanischen Garten. Ist Tübingen tatsächlich die Kulisse eines beginnenden Drogenkrieges? Hauptkommissar Löffler will es nicht glauben. Seine Ermittlungen führen zu einer Forschungsgruppe am Chemischen Institut. Einer der Chemiker ist der Bruder des Jungen, der im Koma liegt. Ob es da wohl einen Zusammenhang gibt? Die Frage lässt den Kriminalisten nicht los. Dramatisch wird es, als seine Tochter und sein Vater helfend eingreifen wollen.

ISBN 978-3-88627-940-1